# 수상한 북클럽

# 수상한 북클럽

박현희 지음

문학동네

차례

# 3월, 정영주의 이야기

내가 책을 읽고 토론을 하는 모임에
낄 거라고는 꿈에도 생각한 적이 없다.
당연하지 않은가.
요즘 잘나가는 애들은 책을 읽지 않는다.

# 수상한 북클럽 첫 모임

북카페 숨:. 한번 갔던 길을 되돌아와 헤매고, 다시 헤매다가 손바닥만한 크기의 지질한 간판을 발견했을 때는 뭉친 어깨가 단번에 풀리는 기분이었다. 진심으로 모임에 참가하려고 애썼지만 카페를 찾지 못해 모임에 참가하지 못했다고 얘기한들 누가 믿어주겠는가. 나라도 믿지 못할 이야기인데.

문을 열었다. 그리고…… 제기랄! 약도를 들고 카페를 찾아 골목골목 헤맬 때부터 짐작했어야 했다. 이곳은 카페라고 쓰지만 창고라고 읽어야 하는 곳이라는 것을. 카페 문을 열고 들어서는 순간, 난 인정했다. '그래, 그 사람 말이 맞았어. 난 아직 멀었어.' 모임 장소가 카페라는 말에, 나쁜 일투성이인 이 상황에서 그래도 단 한 가지 좋은 일이 있다고 생각하다니, 카페라는 말에 낚여서 기대를 갖다니, 정말 난 아직 멀었다.

테이블은 단 두 개뿐이고(크다!) 의자는 모두 제각각이다. 그리고 보이는 모든 벽에는 빠끔한 곳 하나 없이 책, 또 책! 청테이프가 둘러져 있는 커피머신. 같은 것이 하나도 없어 보이는 수십 개의 머그잔. 100퍼센트 누군가 버린 것을 주워다놓은 게 틀림없다. 왜, '카페 고물상'이라고 이름 짓지 않고. 그리고 그 카페에 정말 잘 어울리는 주인장이 있었다. 짧은 머리에 안경을 낀 여자가 나를 쳐다보며 입을 열었다. 심지어 '추리닝' 차림이었다. 외국 영화 속 '쭉쭉빵빵' 여자 주인공이 공원에서 조깅할 때 입는 그런 트레이닝복 말고, 진짜 '추리닝'…… 그냥 '추리닝'…… 무릎 튀어나온 그 '추리닝'……

"아무데나 마음에 드는 자리에 앉으렴."

마음에 드는 자리가 없으면 가도 되나?

"마음에 드는 자리 없으면 마음에 안 드는 자리에 앉고."

헛, 속마음이 들리나? 흠칫했지만, 일단 참가증을 제출하기는 해야겠기에, 주머니를 뒤적거리면서 인사를 했다.

"저는 신영고등학교 2학년……"

"됐어. 이따가 모임 시작하면 말해. 소개 인사 여러 번 하려면 짜증나잖아."

의자들을 쭉 훑어보고 제일 푹신해 보이는 자리에 앉았다. 카페의 출입문에서 가장 먼 쪽, 그러니까 문과 대각선 맞은편에 있어서 들고 나는 사람이 잘 보이는 자리였다. 푹 파묻히는 느낌이, 나쁘지 않았다. 의자는 괜찮네. 구석에는 나보다 먼저 온 한 녀석이 앉아 있었다. 키가 무지하게 크고, 덩치도 좋은 놈이었다. 한눈에 견적이 나왔다. 저놈은 주먹 때문에 '수북형刑'을 받았을 거라는 데 한 달 치 용돈을 걸 수도 있었다.

시간을 확인했다. 6시 45분. 이런, 그렇게 뱅뱅 돌았는데도 15분이나 일찍 온 거야? 나 왜 이러냐? 학교에서 잘릴까봐 완전히 쫀 거야?

잊을 만하면 한 번씩 카페 문이 열리고, 아까 내 얼굴에 떠올랐을 것이 분명한, 그런 황당한 표정으로 카페를 둘러보며 아이들이 들어왔다. 인사하려는 아이들의 말을 서둘러 막으며 자리에 앉힐 때만 고개를 들 뿐, 주인장은 계속 책을 읽고 있었다. 책 읽는 게 재미있는 사람도 있다더니, 정말 재미있나? 하긴, 이런 카페 주인장 하면서 견디려면 책이라도 봐야 할 거야.

"환영합니다, 여러분. 제가 메일을 보낸 사람입니다. 이 카페 숨:의 주인장이면서, 앞으로 수요 북클럽의 뒤치다꺼리를 맡을 사람입니다."

주인장이 생각보다 긴 소개 인사를 했다. 그럼 뭐하나. 주인장은 자기 이름도 가르쳐주지 않았다. 성이 주, 이름이 인장인가?

일주일 전에 이런 이메일을 받았다.

수신 : 정영주

발신 : 주인장(soobook@—)

수요 북클럽(수북) 준비 모임은 3월 둘째 주 수요일 7시, 카페 숨:에서 열립니다.

준비 모임에는 책을 읽어 오지 않아도 됩니다. 그냥 오세요. 꼭 오세요.

앞으로 읽을 책은 첫번째 모임에서 알려줍니다. 어차피 1년 치 목록을 알려준다고 해서 미리 읽는 사람도 없을 테니, 별로 답답할 것은 없겠죠?

모임 장소의 약도를 첨부합니다. 찾기 어려우니 골목을 헤맬 시간까지 감안해서 출발하시기 바랍니다.

사실 나는 그렇게 튕길 입장이 아니었다. 나는 대박 사고를 쳤다. 1학년이던 작년 12월, 우리 학교 2학년 선배들이랑 크게 한판 붙었던 것이다. 그 싸움에서 나는 완전히 개박살났고, 신영고 짱으로서의 위엄은 그날로 땅에 떨어졌다. 코뼈가 부러지고 입원까지 했다. 죽을 고생을 하고 겨우 몸을 추슬렀을 때는 더 큰 난관이 남아 있었다. 그 일로 집에서도 학교에서도 쫓겨날 위기에 몰렸던 것이다. 나랑 싸운 2학년 선배들은 신학기가 오기 전에 다른 학교로 전학을 가는 것으로 정리되었으나, 내 경우에는 '피해자'였기 때문에 정상참작이 되었다. '수북'에 참가하는 것을 조건으로, 일단 쫓겨나야 하는 상황은 피한 것이다. 1년간 수요일의 북클럽 프로그램에 성실하게 참여할 것, 이것이 출석부에 내 이름을 그대로 올려두고 내 방 침대에서 잘 수 있는 조건이었다.

책을 읽어야 하는 것도 한심한 노릇인데, 북클럽 활동까지 하라니! 내 신세가 그렇게 찌그러져서는 안 되겠기에 단호히 거절하는 것이 마땅하다고 생각했다. 그냥 깔끔하게 잘라라, 이게 내 입장이었다. 꼭 고등학교를 졸업해야 하나, 정 필요하면 검정고시도 있다, 진심으로 이렇게 생각했다. 게다가 쪽팔려서 어떻게 학교를 다니겠는가. 그렇게 무참히 깨졌는데.

그런데 엄마가 말썽이었다. 학교를 찾아와 담임과 내 앞에서 울었다. 그것도 펑펑. 코까지 풀면서 울어대느라 새빨개진 엄마 얼굴을 보자 더이상 버틸 수가 없었다. 나는 울며 겨자 먹기로 '수북형'을 받아들였다. 내가 북클럽에 '성실히' 참가하기로 약속하자, 엄마와 담임은 진심으로 좋아했다. 나를 보고 해맑게 웃는 두 사람의 표정이 참으로 낯설었다. 내가 이 둘을 동시에 기쁘게 한 적이 이전에도 있었나, 기억을 더듬어보았으나 진정 처음인 듯싶었다. 그러니 이 둘이 나를 향해 해맑게 웃는 표정이 그토록 낯설 수밖에.

울고불고 난리를 친 것이 혹시 도도 여사의 쇼 아니었나, 의심이 생겨난 것은 그로부터 한참 시간이 지난 뒤의 일이었다. 젠장, 정말 젠장이다. 정말 난 아직 멀었다. 엄마는 이혼을 하면서도 끝까지 도도했다. 자식인 내 앞에서 머뭇거림도 없이 집을 떠났다. 난 이제 지쳤다. 저 남자에게 얽혀서 망쳐버릴 만큼 내 인생이 시시하다고는 생각 안 해. 넌 정말 네 아버지랑 같이 살 거니? 그래도 나랑 사는 게 나을 텐데. 연극 대사를 읊조리듯, 도도 여사는 이런 말을 날렸다.

나는 말없이 도도 여사를 보냈다. 나도 알았다. 도도 여사를 따라가야 내 신상이 조금이나마 편해지리라는 것은 잠깐만 생각해도 알 수 있는 일이었다. 하지만 나는 아빠 옆에 남았다. 도도 여사는 혼자서도 잘살 수 있을 것 같았다. 사막에 혼자 남아도, 밀림에서 길을 잃어도, 도도 여사는 너끈히 그 길을 헤쳐나올 수 있는 사람이었다. 하지만 아빠는…… 아빠는 좀 달랐다. 내 코가 석 자인 마당에 이런 생각을 하는 것이 주제넘은 줄은 알았지만, 그래도 나는 아버지를 홀로 남겨놓을 수가 없었다.

참가자들도 돌아가면서 자기소개를 했다. 소개라고 해봐야 자기 이름을 말했을 뿐이다. 한 명은 김의영. 포동포동하고 귀여운 얼굴을 거의 책상에 박은 채 흘끔흘끔 눈치만 보고 있다. 저 소심 덩어리가 무슨 사고를 칠 수 있었을까? 그리고 윤정환. 저애는 날 아는지 모르지만, 난 저 애를 안다. 그래서 네번째로 윤정환이 카페 문을 열고 들어와서 참가자들을 일별하고 지은 표정의 의미도 안다. 윤정환은 절망했을 것이다. 자기가 이 모임의 일원으로 끼였다는 사실만큼 적나라하게 자신의 '몰락'을 잘 보여주는 일이 또 있겠는가. 그래도 대놓고 절망이라니! 설마 우리 세 명이 자기와 같은 팀이 된 것을 가문의 영광으로 알고 있으리라 생각하는 건 아니겠지? 윤정환, 너 그 정도로 모자라지는 않겠지? 그리고 아까 나보다 먼저 와 있던 덩치 박민석. 참가자 네 명 모두 우리 학교 2학년생이다. 얘기를 나눠본 적은 없지만 얼굴은 다들 낯이 익다. 박민석만 빼고. 저 덩치를 왜 지금까지 몰랐지? 하긴 어차피 우리가 우정을 쌓으려고 모인 것도 아니잖아? 다들 이런저런 사정으로 '수북형'을 선고받은 것일 테니, 형기만 끝나면 우리는 빠이빠이지 뭐.

주인장이 북클럽 활동에 대해 안내를 했다. 아마 우리를 넘겨받으며 우리의 수준에 대한 사전 오리엔테이션도 철저히 받은 모양이었다. 주인장은 우리에게 크게 바라는 것이 없었다. 모임은 한 달에 한 번이고, 꼭 참석해야 한다는 것. 꼭, 반드시, 무슨 일이 있어도 책을 읽어 오라는 것. 하긴 책을 읽어 오라는 무지막지한 요구를 해놓고 또 뭘 바라면 안 되지. 사람이 염치가 있어야지.

"독후감도 써 와야 하나요?"

누군가 이렇게 물었다. 나는 눈을 반쯤 감고 있었지만, 이 질문을 한 사람이 누군지 잘 안다. 윤정환이다.

"그냥 읽어 오기만 하면 됩니다. 가장 마음에 와닿은 구절에 밑줄을 쳐 오세요. 모임은 여러분이 밑줄 쳐 온 구절을 다 함께 읽는 것으로 시작합니다."

"밑줄은 몇 군데나 쳐 오나요?" 윤정환이다.

"마음에 와닿는 구절이 많으면 많이, 적으면 적게."

"없으면요?" 이번에는 내 맞은편에 앉은 애가 물었다.

"적어도 한 군데 이상은 밑줄을 치세요. 눈 감고 아무 페이지나 펼쳐서 밑줄 치는 한이 있어도 말입니다."

"토론 주제를 뽑아오거나 독후감을 써 오는 편이 모임을 하기에 좋지 않을까요?" 또 윤정환이다.

만사에 시큰둥해 보이는 주인장이 대답을 하지 않고 카운터 뒤로 가서 부스럭거리기 시작했다. 헐, 설마 윤정환의 말에 넘어가서 우리한테 독후감 숙제까지 내주려는 건 아니겠지? 책을 읽는 것 자체가 우리에게는 심한, 아주 심한 벌이라고. 게다가 토론도 해야 한다며? 독서, 토론, 작문, 바로 마의 3종 세트잖아.

주인장은 손바닥만한 책을 펼치더니 소리 내어 읽기 시작했다.

"인간은 살아 있기 때문에 집을 짓는다. 그러나 죽을 것을 알고 있기에 글을 쓴다."

헉, 독후감 써 오라는 소리야? 윤정환, 너 나랑 한번 진지하게 대화를 나눠봐야겠다. 주인장은 낭독을 계속해나갔다.

"인간은 무리를 짓는 습성이 있기에 모여서 산다. 그러나 혼자라는 것을 알기 때문에 책을 읽는다. 독서는 인간에게 동반자가 되어준다. 하지만 그 자리는 다른 어떤 것을 대신하는 자리도, 그 무엇으로 대신할 수 있는 자리도 아니다. 독서는 인간의 운명에 대하여 어떤 명쾌한 설명도 제시하지 않는다. 다만 삶과 인간 사이에 촘촘한 그물망 하나를 은밀히 공모하여 얽어놓을 뿐이다. 그 작고 은밀한 얼개들은 삶의 비극적 부조리를 드러내면서도 살아간다는 것의 역설적인 행복을 말해준다. 그러므로 우리가 책을 읽는 이유도 우리가 살아가는 이유만큼이나 불가사의하다. 그러니 아무도 우리에게 책과의 내밀한 관계에 대해 보고서를 요구할 권리는 없다."

낭독을 하는 주인장의 목소리가 뜻밖에 괜찮았다. 저 추리닝, 목소리는 쓸 만한걸. 읽어주는 내용은 더 쓸 만한걸. 그러니까 독후감 쓸 필요 없다는 말이겠지? 허허, 마음에 드네. 아무도 우리에게 책과의 내밀한 관계에 대해 보고서를 요구할 권리가 없다는 말이지? 그런데 학교 선생님들은 저 책을 모르나? 왜 맨날 우리한테 독후감을 쓰라고 하지?

"그 책 제목이 뭔가요?" 김의영이 물었다. 얘도 나만큼이나 이 책이 마음에 들었나보다. 그렇다고 뭘 물어보기까지 하냐, 읽으려고? 됐다, 저런 조그만 책, 우리 도도 여사가 많이 읽는데, 글자가 엄청 작거든.

"다니엘 페낙의 『소설처럼』."

모임은 금방 끝났다. 왜 여기에 오게 되었는지, 모임에 참가하면서 어떤 결심을 했는지, 이런 곤란하면서도 뻔한 얘기를 나눠야 할까봐 골이 근질거렸었는데, 주인장이 눈치는 좀 있는 편인가보다. 우리 같은 애들한테 사연을 물어보면 곤란하지. 아닌가? 그냥 우리가 귀찮은 건가? 문을 열고 창고 같은 카페를 빠져나가는 우리 손에 주인장이 조그만 쪽지를 하나씩 쥐여주었다.

처음으로 함께 읽을 책은 『지킬 박사와 하이드』입니다.
가장 마음에 와닿은 구절을 뽑아서 표시해 오세요.
모임은 여러분이 뽑아 온 구절을 다 함께 읽는 것으로 시작합니다.
다음 모임은 3월 셋째 주 수요일 일곱시입니다.
카페 숨: 으로 오세요.

– 주인장

『지킬 박사와 하이드』라니! 아무리 북클럽 멤버들이 사고 치고 모인 사람들이라고 하더라도 이건 너무했다. 우리가 초딩인 줄 아나? 그래도 '독서 토론 모임'이라는 얘기를 들었을 때 짐작했던, 이름만 들어도 어지러워지는 그런 책을 읽어 가야 하는 상황보다는 괜찮았다. 읽어주지, 뭐.

그런데 박민석은 일어설 생각을 안 하고 계속 그 자리에 앉아 있었다. "넌 집에 안 가?" 카페 문간에서 내가 물어보았다. 박민석이 머뭇머뭇 대답했다. "난 여기 살아." 뭐? 너 주인장 조카라도 되는 거야?

첫번째 수북

# 『지킬 박사와 하이드』*

해가 한참 길어졌다. 수북 모임이 열리는 카페 숨:으로 가는 길도 어둡지 않았다. 카페 숨:의 문을 열며 숨을 크게 한번 들이마셨다가 내쉬었다. 좋아, 어떻게든 되겠지. 모임이 일찍 끝나서 친구들과 만날 수 있었으면 좋겠다. 아빠한테는 수북에서 늦게 끝났다고 하면 되니, 얼마나 좋아! 수북이 나에게 도움이 되는 면도 있구나. 내가 독서 클럽에 간다는 사실에 흥분한 도도 여사는 두둑한 용돈을 송금해 주었다. 덕분에 주머니는 두둑하고, 밤늦게 들어가도 될 만큼 알리바이도 확보되었다. 오늘은 진하게 놀아도 좋지 않을까? 그나저나

* 로버트 루이스 스티븐슨 지음, 박찬원 옮김, 펭귄클래식코리아

이 한심한 모임이 일찍 끝나야 말이지.

내가 책을 읽고 토론을 하는 모임에 낄 거라고는 꿈에도 생각한 적이 없다. 당연하지 않은가. 요즘 잘나가는 애들은 책을 읽지 않는다. 토론을 하지 않는 것은 말할 나위도 없고. 책을 읽고 토론을 하는 애들이 우리 학교에도 있다. 나는 그 애들을 잘 안다. 성적은 좋지만, 뭔가 없는 애들이다. 패션 감각이 없거나, 유머 감각이 없거나, 감정이 없거나. 아니면 뭔가 모자란 애들도 있다. 얼굴이 모자라거나, 몸매가 모자라거나, 친구가 모자라거나. 그렇게 없거나 모자란 애들이 따돌림을 받지 않으려고 자기처럼 없거나 모자란 애들을 모아 책을 읽고 토론을 한다.

그런데 내가…… 책을 읽고 토론을 하게 되다니! 나는 확신할 수 있다. 이 사실이 알려지는 순간, 나는 바로 끝장이라는 것을. 나는 친구들에게 이 사실을 절대로 말하지 않기로 마음먹었다. 비밀 유지 때문에 책을 읽는 것이 두 배는 어려웠다. 가방에 넣고 다니면서 틈틈이 읽어야 방과후의 알토란 같은 시간을 고이 지킬 수 있다는 것을 모르는 바 아니지만, 학교에서 책을 펼쳐드는 순간, 친구들의 표정이 어떻게 변할지 충분히 상상할 수 있으니까. 뭔가 폼이 팍팍 나는 책도 아니고 『지킬 박사와 하이드』라니! 이건 꼭 초딩 같지 않은가. 그래서 책은 반드시 집에서만 읽어야 했다.

나는 이 얘기를 이미 알고 있다. 지금은 아니지만, 초등학생 때는 나도 책 좀 읽는 어린이였으니까. 도도 여사가 야심차게 구입한 소년소녀 세계문학전집에 『지킬 박사와 하이드』가 있었으니까. 재미있었나? 잘 기억나지 않는다. 다만 그 으스스한 느낌을 좋아했던 것 같기는 하다. 그런데 인정하기는 싫지만, 이번에 읽으면서는 진짜 재미있었다. 줄거리를 이미 알고 있는 이야기인데도, 어느 순간 정신없이 읽고 있었다, 내가. 신영고 짱 정영주가. 분위기 묘한 카페 주인장이 이 책에 마술이라도 걸었나?

아이들은 대충 시간에 맞춰서 나타났다. 제일 마지막에 온 사람은 지난 시간에 카페 주인장이 읽어준 손바닥만한 책의 제목을 묻던 아이였다. 이름이 뭐였더라? 그래, 김의영! 하여튼 그 애가 내 옆에 앉았다. 신영고 짱 정영주 옆자리를 스스럼없이 꿰찰 배짱 있는 애가 이 모임에 있을 턱이 없으니, 내 자리 양옆은 모두 빈자리였다. 제일 마지막에 온 김의영이 할 수 있는 선택이란 내 오른쪽에 앉느냐, 왼쪽에 앉느냐뿐이었다. 그 애는 내 왼쪽을 선택했다.

"모임을 시작하겠습니다. 책은 다들 읽어왔죠? 인정하기 싫겠지만, 재미있지 않았나요?"

주인장의 물음에 애들의 표정이 오묘하게 변했다.

"아니, 꼭 대답하지 않아도 돼요. 이렇게 초딩스러운 책을 재미있게 읽었다고 인정하기 어렵다는 걸 알아요."

나는 다 알고 있다는 듯한 저 말투! 정말 마음에 안 드네.

"마음에 들었던 구절을 돌아가면서 읽어봅시다."

서로 눈치만 보느라 침묵이 흘렀다. 주인장은 그 침묵을 별로 불편해하지 않는 것 같았다. 별다른 표정 변화도 없이, 누군가를 지목해서 이 불편한 침묵을 깨려는 시도도 없이 그냥 앉아 있었다. 결국 박민석이 입을 열었다. 덩치에 어울리지 않게 책을 읽는 목소리가 약간 떨렸다.

아주 극심한 고통이 뒤따랐다. 뼈가 갈리는 통증, 지독한 구토, 탄생이나 죽음의 시간보다 더한 정신적 공포가 밀려왔다. 그러고는 얼마 후 이러한 괴로움이 빠르게 가라앉기 시작하더니 나는 마치 큰 병을 앓고 난 뒤처럼 다시 내 자신으로 돌아왔다. 감각이 뭔가 낯설었다. 뭔가 표현할 수 없을 정도로 새로웠고, 그 새로움 때문인지 믿을 수 없을 만큼 달콤했다. 내 육체는 더 젊어지고 더 가벼워지고 더 행복해졌다. 나는 그 육체 안에서 마치 환상 속에서 물방아에 물이 흐르듯 무모한 무분별과 무질서한 관능적 이미지의 물결이 흐르는 것을 의식했다. (……) 이 새로운 생명을 처음 호흡하자마자 나는 내 자신이 더욱 사악해져서, 열 배는 더 사악해져서 내 깊은 곳의 악마에게 노예로 팔렸음을 알아차렸다. 순간 그 생각은 나를 감싸안으며 와인 같은 감흥을 안겨주었다.

굉장히 기분 좋은 목소리다. 적어도 목소리는 내 취향이네.

주인장이 말했다. “고마워, 박민석.”

순서가 오른쪽으로 돌아갈까 왼쪽으로 돌아갈까 생각하고 있는데, 살짝 떨리는 목소리로 누군가 입을 열었다. 김의영.

“저…… 물어봐도 되나요?”

“물론.”

“저는 방금 읽은 그 부분이 너무 이상해요. 왜 자기가 악마에게 노예로 팔렸다고 기뻐하는 걸까요?”

나는 한숨이 나왔다. 저애는 그걸 모르는구나. 왜 기분이 좋은지.

“당연하지. 하이드는 방금 회로가 끊긴 거야. 그러니까 기분이 좋아지지.”

헛! 방금 내가 말한 것 맞아? 아무 말도 안 하려고 했는데, 내가 왜 이러지? 이게 다 저 답답이 때문이지 뭐.

“그게 무슨 말이……에요?”

“그냥 반말로 하자. 술 ‘만땅’ 마시면 뵈는 게 없어. 세상이 다 내 것 같아. 무지하게 용감해지고, 무지하게 힘도 세져. 그래서 사람들이 자꾸 술을 마시는 거야. 센 척할 수 있으니까. 지킬이 하이드로 변신하기 위해 먹은 약은 그런 종류일 것 같아. 술보다 좀더 센 놈이겠지만.” 딱 봐도 지금까지 그 어떤 19금도 넘보지 않았을 것 같은 김의영에게 이런 말을 하고 있는 나도 좀 웃긴 듯.

“하지만 깨어날 땐 정말 별로지. 몸도 괴롭고, 마음도 괴롭고. 그걸 기억하면 다시는 취하도록 ‘만땅’ 마시지 않을 텐데, 그 기억이 별로 오래가지 않나봐. 한심한 인간들이지." 이건 윤정환.

"꼭 술이나 약물일 필요는 없지 않나? 슈퍼맨을 생각해봐. 안경 끼고 양복 입고 다닐 때는 소심쟁이였던 클라크가 쫄바지에 빨간 팬티 입고 망토를 두르면 천하무적 정의의 용사로 변하잖아. 하이드가 지킬인 것을 아무도 눈치채지 못한 것처럼, 클라크가 슈퍼맨인 걸 아무도 모르지." 이건 박민석.

맞다. 나도 그렇다. 신영고 짱 정영주는 어리바리한 교복 차림으로는 세상에 나서지 않는다. 진한 화장과 깜짝 놀랄 정도로 노랗게 염색한 머리, 몸에 꼭 붙게 줄인 교복, 이런 것들이 정영주를 완성하는 것이다. 집에서 하는 것처럼 헐렁한 티셔츠에 무릎 나온 추리닝을 입고 있다면 누가 나를 두려워하겠는가.

"그러니까 무대에서 어떤 역할을 더 실감나게 하기 위해 무대의상을 갖춰입는 거랑 비슷하다고 생각해. 그런데 그 역할이 너무 마음에 들어서 그만 중독돼버린 거지. 이번엔 내가 읽어볼게."

나는 천천히 내가 밑줄 그어 온 부분을 읽기 시작했다. 별생각 없이 밑줄 친 부분인데, 읽다보니 의미가 꽤 있어 보였다.

내가 위장한 모습으로 추구하고자 했던 쾌락은 앞서 말한 것처럼 '품위 없는' 처신 정도였지, 그보다 더 심한 이름으로 부를 만한 행동은 아니었다. 그러나 에드워드 하이드의 손으로 행해지는 행동들은 곧 극악무도하게 변하기 시작했다. 나는 그러한 일탈로부터 돌아온 후 종종 내가 저지른 대리 악행들에 너무 기가 차서 생각에 잠기기도 했다. 내가 내 영혼으로부터 불러내어 하고 싶은 행동을 하도록 혼자 내보낸 그 악마의 사자는 악의와 비열함을 타고난 자였다.

"나쁜 짓을 하고도 책임지지 않아도 된다니, 확실히 즐거울 만하긴 해. 중독될 가능성도 크고 말이야. 원래 악한 행동에는 중독성이 있잖아. 하지 말라면 더 하고 싶어지고." 박민석이 말했다. 여기저기서 동의한다는 듯 고개를 끄덕였다. 나도 마찬가지였다. 하지 말라는 것은 다 재미있다. 주인장이 킥킥 웃으면서 "너희 말을 들으니 옛날에 히트 쳤다는 에로 영화 제목이 생각나네"라고 말했다. 에로 영화? "뭔데요?" 우리는 거의 동시에 물었다. 이럴 때는 다들 한마음?

"훔친 사과가 맛이 있다."

주인장의 대답에 우리는 함께 자지러지게 웃었다.

"그거 어둠의 경로를 통해 구해볼 수 있지 않을까?" 윤정환이 저답지 않은 호기심을 보였다.

"왜? 금지된 게 더 재미있으니까? 그런데 그 영화 재밌어요?"

"정말 힘들게 구해서 봤는데, 별로였어. 권하고 싶진 않아"

주인장의 대답을 정말 믿어야 할까? 진짜 별로였을까? 아니면 우리를 바른길로 인도하기 위한 술책일까? 속으로 머리를 굴리고 있는데, 이번에는 윤정환이 나섰다. "하지만 끝이 안 좋다니까. 결국 죽잖아. 내가 읽어볼게."

하이드는 교수대에서 죽을 것인가? 아니면 마지막 순간 자신을 놓아줄 용기를 찾을 것인가? 오직 신만이 아실 것이고, 나는 상관하지 않는다. 이제 내 진정한 죽음의 시간이다. 이 이후 일어나는 일들은 내가 아닌 하이드의 일이다. 이제 나는 펜을 내려놓고 내 고백을 봉할 것이다. 그리고 불행했던 헨리 지킬의 삶에 종지부를 찍으려 한다.

윤정환이 밑줄 그은 대목을 듣고 있노라니 속에서 울컥했다. "죽는 그 순간까지 무책임해. 자기는 이미 죽어버렸고, 이제부터 일어날 일은 하이드의 영역이라고 주장하는 것 말이야. 비겁하지 않냐?" 내 목소리가 조금 높아졌다.

윤정환이 얘기했다. "비겁한 게 아니라 사실 그대로 아닌가. 나는 하이드를 출현시키는 순간 이미 지킬의 사망이 시작되었다고 생각해. 하이드의 힘이 점점 세지면서 지킬을 압도하는 순간, 지킬은 이미 죽은 거나 다름없지."

"그런데……" 김의영이 작은 목소리로 끼어들었지만, 말이 이어지지 않았다.

"얘기해봐, 괜찮아." 주인장이 김의영에게 말했다.

침을 꼴깍 삼킨 김의영이 어렵사리 이야기를 이어갔다. "그런데 왜 애초에 지킬은 그런 일을 저질렀을까?"

"원래 악한 사람이었겠지. 그걸 꾹꾹 눌러 참다가 하이드로 폭발해버린 거지." 윤정환.

"원래 악한 사람? 그런 게 있을까? 누구에게나 착한 구석도 있고 악한 구석도 있잖아." 내가 말했다. 자신 없는 목소리가 평소의 나답지는 않다.

"맞아, 신영고 짱도 알고 보면 착한 구석이 있다는 거지?" 빈정거리는 말투로 윤정환이 말했다.

윤정환, 네가 겁을 상실했구나. 나한테 배틀이라도 걸어오는 거야? 정영주가 이러고 있다고 완전히 찌그러진 게 아니라는 걸 직접 겪어봐야 알겠니? 속이 살짝 뒤틀리는 것을 꾹 눌러 참았다. "난 지킬이 자기 주제에 맞지 않게 착하게 살려고 너무 무리했다고 봐."

김의영이 내 말에 반색을 하면서 자기가 밑줄 그은 부분을 읽기 시작했다. "지킬 얘기는 아니고, 이 얘기를 이끌어가는 어터슨에 대한 얘기야."

그는 자신에게 엄격한 사람이었다. 혼자 있을 때는 진을 마시며 와인에 대한 욕구를 억제했다. 연극을 좋아했지만 20년간 한 번도 극장 문턱을 넘은 일이 없었다. 하지만 그릇된 행동에 휘말리는 인간을 매우 경이롭게 생각했고 때로는 거의 부러워하기도 했다. 그리고 어떤 곤경에 처하더라도 비난하기보다는 기꺼이 돕고자 했다.

"내가 하고 싶은 말이 바로 그거야. 같은 시대 사람이고 둘이 친구였으니까 어터슨이나 지킬이나 아마 비슷하게 살았을 거야. 어터슨은 사악한 욕망을 억누르고 이겨냈지만, 지킬은 실패한 거지. 그래서 탄생한 것이 하이드고." 김의영이 읽은 부분이 내게 중요한 단서가 된 것 같아서 기분 좋았다.

"헐! 예리한걸?" 윤정환이 감탄조로 말하기에 내가 대답해주었다. "예리한 게 아니라 경험의 폭이 넓다고 해두자고. 너무 자신을 억누르는 사람을 하나 알거든."

"그게 누군데?"

"있어, 그런 사람."

"그게 누구냐고?"

아, 별걸 다 따져 묻네. "우리 아빠."

헙. 내 한 방에 허를 찔렸는지, 다들 잠시 침묵했다. 그러고 나서 이야기를 계속했다. 포도주와 오페라 관람이 그렇게 나쁜 것도 아니련만, 그런 종류의 욕망까지 억누르다보니 극단적으로 악이 폭발한 거지. 그러니 수북형을 받고 여기 모인 우리는 그런 면에서 볼 때 안전한 거라고. 이미 적당히 악을 행하면서 살고 있잖아? 근데 우리가 행한 게 악이야, 정말?

모임은 생각보다 늦게 끝났다. 시계를 보니 9시. 평소라면 친구들이 모여 있는 장소로 달려갈 수 있는 시간이지만, 오늘은 곧장 집으로 가기로 했다. 토론이란 게 생각보다 많은 에너지를 요구하는지, 좀 피곤했다. 진지하게 사는 애들은 정말 힘들겠구나. 그래서 그렇게 없거나 모자란 건가?

생각할 것이 좀 있기도 했다. 하이드가 악행을 거듭하면서 점점 악의 지배력이 커졌다면, 선행을 거듭하면 선의 지배력을 키울 수도 있지 않을까? 좋은 사람인 듯 연기한다면 언젠가 좋은 사람이 될 수도 있지 않을까? 그런데 스스로를 지나치게 억누르지 않으면서도 좋은 사람으로 살려면 어떻게 해야 하는 걸까?

이것 역시 내 친구들에게는 절대로 말할 수 없는 비밀인데, 나는 다음에 읽을 책이 궁금해졌다. 주인장이 "이번 책은 지킬보다는 좀 길어"라고 말하며 쥐여준 쪽지를 들여다보았다.

다음에 함께 읽을 책은 『도리언 그레이의 초상』입니다.

가장 마음에 와닿은 구절을 뽑아 표시해 오세요.

모임은 여러분이 뽑아 온 구절을 다 함께 읽는 것으로 시작합니다.

다음 모임은 4월 셋째 주 수요일 일곱시입니다.

카페 숨:으로 오세요.

— 주인장

"근데, 선생님, 아니 주인장님은 원래 별말씀 안 하시는 게 설정인가요? 주인장님 의견도 궁금한데요." 윤정환이 카페를 떠나기 전에 물어보았다. 맞아, 우리도 궁금해. 순식간에 우리의 생각이 일치했다.

"내 생각은 메일로 보내줄게요. 좀 길어도 읽을 거죠?"

카페를 떠나면서 돌아보니 박민석은 주섬주섬 카페를 정리하고 있었다. 저 덩치는 아직도 여기서 사나?

주인장의 편지

# 『지킬 박사와 하이드』는 어떤 이야기인가?

사회적으로 존경받는 훌륭한 신사와 절대 악인, 이 두 사람이 사실은 한사람이라면? 말도 안 되는 이야기라고? 1886년 로버트 루이스 스티븐슨이 발표한 『지킬 박사와 하이드』는 이 말도 안 되는 상상으로부터 출발합니다.

헨리 지킬은 스코틀랜드 국경 부근에 살다가, 대학을 졸업하고 의사가 되어 수십 년간 런던에 정착해서 살고 있는데, 그를 아는 사람들은 다들 그가 좋은 사람이라고 생각했습니다. 그의 친구들, 심지어 그의 집에서 일하는 하인들까지도. 한마디로 평판이 좋은 사람이었지요.

그런데 지킬 박사는 오랫동안 아무도 모르게 비밀스러운 실험을 진행하고 있었습니다. 실패를 수없이 거듭하면서도 지치지 않고 계속 도전하는 그

실험의 정체는, 한 인간으로부터 선과 악을 완전히 분리하는 방법을 찾는 것이었습니다. 지킬 박사는 왜 이런 괴상한 실험에 도전했을까요? 지킬 박사는 선악을 분리하고 싶었습니다. 선과 악을 분리해 별개의 육체에 집어넣을 수 있다면, 악의 유혹에서 벗어나 선한 본성만으로 살아갈 수 있으리라고 생각한 거예요. 예를 들어 선생님이 내 서술형 답안지를 잘못 채점해서 내 점수가 본래보다 높게 나온 경우를 생각해보죠. 선하게 살려면 그 사실을 선생님께 말씀드려야 하지만, 그러려면 내 점수를 포기해야 하지요. 이럴 때 선과 악은 우리 내부에서 한판 전쟁을 벌입니다. 어떤 때는 선이 승리하지만, 악이 승리할 때도 있어요. 우리는 선하게 살고 싶지만 종종 악의 유혹을 받잖아요. 지킬 박사는 자신을 평생 괴롭혀온 선과 악의 싸움에서 벗어나고 싶었던 거예요.

실험은? 성공했습니다. 지킬 박사의 내면의 악을 분리해 만들어진 새로운 존재는 완전히 악한 마음으로만 이루어져 있습니다. 거리에 쓰러진 어린 소녀의 머리를 깨질 정도로 발로 짓이기고도 양심의 가책을 전혀 느끼지 않습니다. 악한 행동의 정도가 갈수록 심해지면서 결국 살인까지 저지르게 되지요.

처음에는 지킬에서 하이드로, 하이드에서 지킬로 왔다갔다하는 일이 어렵지 않았습니다. 지킬은 가끔씩 하이드로 변신할 뿐이지요. 그런데 하이드로 변신하는 일이 거듭되고, 그만큼 하이드의 악행이 쌓이자, 예상 밖의 결과가 나타납니다. 하이드에서 지킬로 되돌아가는 일이 점점 어려워진 거지요. 지킬은 두려움을 느낍니다. 그래서 다시는 약을 먹지 않겠다고 스스로 맹세하지요. 하이드를 사라져버리게 하고 싶었던 거예요. 거의 8주 동안 지킬은 최선을 다해 그 맹세를 지켰습니다.

> 그렇게 오만한 생각을 하는 순간, 갑작스러운 현기증과 지독한 구토가 엄습하면서 무섭게 몸이 떨렸다. 그 증상들은 지나갔지만 나는 기절하고 말았다. 그리고 서서히 정신이 되돌아오면서 내 성질의 변화를 감지하기 시작했다. 훨씬 대담해졌고 위험을 경시했으며 의무감이란 구속이 사라졌다.

어떤 일이 벌어진 걸까요? 지킬은 약을 먹지 않았는데도 하이드로 변신하게 되었습니다. 의지로 통제할 수 있는 상황이 아니었습니다. 갈수록 정도가 심해져, 잠을 자거나 의자에서 잠깐 졸기만 해도 깨어나면 하이드로 변해 있었습니다. 게다가 지킬로 돌아가는 약은 효과가 없었습니다. 결국 하이드인 채로 죽음을 맞게 되지요.

### 지킬 박사는 정말 실험에 성공한 것이 맞을까?

그런데 지킬 박사는 정말 실험에 성공한 걸까요? 진짜 선과 악을 분리하는 약을 만들어내는 데 성공한 것일까요? 저는 약은 아무 상관 없었을 것이라고 생각합니다. 지킬 박사가 하이드로 변신하는 진짜 열쇠는 '하이드가 되고 싶다'라는 지킬 박사의 욕망입니다. 만약에 변신의 비결이 지킬 박사가 만들어낸 약이었다면, 약효는 변함이 없어야 할 것입니다. 그런데 약은 점점 힘을 잃어버리고, 지킬 박사는 상황에 대한 통제력을 발휘하기 어려워지지요. '내성'이 생겨서일까요? 진통제도 자꾸 먹으면 효과가 점점 줄어드는 것처럼, 변신 약도 그렇게 효과가 줄어든 것일까요?

하이드가 되고 싶었던 지킬 박사의 욕망이 하이드를 탄생시킨 것이고, 약은 그냥 하이드가 되기 위한 형식적인 절차였던 것은 아닐까요? 그러니까 일종의 자기최면이라는 것이죠. '이 약을 먹으면 나는 하이드가 된다. 자, 마신다. 하나, 둘, 셋. 하이드로 변신!' 이렇게 말이에요. 하지만 애초에 하이드는 지킬, 지킬은 하이드, 이 둘은 분리될 수 없는 하나의 존재입니다. 지킬 박사는 자신의 연구가 성공해서 새로운 약을 발명했다고 믿음으로써 자신을 합리화하고 싶었던 것은 아닐까요? 도저히 받아들일 수 없는 것을 외면하거나 부인하고 싶은 것이 보통 사람의 심리 아니겠어요?

이와 비슷한 얘기를 하나 알고 있습니다. 뮤지컬 〈잭 더 리퍼〉인데요, 지킬이 살던 시대와 비슷한 시기에 런던에서 벌어진 일을 소재로 삼고 있습니다. 당시 영국을 공포에 몰아넣은 연쇄 살인범이 있었는데 사람들은 그를 살인마 잭, 잭 더 리퍼라고 불렀습니다. 그는 끝내 잡히지 않아 사건은 미궁에 빠져들지요. 살인마 잭이 더이상 범죄를 저지르지 않자 사람들은 그가 죽었다고 믿습니다. 뮤지컬 〈잭 더 리퍼〉는 이 지점에서 출발합니다. 죽은 줄로만 알았던 연쇄 살인범이 되돌아와 다시 살인을 저지르기 시작한 거죠. 결국 살인범은 누구로 밝혀졌을까요? 바로 마음 약한 주인공 청년이었습니다. 자신으로 인해 불행해진 여자를 살리려면 인간의 장기가 필요했기 때문에 살인을 저질렀던 거죠. 그렇다면 그는 영악하게 자신의 범죄를 숨기기 위해 살인마 잭이 저지른 범죄인 양 위장한 걸까요? 아닙니다. 그는, 살인을 저지른 것은 살인마 잭이고, 자신은 그에게 돈을 주고 장기를 구입하기만 했다고 진심으로 믿고 있었습니다. 자신이 한 일을 도저히 받아들일 수 없었던 청년은 스스로 자신의 죄를 대신할 존재를 상상 속에서 만들어냈던 것이죠. 지킬 박사의 심리도 이와 같지 않았을까, 생각해봅니다.

## 왜 지킬은 하이드가 되고 싶었을까?

지킬 박사가 살고 있던 영국의 빅토리아시대는 위선의 시대였습니다. 세계에서 가장 먼저 산업혁명이 일어나 경제는 번성하고 과학은 눈부신 발전을 이룩하고 있었습니다. '해가 지지 않는 나라, 영국'이라는 말이 나올 정도로 세계 곳곳에 식민지를 건설하면서 영국 역사상 가장 부유하고 가장 거대한 제국으로 성장했습니다.

그래서 부자들의 시대가 열립니다. 신사와 귀부인들은 경제력을 바탕으로 교양 있고 고상한 생활을 추구했어요. '신사'와 '귀부인' 하면 영국이 떠오르는 것도 바로 이런 이유입니다. 격식과 옷차림, 사회적 평판과 같이 겉으로 보이는 것들을 중요하게 생각하는 세상이 되었습니다.

하지만 이것이 모두에게 해당하는 얘기는 아닙니다. 같은 영국인이라도 땅을 빼앗기고 도시로 쫓겨난 농민들은 도시의 공장에서 겨우겨우 연명할 정도의 임금을 받으며 죽도록 일해야 했습니다. 영국이 지배한 식민지에서는 상황이 더 심각했지요. 조상 대대로 살던 땅을 영국인들에게 빼앗기고 비참한 처지로 전락하는 사람들이 수없이 많았습니다. 심지어 노예가 되어 팔려가는 신세로 전락하기도 했습니다. 영국의 부는 바로 이런 사람들을 착취한 결과입니다.

이런 현실은 모른 척하면서 고상하고 우아한 삶을 추구하던 사람들이 바로 빅토리아시대 영국의 신사와 귀부인이었던 것입니다. 빈부 격차가 커지고 착취가 심각해질수록 신사들과 귀부인들의 위선은 더 커져갔습니다. 자신들의 잘못된 행동을 모두 인정하면 현재 누리는 부를 유지할 수 없으니 별수 없었던 거지요. 모른 척할 수밖에. 더 착하고, 더 멋진 인간인 척하면서 살 수밖에. 그 시대에는 위선이 삶의 방식이었던 거지요. 지킬 박사 역시 그 시대의 일원입니다. 위선적인 삶을 살아갑니다. 누구보다 충실하게.

지킬 박사는 그 위선적인 삶을 더이상 견딜 수 없었던 겁니다. 분명 존재하는 '방종한 지킬'을 계속 억누르는 것도 너무 힘들고, 훌륭한 지킬로 연기하며 사는 삶도 너무 힘들었던 거지요.

### 『지킬 박사와 하이드』를 읽으면 우울해지는 이유는?

『지킬 박사와 하이드』를 읽고 나면 기분이 가라앉습니다. 우울해지죠. 지킬 박사의 기괴한 실험을 통해 탄생한 하이드와 같은 존재가 우리 안에도 존재하고 있다는 사실을 부인할 수 없기 때문입니다.

나는 좋은 사람으로 살고 싶고, 그렇게 살기 위해 노력하지만, 그렇다고 내가 완전히 선한 존재라고는 할 수 없습니다. 현실의 나는 별다른 이유도 없이 주위에 있는 누군가를 미워하고, 마음속으로 끔찍한 상상을 하기도 합니다. 울컥울컥 솟아나는 나쁜 생각, 나쁜 마음을 지우기 위해 많은 노력을 기울여야 합니다. 나는 언제나 다른 사람이 생각하는 것보다 나쁜 존재입니다. 아무도 내 속을 들여다보지 못해서 그렇지, 내 마음속의 나쁜 생각들을 다른 이들이 알아차린다면 세상은 나에게 손가락질할 것입니다. '나만 그런 걸까? 내가 이상한 거야?' 그럴 리가요. 세상 누구나 마찬가지입니다.

스티븐슨은 『지킬 박사와 하이드』를 통해 '내 안의 악'을 드러내보입니다. 계속 숨기고 싶었는데, 아무도 알아채지 못했으면 했는데, 그걸 세상에 드러내보이니 마음이 불편해집니다. 하지만 다르게 생각하면 위안이 될 거예요. 스티븐슨이 폭로한 '내 안의 악'을 가진 것은 나 하나만이 아니라는 사실! 누구나 마찬가지이기 때문에 『지킬 박사와 하이드』가 수많은 이들의 공감을 얻으며 100년 넘는 세월 동안 독자들에게 사랑받아온 것이겠지요.

우리는 선과 악이 뒤섞인 존재입니다. 그것이 인간이지요. 지킬 박사의 비극은 원래부터 선과 악이 뒤섞인 존재인 인간의 특성을 부정하고 거스르고 싶어했다는 것에서 출발합니다. 선하기도 하고 악하기도 한 나, 하지만 선하게 살려고 노력하는 기특한 나를 이해하고 보듬어주었다면 지킬 박사의 삶의 궤적은 한참 달라졌을 텐데요.

### 계속해서 재창조되는 『지킬 박사와 하이드』

『지킬 박사와 하이드』의 흥미진진한 이야기는 많은 이들을 매료했습니다. 그래서 뮤지컬, 영화, 드라마, 만화 등 다양한 장르로 재창조되었지요. 지금까지 『지킬 박사와 하이드』를 재창조한 작품은 40여 편에 이른다고 합니다. 우리가 이 책을 읽기 전에 이미 이야기의 전모를 알고 있었던 것도 바로 이런 이유 때문이지요.

하나의 문학 작품이 다른 형태로 재창조될 때는 그 내용에서도 많은 변주가 나타납니다. 이야기의 원래 골격은 그대로 남지만, 세부적인 부분들이 달라지지요. 그중에 영화 〈지킬 박사와 미스 하이드〉(1995)는 평범한 남자 지킬이 사악한 여자 하이드로 변신한다는 내용으로 바뀌었습니다. 또 영화 〈메리 라일리〉(1996)는 지킬 박사의 하녀 메리 라일리를 등장시켜 그녀의 시선으로 이야기를 이끌어나가도록 하고 있습니다. 뮤지컬 〈지킬 앤 하이드〉에서는 원작에 없는 여자 주인공 둘이 등장해 지킬 박사를 사이에 둔 삼각관계를 펼칩니다. 뮤지컬이 대중의 사랑을 받으려면 아름다운 여자 주인공, 멋진 사랑 이야기가 필요하기 때문일 것입니다. 뮤지컬 〈지킬 앤 하이드〉는 우리나라에서도 엄청난 인기를 누리고 있습니다. 2004년 처음 무대에 오를 때부터 지금까지 관객들의 뜨거운 사랑을 받고 있지요.

『지킬 박사와 하이드』가 새로운 모습으로 끊임없이 재창조되는 것을 보면서 고전 읽기의 중요성을 새삼 생각합니다. 정말로 '멋진 이야기'는 수많은 예술가의 영감을 자극하면서 끊임없이 되살아납니다. 우리를 매료하는 예술가들의 영감의 원천으로 거슬러올라가보는 경험은 우리의 영감을 깨우는 데도 큰 힘이 될 것입니다.

# 4월, 김의영의 이야기

못생기고 뚱뚱하면 다들 무시해.
그런 신세가 되고 싶지 않으니까
노력하는 거야.
세상이 아름다움에 집착하니까
예뻐지려고 다들 발광하는 거라고!

두번째 수북

# 『도리언 그레이의 초상』*

늦었다! 땀에 흠뻑 젖을 정도로 허둥지둥 달려왔는데, 그래도 늦어버렸다. 이대로 들어갈까 하다가 이왕 늦었으니 거울이나 다시 봐야겠다고 생각했다. 헙! 땀 때문에 화장은 다 지워지고, 얼굴은 번들번들해졌다. 머리도 엉망. 그냥 집으로 돌아가버리고 싶었다. 이 꼴로 사람들을 만나고 싶지는 않아. 늦게 들어가면 다들 쳐다볼 텐데, 엄청 못생겨 보일 거야.

발길을 돌리려는 찰나, "럭키! 동지가 생겼네. 너도 지각이구나" 하며 반가워하는 얼굴이 있다. 정영주다. "같이 들어가자" 하면서

* 오스카 와일드 지음, 김진석 옮김, 펭귄클래식코리아

영주가 문을 열었다. 이젠 글렀다. 요즘 아무리 이빨 빠진 사자라고 소문이 났어도 정영주는 정영주다. 공연히 비위를 거슬렀다간 앞으로 학교생활이 더 고달파질지 모른다. 수북만 아니었으면 정영주는 나 같은 애가 있는지도 몰랐을 텐데, 수북 때문에 망했다.

"같이 오네."

"문 앞에서 만났어요."

주인장과 정영주가 이야기하는 사이 나는 얼른 빈자리에 앉았다. 이럴 때 오래 서 있는 것은 현명하지 않다. 다른 애들이 나를 자세히 볼 것이고, 그럼 지금 내 얼굴이 엉망이라는 것을 눈치챌 것이다. 가능하면 눈에 띄지 않게, 튀지 않게…… 요령 있게 살자.

"시간 좀 지키지! 우리도 마냥 한가한 게 아니거든." 윤정환이 뾰족하게 한마디한다. 얘는 평생 지각 같은 건 한 번도 안 해봤을 거야. 나도 늦고 싶어서 늦은 게 아니거든. 사람에게는 다 이런저런 사정이 있는 법이라고. 물론 이 말을 입 밖에 낸 것은 아니다. 내가 이 말을 입 밖에 냈다면 윤정환은 분명 무슨 사정이냐고 물을 거고, 그럼 머리 모양이 마음먹은 대로 안 돼서 늦었다고 대답해야 할 텐데, 그건 정말 최악 아닌가. 지각할 정도로 공들인 결과가 지금 이 모양이라니.

"별로 늦은 것도 아닌데, 뭘. 그리고 어쨌든 왔잖아. 그럼 됐지, 뭐." 박민석이 내 친구라도 되는 듯 편을 들어줬다. 깜짝 놀랐다. 최근에 누가 내 편을 들어준 것이 언제였는지 기억도 나지 않는다. 설마 재가 날 좋아하나?

정영주가 자리에 앉고 책을 꺼내자마자 모임이 시작되었다. 지난 시간처럼 군더더기 없이 곧바로.

"이거 정말 이상한 책이야. 초상화는 늙어가고 본인은 계속 젊은 채로 있다니! 말이 되냐고." 정영주가 먼저 이야기를 꺼냈다.

윤정환이 "『지킬 박사와 하이드』에서는 한 사람이 두 사람이 되던데, 그것보다는 덜 이상하지 않나?" 하자, 이야기는 주인장이 권해주는 책들이 모두 황당하다는 쪽으로 흘러갔다.

"원래 현실에서는 말도 안 되는 이야기를 있을 법한 이야기로 그려내는 것이 작가의 일 아닐까요? 매일 내게 일어나는 일 그대로라면 하나도 재미없잖아요. 황당한 이야기니까, 그런데 그게 또 말이 되는 것도 같으니까, 너무 황당하면 그냥 외면할 텐데 그게 아니니까, 우리가 책을 읽겠죠." 여전히 깍듯한 존댓말로 주인장이 입을 열었다. "지킬 박사도 황당하고 도리언 그레이도 황당했다면, 두 작품을 비교하면서 이야기를 나눠보면 어떨까요?"

윤정환이 주인장을 보며 얼른 대답했다. "지킬 박사의 죄는 하이드가 다 짊어지고, 그레이의 죄는 모두 초상화가 짊어지잖아요. 주인공이 자기 죄를 남에게 떠넘기고 싶어한다는 점이 공통점이라고 생각해요."

"그렇군요, 좋은 분석이에요. 그런데 나한테 얘기하지 말고 친구들에게 얘기하세요. 계속 이야기합시다."

윤정환이 계속 이야기를 이어갔다. 이번에는 우리 쪽을 보면서. "둘 다 아름다움에 상당히 집착하고 있어. 신사 지킬은 잘생겼고, 악당 하이드는 보기만 해도 무시무시하게 생겼어. 도리언 그레이는 잘생겼는데, 도리언 그레이가 잘못을 저지를 때마다 그의 초상화는 추하게 늙어가지." 그래, 윤정환 똑똑해. 나는 책 한 권 읽기도 버거운데, 재는 둘을 비교까지 하는구나.

"그러니까 선한 것은 아름답고 악한 것은 추하다는 얘기?" 박민석이 묻고, "그렇지. 근데 그게 말이 되냐고. 예쁘게 생겼지만 못된 것들이 얼마나 많고, 못생겼어도 착한 애들이 얼마나 많으냐 이 말이야." 정영주가 대답했다.

"그래? 난 못생기고 착한 애들 별로 못 봤는데? 너희는 그런 애 알아?" 윤정환이 빈정거리며 말했다. 그 말을 하며 슬쩍 나를 보았다. 애들 사이에 오가는 얘기를 한 귀로 들으며 살짝살짝 거울을 보고 있던 나와 눈이 딱 마주쳤다. 윤정환은 느릿느릿 시선을 돌리면서 말을 이어갔다. "예쁜 애들은 예쁜 것 자체로 이미 착한 거야. 볼 때마다 기분이 좋아지잖아. 중생을 위해 존재 그 자체로 봉사하고 있는 거지. 막 기쁨을 줘. 그게 착한 거지." 뭐 저만 놈이 다 있어? 은근히 나를 두고 하는 얘기? 화르륵 화가 타올랐지만 참았다. 뭐라고 해? 나는 못생겼지만 착하다고 해?

"거참, 말 예쁘게도 하네. 난 너 쳐다볼 때마다 속이 거북해지는

데, 그럼 넌 생긴 것 자체로 악이냐?" 정영주가 쏘아붙였다. 정영주, 유 윈! 쟤는 싸움만 잘하는 줄 알았는데, 은근히 야무진 구석도 있네. 근데 저렇게 예쁜 애가 저런 말 하면 별로 설득력이 없지 않나?

"어허, 릴렉스. 오늘은 내가 먼저 준비한 부분을 읽어보지." 윤정환이 자기가 밑줄 친 부분을 읽기 시작했다.

"여보게, 친구, 여성 중에는 천재가 없네. 여성은 장식적인 존재라네. 그들은 결코 중요하게 할 말이 없으면서 그래도 매력적으로 말을 하지. 여성은 물질이 정신을 이긴다는 것을 보여주는 존재라네. 도덕보다 정신이 우위에 있다는 걸 남성이 보여주듯이."

찾아 읽어도 꼭 저 같은 것만 찾아 읽는군. 저런 말은 어디서 찾아낸 거야? 기분 나쁜 것은 정영주도 마찬가지인 모양이었다. 얼굴 표정이 구겨지고 입이 달싹거렸다. 사태를 수습한 것은 박민석이었다.

"얘기가 이상한 데로 흐르네. 내가 밑줄 친 데 읽어볼게."

"당신은 언제까지 날 좋아해줄까요? 주름이 처음 생기기 전까지겠죠. 이제 알겠어요. 사람이 훌륭한 용모를 잃으면 그것이 뭐든 간에 다른 모든 것도 잃는다는 걸. 당신 그림은 내게 그걸 가르쳐줬어요. 헨리 워튼 경의 말은 완벽하게 옳아요. 젊음이야말로 간직할 가치가 있는 유일한 거예요."

"왜 거기에 밑줄을 쳤어?" 정영주가 묻고, "이상해? 난 이 말이 도리언 그레이의 인생관 그 자체라고 생각했거든. 도리언 그레이의 생각을 한마디로 정리하면 '아름다움이 제일 중요하고, 아름다움은 젊을 때만 가능하다'라는 것 아냐?" 박민석이 되물었다. 정영주가 천천히 고개를 저었다. "아니야. 이상해서 물은 게 아니라, 우연치고는 굉장하다 싶어서. 난 바로 그 밑에 줄을 쳤거든."

"난 소멸하지 않는 아름다움을 지닌 모든 걸 질투해요. 당신이 나를 보고 그린 이 초상화까지 질투한다고요. 어째서 내가 잃을 수밖에 없는 것이 그 속에 담겨 있죠? 매 순간 지날 때마다 내가 빼앗기는 그 어떤 것이 저 그림 속에 담겨 있어요. 어째서 내가 잃을 수밖에 없는 것이 그 속에 담겨 있죠?"

"소멸하지 않는 아름다움, 이게 도리언 그레이가 갈망하는 것을 한마디로 표현한 거라고 생각했어." 정영주가 말했다. 그래서 도리언 그레이는 행복하지 않은 거라는 이야기가 이어졌다. 살아 있는 것은 모두 변화할 수밖에 없으며 변화의 끝은 소멸일 텐데, 소멸하지 않는 아름다움에 매달린다면 살아 있는 자신의 존재를 부인하는 것 아닌가! 도리언 그레이의 몰락은 이미 예정되어 있는 것이나 다름없었다.

"나는 도리언 그레이의 사랑에 대해서도 이야기해보고 싶어. 다시 내가 읽어볼게.” 삐딱한 자세로 앉은 정영주가 말했다. 저런 자세로 앉아 있어도 여전히 예쁘다는 것은, 보고 있는 사람 입장에서 정말 화나는 일이 아닐 수 없다.

“오늘밤에 그녀는 이모겐이 되죠. 그리고 내일은 줄리엣이 될 거예요.”
“그럼 그녀가 시빌 베인인 때는 언젠가?”
“그런 때는 없어요.”
“축하하네.”
“당신은 정말 짓궂어요! 그녀는 세상에서 가장 훌륭한 여주인공들을 한 몸에 담고 있어요. 그녀는 한 개인이 아니라고요. 당신은 웃지만, 내 말은 그녀가 천재성을 지녔다는 거예요.”

기억난다. 저 구절. 도리언 그레이는 무대의 여주인공 시빌 베인을 사랑했지만, 사실은 시빌 베인을 사랑한 것이 아니라 시빌 베인이 맡은 배역을 사랑한 것이다. 이건 또다른 비극의 출발이다.

“우리가 어떤 사람을 사랑할 때 그 사람 자체를 사랑하는 걸까, 아니면 그 사람이 연기하는 어떤 역할을 사랑하는 걸까? 도리언 그레이처럼 노골적이지는 않겠지만, 누구나 어느 정도는 상대방이 연기하는 어떤 역할을 사랑한다고 봐야 하지 않을까?” 정영주는 이렇게 말하면서 우리 모두를 둘러보았다.

표정이 너무나 절실해 보여서 나는 잠시 정영주가 외로운 거라고 생각했지만, 금세 그 생각을 거두었다. 정영주 주위에는 따르는 아이들이 항상 북적거렸다. 그 애들은 영주의 열렬한 숭배자이자 충실한 종이었다. 그런 정영주가 외롭다고? 말도 안 되는 소리. 외로운 건 나다. 못생기고 뚱뚱해서 아무도 돌아봐주지 않는 나 같은 존재를 두고 외롭다고 하는 거다.

"맞아. 우리 엄마는 내가 공부하고 있을 때나 엄마 마음에 드는 성적표를 가지고 갔을 때만 나를 사랑하는 것 같거든. 공부 잘하는 자식을 연기하고 있을 때, 나는 우리 엄마 아빠의 특별한 사람이 되는 거지." 그래서 윤정환은 죽어라 공부하나? 사랑받으려고? 우리 엄마 아빠는 나의 어떤 역할을 사랑하지?

아이들은 사랑의 정체에 대해 계속 이야기를 주고받았다. 도리언 그레이가 진짜 사람을 사랑할 줄 몰랐기 때문에, 시빌 베인이 도리언 그레이의 기대를 배반했을 때 그토록 냉정하게 그녀를 버릴 수 있었던 것이다. 사랑에 대한 열띤 대화가 어느 정도 가라앉자, 아이들이 모두 나를 쳐다봤다. '왜?' 하는 표정으로 내가 아이들을 둘러보자, 윤정환이 말했다. "너만 남았잖아. 읽어봐, 네 밑줄." 아, 나는 오늘 모임에서 한마디도 하지 않았고, 아직 밑줄을 읽지도 않았다. 어쩔 수 없는 일이었다. 뛰어오느라 엉망이 된 내 모습을 아이들에게 보여주지 않으려면.

아! 어쩌다가 그는 초상화가 그의 인생의 짐을 대신 져주고, 자신의 영원한 청춘의 때 묻지 않은 광채를 계속 간직하게 해달라며 기도하는, 그 오만하고 격정적인 소름 끼치는 순간을 맞게 되었던가! 그의 모든 실패는 거기에서 비롯되었다. 그의 인생에서 죄를 범할 때마다 확실하고 즉각적인 처벌을 받았더라면 더 좋았을 것이다. 처벌은 정화가 뒤따르기 마련이었다. "우리 죄를 용서하시고"가 아니라, "우리의 불의를 벌하여 주옵시고"라고 하는 것이 의로운 신에 대한 인간의 기도여야 했다.

"다시 지킬 박사가 떠오르네. 지킬 박사가 너무 좋은 신사를 연기하느라고 기운을 다 빼지 말고, 적당히 타락하고, 적당히 선량하게 살았으면 그런 비극은 없었을 것 아냐? 도리언 그레이도 죄를 지을 때마다 대가를 치르면서, 거기서 교훈을 얻으면서 살았으면 적당히 행복하게 살 수 있었을 텐데 말이야." 한숨까지 섞어가면서 윤정환이 내가 읽은 부분에 대한 생각을 이야기했다.

"그러니까, 외모의 아름다움에 너무 집착하면 안 된다고. 생각하지도 못한 엄청난 대가가 기다리고 있는 거야. 계속 뜯어고치다보니 어느 순간 추악한 모습이 돼버린 나이 든 여배우들 보면 답이 딱 나오잖아?" 정영주가 말했다.

그 말을 듣고 있는데 갑자기 화가 치밀어올랐다. 맞는 말일 수도 있지만, 그렇게 단순화할 말은 아니야. 노력 안 해도 예쁘고 날씬한 네가 뭘 알겠어? 미쳐버릴 만큼 굶으면서 다이어트를 했는데도 몸무게가 조금도 줄지 않을 때 내가 느끼는 절망감을 네가 알아?

"예뻐지고 싶은 게 왜 나빠? 못생기고 뚱뚱하면 다들 무시해. 게으르다는 둥, 자기 관리를 안 한다는 둥, 성격도 삐뚤어졌을 거라는 둥, 자기들 멋대로 결론을 내리지. 그런 신세가 되고 싶지 않으니까 노력하는 거야. 예뻐지려고. 예뻐지려고 노력하는 사람이 아름다움에 집착하는 게 아니라, 세상 사람들이 아름다움에 집착하니까 예뻐지려고 다들 발광하는 거라고!" 말을 마치고 숨을 고르다가 나는 흠칫 놀랐다. 우스꽝스러운 모습으로 폭주해버린 나를 발견한 것이다. 젠장.

다들 적당한 대응 방법을 찾지 못해 분위기가 썰렁해졌다. 난 이제 '못생기고 뚱뚱한 애'에서 '거기다 분위기 파악도 못하는 애'가 되어버린 것이다. 만세! 3관왕이다.

사태 수습을 위해 주인장이 나섰다. 우리에게 쪽지를 한 장씩 나누어주면서 이런 말을 했다. "내가 가진 생각은 나만의 세계에서 만들어진 것이 아니라 세상 사람들의 생각이 반영된 것이죠. 의영이가 아주 예리한 지적을 했네요. 그래서 오스카 와일드는 세상 사람들에게 보이는 모습, 즉 외모의 아름다움에만 집착하다가 불행한 최후를 맞는 도리언 그레이를 창조한 것 아닐까요? 이 얘기는 다음 시간에도 이어갈 수 있을 거라고 생각해요. 다음에 읽을 책도 이 이야기와 관련 있으니까요." 마칠 시간이 된 것이다.

다음에 함께 읽을 책은 『프랑켄슈타인』입니다.

가장 마음에 와닿은 구절을 뽑아 표시해 오세요.

모임은 여러분이 뽑아 온 구절을 다 함께 읽는 것으로 시작합니다.

다음 모임은 5월 셋째 주 수요일 일곱시입니다.

카페 숨:으로 오세요.

– 주인장

젠장, 이 주인장은 컨트롤 C와 컨트롤 V를 너무 좋아한다. 어째 이렇게 맨날 똑같은 쪽지를 주냐.

# 나는 언제나 젊고,
# 이 그림이 대신 나이를 먹어준다면!

오스카 와일드는 재기 발랄하고 탐미적인 작품을 많이 남겼습니다. 『도리언 그레이의 초상』은 오스카 와일드의 유일한 장편소설입니다. 이 작품의 주인공 도리언 그레이는, 모든 이들을 사로잡을 만큼 아름다운 외모를 가졌습니다. '상아와 장미 잎사귀에서 탄생한 것처럼 보이는군.' 그를 보는 이들은 이런 찬탄을 할 수밖에 없었습니다.

하지만 그 아름다운 청년은 괴롭습니다. 왜냐하면 그 아름다움이 세월과 함께 사라질 것이라는 생각에 견딜 수 없는 고통을 느끼거든요. 헨리 경은 도리언 그레이의 불안을 부채질합니다. 신이 도리언 그레이에게 최상의 아름다움을 선사함으로써 엄청난 관대함을 보여주었지만 그 아름다움이 지속되지 않을 것임을 경고하지요. 도리언 그레이로서는 이 경고를 부정할 방법이 없었습니다. 당연히 세월은 흐를 것이고, 그에 따라 도리언 그레이의 아름다움도 사라질 것은 분명하니까요.

도리언 그레이는 자신의 아름다움이 언젠가는 소멸할 것이라는 불안감 때문에 자신의 초상화에까지 질투심을 느낍니다. 나는 늙고 추해질 텐데, 그때도 저 초상화는 저렇게 아름다운 모습으로 존재하겠지, 하는 생각에 견딜 수가 없습니다. 그래서 감히 얼토당토않은 소원을 중얼거립니다. 자신은 언제까지나 젊고, 초상화가 자신을 대신해서 나이를 먹게 되기를 소망한 거죠. 그렇게만 할 수 있다면 영혼이라도 기꺼이 내주겠다고 생각합니다. 이 순간 도리언 그레이는 악마와 계약을 맺은 것입니다. 어떻게 된 영문인지 모르지만, 도리언 그레이의 뜻대로 되었습니다.

도리언 그레이는 세월이 흘러도 젊고 아름다운 채로 머물렀습니다. 대신 그의 초상화가 나이를 먹게 되지요. 그의 사랑을 잃은 시빌 베인이 절망해서 자살했는데 그것을 냉정하게 외면해버릴 때, 그의 삶을 자꾸 간섭해들어오는 선량한 화가 바질 홀워드를 살해했을 때, 초상화의 모습은 변합니다. 그의 악행은 날이 갈수록 몸집을 불려나가고, 그럴 때마다 초상화는 점점 추한 모습으로 나이를 먹어갑니다.

## 도리언 그레이는 시빌을 사랑했을까?

초상화에 자신의 죄를 떠넘기며 아름다움을 유지했던 도리언 그레이는 행복했을까요? 그렇게 보이지는 않습니다. 그에게는 마음을 나눌 친구도 없었습니다. 초상화의 비밀은 너무 어둡고 무거워서 누구에게도 터놓을 수 없었으니까요.

그에게는 사랑도 없었습니다. 도리언 그레이는 자기 자신을 너무나 사랑했기 때문에 다른 사람을 사랑할 수 없었습니다. 인간이라면 누구나 세월과 함께 늙어가는데, 그것을 혐오하는 그가 다른 사람을 사랑할 수는 없지 않겠어요?

『도리언 그레이의 초상』에서 도리언 그레이는 단 한 번 사랑에 빠집니다. 아름다운 여배우 시빌 베인을 사랑하게 되지요. 하지만 도리언 그레이가 사랑한 것은 시빌 베인이 아니라 시빌 베인이 연기하는 인물들입니다. 무대 위에서 예술을 구현하는 그녀를 사랑한 것입니다. 현실에 존재하는 인물은 시빌 베인인데, 그녀가 시빌 베인일 때는 언제냐는 물음에 "그런 때는 없어요"라고 대답합니다. 도리언 그레이는 시빌 베인을 사랑한 것이 아니었죠. 그러니까 오늘밤에는 이모겐, 내일은 줄리엣이 되는 여배우 시빌 베인을 사랑한 거죠.

하지만 시빌 베인은 달랐습니다. 사랑에 빠진 그녀는 무대 위의 삶이 아니라 진짜 삶을 선택합니다. 무대에서의 가짜 삶에 염증을 느낀 것이지요. 시빌은 더이상 무대에서 연기를 할 수 없습니다. 시빌은 말합니다. 도리언 그레이를 사랑하기 전까지는 무대에서의 삶이 진짜 삶이고 진실이라고 생각하며 살았지만, 이제는 그럴 수 없다고. 그리고 베아트리체나 코딜리어를 연기하는 무대 위의 가짜 삶이 아니라 무대 밖의 진짜 삶을 선택하겠다고 선언합니다.

"난 무대가 싫어요. 내가 느끼지 못하는 열정을 흉내 낼 순 있겠지만, 나를 불태우는 어떤 것은 흉내 낼 수 없거든요. 오, 도리언, 도리언, 그것이 뭘 의미하는지, 당신은 이해하시죠? 내가 사랑에 빠진 연기를 하는 게 설사 가능하다고 하더라도, 그건 신성모독인 거예요. 당신이 그걸 깨우치게 해주었어요."

시빌의 고백에 도리언 그레이는 어떻게 응답했을까요? 도리언 그레이는 현실의 진짜 사랑을 원하는 시빌을 받아들일 수가 없었어요. 왜냐하면 도리언 그레이는 시빌이 '놀라운 존재였기 때문에, 천재성과 지성이 있었기 때문에, 위대한 시인의 꿈을 실현시키고 예술의 그림자에 형태와 내용을 줄 수 있기 때문에' 사랑한 거거든요. 이런 상황에서 도리언 그레이는, 시빌이 무대 밖의 삶을 선택하는 것은 견딜 수 없는 배신이라고 생각합니다. 그래서 이렇게 말합니다. "당신은 내 사랑을 죽여버렸어."

그리고 냉정하게 돌아서지요. 절망한 시빌은 자살하고 말지만, 도리언 그레이는 한때 사랑했던 그녀의 죽음 앞에서 조금도 슬퍼하지 않습니다. 양심의 가책도 받지 않지요. 그렇게 열렬히 사랑했는데, 사랑했던 그녀가 자살했는데 어떻게 그럴 수 있을까요? 우리에게는 이상할지 모르지만 도리언 그레이에게는 자연스러운 일입니다. 시빌이 무대 밖의 삶을 선택한 순간, 그가 사랑했던 시빌은 이미 없어졌기 때문입니다. 죽은 시빌은 그가 사랑했던 사람이 아닙니다. 도리언 그레이 입장에서는 슬퍼할 이유가 없습니다. 오히려 시빌이 자신의 사랑을 망쳐버렸다고 생각하지요. 그러니

양심의 가책을 느끼지 않는 건 당연합니다.

이후 남은 생애 내내 도리언 그레이는 다시는 사랑에 빠지지 않습니다. 가슴을 뛰게 하는 열정은 이미 도리언 그레이의 몫이 아니었던 거지요.

## 도리언 그레이는 왜 자신을 칼로 찔렀을까?

도리언 그레이는 보람을 느끼지도 못했습니다. 소설 속에서 그는 단 한 번도 의미 있는 일을 한 적이 없습니다. 물려받은 유산으로 풍족하게 살면서 그냥 하루하루를 즐기기만 할 뿐이었지요. 창조적인 일을 한 적도 없고 다른 사람을 위해 무언가 헌신해본 적도 없는 삶이란 얼마나 공허한가요.

도리언 그레이는 무언가를 책임질 필요도 없었습니다. 자신의 죄는 모두 자신의 초상화가 짊어지니까요. 자신은 언제나 순수하게 아름다운 존재로 남을 수 있기에 잘못을 저지를 때 망설임도 없고, 양심의 가책도 느끼지 않았습니다. 이것은 좋은 일이었을까요?

우리는 돌이킬 수 없는 순간순간을 살아갑니다. 그리고 그 순간들이 모여 우리의 삶이 되고 우리 자체가 됩니다. 책임지지 않는다는 것은 계속 되돌아갈 수 있다고, 혹은 그 자리에 머물 수 있다고 믿는 것입니다. 그래서 아무것도 쌓이지 않습니다. 공허합니다.

도리언 그레이는 이 공허한 삶에 지쳐갑니다. 죄는 쌓여가고 불안은 그의 영혼을 괴롭힙니다. 모든 죄를 초상화에 떠넘기며 살아온 도리언 그레이는 자신의 삶이 잘못된 것도 초상화 탓으로 떠넘깁니다. 그리고 그 초상화를 그린 화가를 증오합니다. 그래서 화가를 칼로 찔러 죽입니다. '이 칼로 화가를 죽였듯이, 이제 화가의 작품을 죽일 것'이라고 결심합니다. 도리언 그레이는 화가를 살해했던 칼로 자신의 초상화를 찌릅니다. 무슨 일이 일어났을까요?

죽은 것은 도리언 그레이 자신입니다. 사람들이 도리언 그레이의 방에 들어섰을 때 발견한 것은 무엇이었을까요? 그들은 여전히 경이로운 젊음과 아름다움을 간직한 도리언 그레이의 초상화를 발견합니다. 그리고 하나의 시체. 늙고 야위고 주름지고 역겨운 용모를 가진, 가슴에 칼이 꽂힌 시체. 시체의 손가락에 있는 반지를 확인하고 나서야 그들은 죽은 사람이 도리언 그레이라는 것을 알아챌 수 있었습니다.

## 도리언 그레이가 결코 알지 못했던 것은 무엇일까?

한칼에 베어 없애버릴 수 있는 과거란 존재하지 않습니다. 어제 나의 선택은 어떤 식으로든 오늘의 나에게 영향을 미치고, 오늘 내가 어떤 선택을 하느냐에 따라 내일의 내가 만들어지는 것입니다. 그런데 그는 자신의 과거 전체를 없애고 새로 시작하고 싶어했습니다. 컴퓨터 게임을 하듯 리셋을 하면 새로 시작할 수 있다고 믿었던 것이죠. 하지만 그런 일은 현실에서 불가능하지요.

그렇다면 한번 잘못된 인생은 계속 잘못된 채로 흘러가야 하는 걸까요? 그렇지는 않습니다. 바로잡고 싶은 쪽으로 방향을 틀어야지요. 그래도 우리는 또 잘못을 저지르겠지요. 그게 인생이니까요. 하지만 깨닫고 다시 좋은 쪽으로 방향을 틀고…… 이런 일들을 되풀이하면서 전체적으로 좋은 방향으로 나아가게 될 겁니다. 고속도로처럼 뻥 뚫린 길을 달리지는 못하겠지만, 골목길을 꼬불꼬불 돌아가더라도 어쨌든 원하는 방향으로 갈 수 있습니다. 시간도 걸리고 힘도 들겠지만, 불가능한 것은 아닙니다. 그리고 그렇게 비틀비틀 가는 여정이 헛된 것만도 아니랍니다. 골목길을 헤매는 동안에도 우리는 많은 것을 경험하고 배우면서 성장할 테니까요. 그리고 그런 걸음걸음이 모여서 내가 되는 겁니다. 도리언 그레이는 그걸 알지 못했지요. '완벽한 것'만이 좋은 것이라고 생각했으니까요.

도리언 그레이가 알지 못했던 것이 또하나 있습니다. 사람의 아름다움은 한순간에 완성되는 것이 아니라 그의 삶 전체를 통해 만들어진다는 것을 그는 몰랐습니다.

〈로마의 휴일〉 〈티파니에서 아침을〉 등의 영화에 출연하여 전 세계 사람들의 사랑을 받았던 배우 오드리 헵번을 보세요. 오드리 헵번은 젊었을 때 아름다운 모습으로 관객들을 사로잡았지만, 그녀의 진정한 아름다움은 나이들어가면서 더욱 빛을 발합니다. 그녀는 노년을 봉사활동에 바쳤습니다. 얼굴에는 주름이 가득하지만, 가난하고 고통받는 이웃들과 함께하는 오드리 헵번의 모습을 보세요. 계속해서 젊음을 유지하려고 안간힘을 쓰며 노년을 보내는 다른 많은 여배우들과 비교해 보면, 그녀의 모습은 숭고하기까지 합니다. 세월과 함께 더욱 아름다워지는 비결, 그것은 '좋은 삶'을 사는 것입니다. 오드리 헵번이 우리에게 전하는 아름다움의 비결을 살짝 들여다볼까요?

아름다운 입술을 갖고 싶으면 친절한 말을 하라.

사랑스러운 눈을 갖고 싶으면 사람들에게서 좋은 점을 보아라.

날씬한 몸매를 갖고 싶으면 너의 음식을 배고픈 사람과 나누어라.

아름다운 머리카락을 갖고 싶으면 하루에 한 번 어린이가 손가락으로 너의 머리를 쓰다듬게 하라.

아름다운 자세를 갖고 싶으면 결코 너 자신이 혼자 걷고 있지 않음을 명심하며 걸어라.

사람들은 상처로부터 치유되어야 하며 낡은 것으로부터 새로워져야 하고 병으로부터 회복되어야 하고 무지함으로부터 교화되어야 하며 고통으로부터 구원받고 또 구원받아야 한다. 결코 누구도 버려서는 안 된다.

기억하라! 만약 도움을 주는 손이 필요하다면 너의 팔 끝에 있는 손을 이용하면 된다. 네가 더 나이가 들면 손이 두 개라는 것을 발견하게 될 것이다. 한 손은 너 자신을 돕는 손이고 다른 한 손은 다른 사람을 돕는 손이다.

이제 편지를 마무리할 때가 되었습니다. 생각나는 이야기가 있네요. 자신의 작품을 애프터서비스해주는 존 드 앤드리아John de Andrea라는 조각가가 있다고 합니다. 그는 10년마다 자신의 작품을 찾아가 주름살도 더하고 세월의 무게도 더하여 지나간 시간만큼 자신의 작품이 나이들도록 한다고 하네요. 어쩌면 이 작가는 『도리언 그레이의 초상』을 읽었던 것 아닐까요?

© UNICEF/HQ92-1179/Betty Press

# 5월, 박민석의 이야기

축구가 내 모든 것이던 시절이 있었다.
축구의 신은 나의 편인 것 같았다.
하지만 시합중 상대편 선수의
태클로 생긴 부상은
내 인생을 전혀 의도치 않은 방향으로
이끌었다.

# 축구 천재가
# 카페에 더부살이하게 된 사정

근처 초등학교 운동장에서 축구를 했다. 작년에 축구를 그만둔 뒤, 다시는 축구를 하지 않겠다고 결심한 적도 있지만, 선수로 뛰지 못하게 되었다고 해서 축구를 끊을 필요는 없다는 생각에 한 번씩 공을 들고 나가서 놀다오곤 했다. 오늘은 운동장에 놀러온 동네 초등학생들이랑 한판 신나게 뛰고 왔다. 다섯 명의 꼬맹이들이 축구를 한다며 내 주위를 오락가락하더니, 그중 야무지게 생긴 한 녀석이 내게 다가온 것이다.

"형, 괜찮으면 우리랑 축구 할래요?"

"뭐? 나보고 너희랑 공을 차라고?"

"우리 실력이 별볼일 없어 보이겠지만, 우리도 꽤 하는 편이라고요. 형도 혼자 노는 것보다는 같이하는 게 낫지 않나요?"

그래서 같이 공을 차기 시작했는데, 생각보다 꽤 재미있었다. 별 특별한 기술도 아닌데, 내가 뭐라도 가르쳐주면 완전 존경한다는 눈빛을 보내며 초집중 자세로 따라 하는 녀석들의 모습을 보는 것도 좋았다. 축구밖에 할 줄 아는 게 없었는데 그 축구마저 못하게 된 천덕꾸러기 박민석은 사라지고, 멋있는 형 박민석이 그 자리를 대신한 것이다. 내가 이런 거 좋았다고 말하면, 같이 축구하던 그놈들은 나를 측은하게 여기려나? 이런 생각이 떠오르자 잠시 침울해졌지만, 그건 정말로 잠시였다. 좋다. 좋으니 그걸로 된 것 아닐까?

돌아갈 준비를 하는 내게 꼬맹이들이 물었다. 형, 다음주에도 나올 거예요? 몇시에 올 거예요? 우리는 토요일, 일요일, 아무때나 하루종일 시간 나는데…… 나를 보는 표정이 하도 애절해서 다음주 토요일에도 나오겠다고 대답해주었다. 몇시요? 글쎄. 여덟시쯤? 꼬맹이들은 신이 나서 돌아갔다.

카페 숨:에서 더부살이를 시작한 지도 석 달 가까이 흘렀다. 내가 더부살이를 하게 된 사정은 이렇다.

지난 2월에 담임선생님과 함께 카페 숨:을 찾아갔다. 담임이 주인장에게 이러저러한 내 사정을 이야기하는 중에 사실은 내가 머물 곳도 마땅치 않다는 얘기를 꺼냈다. 내가 아주 어렸을 때 아버지랑 이혼한 엄마가 3년 전에 재혼을 했다. 새아버지는 좋은 사람이었다.

하지만 가난했다. 엄마도 가난했다. 둘이 합치면서 두 칸짜리 옥탑방을 얻어 새아버지가 데려온 딸까지 셋이서 함께 살았다. 나는 선수 기숙사에서 생활하고 있었기 때문에 별문제 없었다. 한 달에 한두 번 집에 갈 때는 주방 겸 마루에서 잤다. 그런데 축구를 그만두면서 기숙사 생활도 끝이 났다. 그래서 마루 생활을 하게 되었다. 새로 생긴 여동생이 심하게 불편해하리라는 것을 모르는 바 아니었다.

방학 때는 주유소에서 알바를 하면서 먹고 잤는데, 새아버지에게는 그게 또 불편했던 모양이다. 봄에 방 세 칸짜리 집으로 옮기려 한다고 엄마가 얘기했다. "돈이 어디 있어서?" 하고 물었더니 지하방으로 구하면 된다고 대답했다. 나는 가슴이 먹먹해졌다. 지하방에서 지낼 때 엄마가 내내 아팠던 기억이 떠올랐다. 정말 내가 아무 쓸모도 없는 천덕꾸러기가 되어가고 있다는 생각이 들었다.

그런 내 사정을 들은 주인장은, "민석이랑 민석이 부모님만 괜찮다면 민석이가 여기서 지내도 되는데요"라고 제안했다. 주인장은 카페 2층에서 살고 있었는데, 방이 두 개고 짐도 별로 없으니 괜찮다고 했다. 게다가 여자 혼자 살기 좀 무섭기도 했는데, 저렇게 덩치 좋은 녀석이랑 같이 살면 든든할 것 같다고. 나는 이것저것 염치를 차릴 형편이 아니었기 때문에 주인장의 제안을 덥석 물었다. 이 생활은 생각보다 훨씬 괜찮았다. 까칠해 보이는 첫인상과 달리 주인장은 훌륭한 동거인이었다.

'폭력적인 놈'이라는 딱지를 달고 있는 내게 선뜻 방을 내주었다는 점에서도 고마웠지만, 내게 왜 그랬냐고 묻지 않은 점이 더 고마웠다.

"왜 그랬어?" "왜 그런 짓을 한 거야?" 작년 12월, 학교 운동장에서 유승호의 배에 축구공을 꽂아넣은 뒤부터 수도 없이 받은 질문이다. 그런데 주인장은 나한테 그딴 걸 묻지 않았다. 다만 한 방 날리고 나니 이제 속이 풀렸냐고 물었다.

나는 잠시 의심했다. 주인장한테도 나와 같은 전과가 있는 것은 아닐까, 하고. 그렇지만 이내 고개를 저었다. 한 방 날리는 전과를 갖기에는 주인장의 신체 조건이 받쳐주지 않았다. 저 아동복 사이즈의 주인장이 누구한테 한 방 날릴 수 있으랴? 동네 초딩한테? 내가 촉이 좀 좋은 편이라서 하는 말인데, 저 주인장은 초딩한테 한 방 날릴 만큼 포악한 사람이 못 된다. 게다가 욱하는 성질이 있어 보이지도 않고.

축구가 내 모든 것이던 시절이 있었다. 초등학생 때 선수로 뽑힌 후 계속 축구만 했다. 고등학교도 잘나가는 축구부가 있는 곳으로 진학했다. 1학년이었지만, 축구의 신은 나의 편인 것 같았다. 나는 모두가 부러워할 만한 체격을 갖추고 있었고, 체력도 좋았다. 이대로 쭉, 국가대표까지 간다. 어쩌면 국가대표 팀 코치가 되고, 감독이 되는 것도 불가능하지 않을 거라는 생각까지 했다. 하지만 시합중 상대편 선수의 태클로 생긴 부상은 내 인생을 전혀 의도치 않은 방향으로 이끌었다.

6개월 이상 푹 쉬어야 한다는 진단을 받았지만, 부상 2개월 만에 시합에 나가야 했다. 3학년 선배들이 대학에 무사히 진학하려면 한두 번의 우승이 더 필요했기 때문이다. 감독도, 선배들도, 선배들의 부모님들까지도 사정을 했다. 이번 한 번만 뛰어달라고. 그리고 그 뒤에 쭉 쉬면 부상도 치료하고 컨디션도 회복할 수 있지 않겠느냐고. 나는 거절할 수 없었다. 그렇게 출전한 시합에서 나는 다시 부상을 당했다. 내 무릎이 완전히 망가져버린 것이다. 그리고 내 미래도 함께 망가졌다. 그것만으로도 나는 충분히 고통스러운데, 선배들은 "결국 도움도 안 되는 놈이 설치기만 했어"라며 등을 돌렸다. 아무도 내게 "무리하게 뛰게 해서 미안하다"고 말해주지 않았다.

운동 특기생으로 다니던 그 학교를 계속 다닐 수 없었기 때문에 집에서 가까운 일반고인 신영고로 전학을 했다. 거의 10년 만에 하루종일 교실에 앉아 있게 되었을 때, 나는 내 고난이 끝나지 않았다는 것을 깨달았다. 선생님들은 "네 머리는 장식으로 달렸냐?" "어떻게 고등학생이 그것도 몰라?" 하는 소리들을 아무렇지도 않게 해댔다. 나는 조금씩 죽어가고 있었다.

그런 생활을 한 달쯤 하고 있는데, 체육 선생님이 나를 불렀다. 학교에서 풋살 대회를 하는데 참가하라는 거였다. 처음에는 거절했다. 앞으로 내 인생에 축구는 없다고 여겼기 때문이다. 게다가 내가 학교 풋살 대회에서 뛰고 있다는 소문이 이전 학교 친구들 귀에 들어갈 것을 생각하니, 정말 안 될 일이었다. 나는 죽어가고 있었지만,

자존심은 지키면서 죽고 싶었다.

그러나 나는 결국 넘어갔다. '전학 온 덩치 큰 바보'인 박민석에게는 친구가 없었다. 풋살 시합에 기여하면 내게도 친구가 생기지 않을까, 기대하면서 팀에 합류했다. 선생님의 제안을 계속 거절할 만한 배짱이 없기도 했고.

당연히 내가 속한 팀이 우승했다. 결승전을 마치고 같은 팀 친구들과 기쁨을 나누고 있는데, 상대 팀의 한 녀석이 내게 다가와 말을 걸었다. 시합 내내 거슬리던 녀석이었다. 녀석이 나를 좋아하지 않는다는 것은 너무도 분명해 보였다.

"좋냐? 호랑이가 없는 곳에서는 여우가 왕이라더니. 선수로 뛰던 놈이 풋살 경기에 끼여서 큰소리치니 좋냐고?" 참았다. 뭐, 틀린 말도 아니었으니 참으려고 했다. 그래서 녀석에게 대꾸도 하지 않고 축구공을 들고 본부석 쪽으로 걸어가기 시작했다. 그런데 내 뒤통수에 대고 그 녀석이 하는 말에 완전 꼭지가 돌아버렸다. 그래서 있는 힘껏 공을 찼다. 날아간 공은 내 의도대로 그 녀석의 배에 정확히 꽂혔다. 내가 힘을 다해 찬 공에 맞은 녀석은 뒤로 완전히 나자빠져서 배를 감싸 쥐고 꿈틀거렸다.

녀석의 부모님이 학교로 달려오고, 생활지도부에 불려가고, 선도위원회가 열렸다. 나 같은 놈은 당장 잘라야 한다는 것이 그 녀석 부모님의 주장이었지만, 교장선생님의 중재로 사태는 일단락되었다. 1년 동안 북클럽에서 책을 읽을 것. 이것이 내게 주어진 벌이었다.

신영고에서는 이걸 '수북형'이라고 부른다나?

땀에 젖은 채 카페로 돌아갔는데 놀랍게도 윤정환이 와 있었다.

주인장은 여전히 추리닝 차림으로 윤정환과 이야기를 나누고 있었다. 맨날 추리닝을 입고 있지만, 주인장은 숨쉬기운동 말고는 아무런 운동도 하지 않는다.

"축구했어?"

"네."

"괜찮아?"

"네?"

"다쳐서 축구 못한다고 하지 않았나? 축구하면 무릎에 더 안 좋은 거 아니야?"

"선수로 못 뛴다는 거지, 아예 무릎을 못 쓰게 된 건 아니거든요."

윤정환, 저 녀석은 왜 여기 와 있는 거야. 내 표정을 읽었는지, 윤정환이 말했다. "너랑 얘기 좀 하려고 들렀어." 이건 또 웬 시추에이션?

"내가 널 좀 좋아하잖냐." 헐, 뭔 소리야?

"네가 축구공 꽂아넣은 놈, 유승호 말이야. 내가 평소에 그놈을 별로 안 좋아했거든. 한 대 패주면 좋겠다고 줄곧 생각하고 있었는데, 네가 대신 해줬잖아. 속이 다 시원했지. 어때? 한 방 날리고 나니 속이 풀렸냐?"

윤정환도 주인장이랑 똑같이 물어보네. 속이 풀렸냐고? 잘 모르겠다.

"근데 유승호가 뭔 소리를 했기에 꼭지가 확 돌았냐? 원래 그놈 존재 자체가 짜증나는 놈이지만, 그래도 궁금하단 말이야."

"그냥, 다들 속으로 하는 얘기를 그놈은 입 밖으로 내놓은 거지 뭐. 다 그렇게 생각하지 않을까? 그날 유승호가 재수없었던 거야. 난 그때 온 세상에 화가 나 있었거든. 그런 와중에 유승호가 당한 거야."

옆에서 가만히 듣고 있던 주인장이 끼어들었다. "널 보고 다들 속으로 무슨 얘기를 한다고 생각해?"

"별로 말하고 싶지 않은데…… 쓸모없는 놈이라고 생각하고 있잖아요. 축구밖에 못하던 놈이 축구도 못하게 되었으니, 정말 웃기는 꼴이죠. 제가 화났던 건, 나를 축구밖에 못하는 놈으로 만든 건 그 사람들인데, 축구도 못하게 만든 것도 그 사람들인데, 나를 괴물 취급하는 거예요. 나를 프랑켄슈타인 취급한다고요."

주인장과 윤정환이 동시에 나를 응시하더니 고개를 돌려 서로 마주보고는 모종의 눈빛을 교환했다. 별로다. 머리 좀 돌아가는 사람들의 저 표정.

윤정환이 말했다. "나는 네가 마음에 든다니까 그러네. 나 이런 말 잘 안 하는 인간인데, 안 믿어주네."

이어서 주인장이 빙긋 웃으면서 엉뚱한 소리를 한다. "너를 프랑켄슈타인 취급한다고? 너 아직 『프랑켄슈타인』을 안 읽었구나."

이건 또 무슨 소리?

세번째 수북

# 『프랑켄슈타인』*

나는 책을 빨리 읽을 수가 없다. 책을 들여다보는 것 자체가 낯설기도 하고, 의미를 모르는 단어들이 끊임없이 나를 공격한다. 열흘쯤 전에 윤정환을 만났을 때, 윤정환은 이미 『프랑켄슈타인』을 다 읽은 뒤였다. 하지만 내가 『프랑켄슈타인』 읽기를 겨우겨우 마친 것은 어제저녁이었다. 이런 책들을 후딱 읽어치울 수 있다면 어떤 기분이 들까? 책 한 권을 읽을 때마다 깔끔하게 한 골 넣은 기분이 들까? 하지만 후딱 읽어치우지는 못했어도, 근근이 아등바등하면서 읽었어도 기분이 좋은 것은 사실이다. 우여곡절 끝에 한 골 넣은 기분하고

* 메리 셸리 지음, 김선형 옮김, 문학동네

비슷하다. 벌써 세 권. 세 골 넣은 셈인가?

그나저나, 나는 여태 프랑켄슈타인이 괴물 이름인 줄 알았는데, 저번에 완전 헛소리한 거였잖아. 아, 쪽팔려.

카페 숨:에 멤버들이 도착하는 순서도 늘 비슷하다. 여유 있는 시간에 윤정환이 제일 먼저 도착하고, 간당간당하게 정영주와 김의영이 도착한다. 나? 나야 항상 여기 있으니까.

"이런 말 하기는 싫지만, 재미있었어." 정영주가 자리에 앉더니 책을 테이블에 올려놓으며 이야기를 꺼냈다. "난 프랑켄슈타인이 괴물 이름인 줄 알았어. 어렸을 때 세계명작동화에서 이 얘기 읽었는데, 왜 그런 생각을 했나 몰라."

윤정환이 빙긋 웃으면서 말했다. "박민석, 네 동지가 여기 있다."

내가 웃자 정영주도 같이 웃었다. "너도냐? 너도 프랑켄슈타인이 괴물 이름인 줄 알았단 말이지? 이것도 인연인데, 우리 앞으로 친하게 지내자."

"정영주, 아무데서나 작업 걸지 말자. 이제 시작해야지. 내가 먼저 읽을게." 윤정환이 스타트를 끊었고, 모임은 곧바로 시작되었다.

"내 말을 믿어라, 프랑켄슈타인. 나는 선했고, 내 영혼은 사랑과 박애로 빛났다. 하지만 나는 외롭지 않은가? 참담하게 고독하지 않은가? 내 조물주인 당신이 나를 증오하는데 내게 아무것도 빚진 바 없는 당신의 동포들은 어떻겠는가? 나를 상대도 하지 않고 증오할 뿐이다. 사막 같은 산맥과 음침한 빙하들이 내 안식처다. 수많은 날들을 여기서 방황했다. (……) 그러니 나를 혐오하는 그들을 어찌 내가 증오하지 않겠는가? 원수들을 봐줄 생각은 없다. 내가 불행하니 그들도 내 불행을 함께 느껴야만 한다."

천천히 이 구절을 읽은 윤정환은 곧바로 질문을 던졌다. 정말 불행하면 악해지고 행복하면 선해지는 거냐고.

"순서가 거꾸로일 수도 있어. 악하면 불행해지고 선하면 행복해지는 것 아닐까? 착한 사람은 늘 자기가 복 받았다고 생각하니까 행복하다고 생각하고, 악한 사람은 자신이 불행하다고 생각하니까 점점 더 악해지는 거지." 정영주가 말하고, 김의영이 "맞아. 모든 것을 가졌는데도 불행한 사람, 아무것도 가진 게 없는데 행복한 사람도 있으니까 말이야"라고 받았다.

나는? 내 생각은 달랐다. "모든 것을 가졌다고 생각하는 건 그 사람을 바라보는 다른 사람들의 생각일 뿐이지 않을까? 반대로 아무것도 가진 게 없다는 것도 다른 사람 생각일 뿐이고. 다른 사람이 보기에 아무것도 없는 것 같지만, 그 사람은 사실 필요한 것을 다 누리고 있다고 생각할 수도 있는 거지."

잠자코 우리 이야기를 듣고 있던 주인장이 노트를 뒤적거리더니, 우리 이야기랑 관련해서 읽어줄 것이 있다고 했다. 뉴욕의 한 재활병원 벽에 걸려 있는 시라고 했다.

큰일을 이루기 위해 힘을 주십사 하느님께 기도했더니
겸손을 배우라고 연약함을 주셨고,
많은 일을 하려고 건강을 구했더니
보다 가치 있는 일을 하라고 병을 주셨으며,
행복해지고 싶어 부유함을 구했더니
지혜로워지라고 가난을 주셨습니다.
세상 사람들에게 칭찬을 받고자 성공을 구했더니
뽐내지 말라고 실패를 주셨습니다.
풍요로운 삶을 누릴 수 있도록 모든 것을 달라고 기도했더니
모든 것을 누릴 수 있는 삶, 그 자체를 선물로 주셨습니다.
구한 것 하나도 주어지지 않은 줄 알았는데
내 소원 모두 들어주셨습니다.

정말 바라보는 시각의 문제일까? 지금 내가 겪고 있는 이 아득한 절망이 사실은 신의 선물이란 말인가. 이게 포장이 엉망진창인 선물이라면, 이 엉망진창인 포장을 풀었을 때, 그 안에 담긴 귀한 선물은 무엇일까. 과연 그 귀한 선물이란 게 있기는 한 걸까.

이런저런 생각들로 머릿속이 분주한데, 정영주가 밑줄 쳐 온 부분을 읽는 소리가 들렸다. 이야기는 이미 다른 방향으로 흘러가고 있었다.

"이런 반응을 예상했지." 악마가 말했다. "사람들은 모두 끔찍한 흉물을 저주하지. 그러니 살아 있는 그 어떤 생물보다 비참한 나를 얼마나 증오하겠는가! 하지만, 당신, 내 창조자인 당신이 나를 혐오하고 내치다니. 나는 네 피조물이고, 우리는 둘 중 하나가 죽음을 맞지 않는 한 끊을 수 없는 유대로 얽혀 있다. 당신은 나를 죽이려 하겠지. 감히 당신이 이렇게 생명을 갖고 놀았단 말인가. 나에 대한 당신의 의무를 다하라. 그러면 나도 당신과 나머지 인간들에 대한 의무를 다하겠다."

다 읽고 난 정영주가 이어서 이런 얘기를 했다. "괴물은 태어나자마자 버려지잖아. 그것도 자기 생명을 창조한 프랑켄슈타인으로부터 말이야. 보기 흉한 존재라는 이유로. 부모조차 버린 존재가 바로 나다, 이런 조건에서 착하게 살기란 정말 불가능하다고 생각해."

김의영이 작은 소리로 뭐라고 중얼거렸다. "뭐? 잘 못 들었어. 다시 말해봐."

"베이비 박스. 베이비 박스라고 했어."

"베이비 박스가 뭔데?"

"뉴스에서 봤는데, 서울 관악구에 있는 어떤 교회에서 베이비 박스를 설치했나봐. 사정이 있어서 키울 수 없는 사람들이 아기를 베이비 박스에 넣으면 벨이 울리는 거야. 그러면 교회에서 사람이 나와 아기를 데려가는 거지. 그런데 베이비 박스에 버려지는 아기들

중 상당수가 장애가 있다는 거야. 이거, 프랑켄슈타인이 기껏 생명을 창조해놓고 그 생명이 보기 흉측하게 생겼다고 팽개쳐버리는 것과 뭐가 달라? 흉하면 팽개치고 아름다우면 거둔다는 건…… 정말 잔혹한 거야." 김의영의 말소리가 갈수록 작아졌다. 나는 김의영이 흉해서 버려진 존재와 자기 자신을 동일시하고 있다는 느낌을 받았다. 너는 흉하지 않아, 진심을 담아서 이런 얘기를 해주고 싶었지만, 그런 낯간지러운 소리를 내가 할 수 있을 리가 없잖아.

윤정환은 베이비 박스에 대해 좀 다른 견해를 가지고 있었다.

"그 문제는 좀 다르게 생각할 수도 있지 않나? 흉측해서 버리는 게 아니라 자기가 데리고 있기가 너무 힘겨워서 버리는 거야. 내가 데리고 있으면 돈이 없어서 치료도 제때 못 받지만 종교단체나 사회 시설에 있으면 치료도 받고 돌봄도 받을 수 있으니까, 그런 가능성을 생각하면서 베이비 박스를 찾는 거지. 정부의 지원을 받으면서 안심하고 키울 수 있다면 버리지 않을 수도 있었을 텐데 말이야."

한참 동안 그래도 버리는 건 나쁘다, 흉한 존재를 끌어안는 것을 어렵게 만드는 이 세상이 더 나쁘다, 하는 이야기들이 이어졌다.

"하여튼, 책임질 수도 없으면서 새 생명을 창조한답시고 우주의 비밀에 덤벼든 프랑켄슈타인이 제일 나빠. 이번엔 내가 읽을게." 김의영이 나섰다.

첫 성공으로 흥분한 가운데 태풍처럼 나를 몰아친 그 다채로운 감정들은 그 누구도 상상할 수 없으리라. 삶과 죽음의 경계야말로 이상적인 목표였다. 내가 최초로 돌파해 어두운 세상에 폭포수처럼 빛이 흘러들게 만들었기에. 새로운 종이 생겨나 조물주이자 존재의 근원인 나를 축복하리라. 헤아릴 수도 없는 행복하고 탁월한 본성들이 내 덕에 탄생하리라. 나만큼 자식의 감사를 받아 마땅한 아버지는 이 세상에 다시없으리라.

"이렇게 감격하고 나서 곧바로 버리는 거야. 완전 나쁘지?"라고 김의영이 말하자, 윤정환이 이야기를 이어갔다. "그래도 프랑켄슈타인은 그냥 생명을 탄생시켜보겠다는 순수한 욕망만 품잖아. 그런데 얼마 전에 가즈오 이시구로가 쓴 『나를 보내지 마』를 읽었는데, 거기에서는 처음부터 용도를 가지고 생명을 탄생시키더라고." 이 말을 듣는데 갑자기 섬뜩해졌다. "무슨 용도?" "장기 기증에 대비해서 복제인간을 만들어두는 거야." 헉, 나 혼자 낸 소리가 아니다. 우리는 동시에 헉 소리를 냈다. "프랑켄슈타인처럼 개인적 호기심에 우발적으로 생명을 탄생시키는 게 아니야. 그런 제도가 있다는 얘기지. 소설이지만 그 설정이 너무 끔찍하다고 생각했어."

"〈블레이드 러너〉라는 영화에도 복제인간이 등장해." 주인장이 모처럼 우리 이야기에 끼어들었다. "인간들을 위해 노동력을 제공하도록 복제인간을 만들고 절대로 인간을 해칠 수 없도록 미리 설정해놓지. 『나를 보내지 마』처럼 유전자 복제를 통해 태어나는 것은 아니고, 영화에서는 고도로 발달한 로봇 공학 덕분이라고 설정해놓았던 것 같아."

"그러니까 인간이 인간을 닮은, 인간에 거의 근접한, 혹은 인간과 똑같은 존재를 만들어낸다는 상상을 한 작가들이 정말 많구나." 윤정환이 이렇게 말하자, 잠시 후 김의영이 퍼뜩 생각났다며 피노키오도 비슷한 부류에 들어가는 얘기 아니겠느냐며 우리의 동의를 구했다. 그렇군. 피노키오도 제페토 할아버지가 만들어낸 생명체지. 중간에 요정의 도움이 있기는 하지만. 요즘은 그 역할을 과학이 한다고 생각하면 되겠지. 게다가 피노키오는 결국 사람이 되잖아. 지금까지 나온 얘기 중 가장 행복한 생명체네.

이제 내가 읽을 차례가 되었다. 난 이 구절이 정말 좋았다. 괴물이 나를 대신해서 내 이야기를 하는 것 같았다.

> "오! 창조주여. 나를 행복하게 해다오! 딱 한 가지 은혜를 베풀어 당신에게 감사하는 마음을 갖게 해다오! 나도 내가 다른 존재의 마음에 연민을 불러일으키는 광경을 보고 싶다! 내 청을 거절하지 말아다오!"

"다른 존재로부터 인정받는다, 이거 정말 중요해. 축구를 그만두고 더이상 뭘 해야 할지 알 수 없게 되었을 때, 축구부에서는 애물단지, 가족들한테는 난데없는 군식구, 전학 온 새 학교에서는 기본도 모르는 바보 멍청이, 그게 나였어. 가슴이 자꾸 죄어들고, 숨이 턱턱 막혀왔어. 어떤 때는 가슴속에서 불이 활활 타오르고, 그게 내 목구멍으로 막 넘어오기도 했어. 아, 사람이 이렇게 죽을 수도 있겠구나, 그런 생각까지 했다니까. 나도 누군가에게 필요하고, 의미 있는 그런 존재이고 싶어."

내 이야기가 끝나자 침묵이 길게 이어졌다. 침묵이 너무 길어져 조금 불편해질 즈음, 정영주가 입을 열었다.

"박민석 얘기를 들었으니, 내 이야기도 해볼게. 우리 엄마, 아빠가 얼마 전에 이혼했거든. 아직 1년도 안 됐어. 아, 아, 죽도록 미워한 세월은 길겠지. 하여튼 헤어졌어. 그러면서 나한테 묻는 거야. 너는 누구랑 살래? 엄마랑 살래, 아빠랑 살래? 오래 생각해보지 않아도 답은 딱 정해져 있었거든. 내 신세 생각하면 엄마랑 살아야 해. 우리 도도 여사는 한결같은 사람이거든. 항상 잔잔한 연못 같아. 그 옆에 있어야 내 신세가 편해. 그건 나도 잘 알아. 그런데 난 아빠랑 살겠다고 했어. 도도 여사는 나 없어도 잘살 수 있는 사람인데, 허당 선생은 내가 엄마를 택하는 순간 완전 무너질 것 같았거든. 나라도 옆에 있어야겠다고 생각했지. 다시 말해 도도 여사에게는 내가 필요 없지만 허당 선생한테는 내가 필요하단 말이지. 누군가에게 필요한 존재가 되기를 간절히 원하는 것, 그 말의 의미를 알 것 같아."

"너네 아빠는 어떤 분인데?"

"허당 선생? 욕실에 수건이 삐뚤게 걸리는 걸 못 보는 사람이야.

뭐든지 반듯해야 해. 교과서에서 배운 대로 가사 노동도 평등하게 분담하고, 자식에게도 민주적으로 대하고, 고릴라를 구하려고 핸드폰도 안 바꾸고, 숲을 지키려고 꼭 장바구니 가지고 다니는 사람이야. 근데 한 번씩 폭발해. 술 먹고도 폭발하고 술 안 먹고도 폭발해. 아무 때나 화를 내. 나한테도, 도도 여사한테도. 근데 그 한 번씩이 너무 잦은 거야."

김의영이 다 이해한다는 듯, "아, 그래서 정영주 네가 삐뚤어나가게 된 거구나"라고 답하자, 정영주가 발끈했다.

"뭐? 내가 뭘 삐뚤어나갔다고 그래? 난 나름대로 원칙을 지키며 반듯하게 살고 있다고."

"네가 삐뚤어나간 게 아니면 누가 삐뚤어나간 거겠어. 신영고 짱이라는 애가 삐뚤어나간 적 없다고 하면 지나가던 소가 웃겠다."

"공부 안 하면 삐뚤어지는 건가? 야, 전교 1등 유승호 알지? 공부야 잘하지만, 그런 애가 진짜 삐뚤어진 거야. 지는 것 못 참아서 아무한테나 시비 걸지, 저보다 못하다고 생각하면 대놓고 개무시하지. 그런 게 바로 삐뚤어진 거야. 난 사람 차별 안 하고 누구한테나 공평하다고."

"그렇지. 누구한테나 공평하게 사납지."

오늘 모임은 이것으로 마치자며 정영주가 벌떡 일어났다. 그러더니 우리 모두를 공평하게 사나운 표정으로 바라본 뒤 카페 문을 나섰다. 그래도 그 와중에 주인장의 쪽지를 챙기는 걸 보면서, 남아 있는 우리는 슬며시 웃었다.

다음에 함께 읽을 책은 『제인 에어』입니다.

이번 책은 좀 깁니다. 완역본이 부담스럽다면 축약본으로 읽어도 됩니다. 어린이를 위해 짧게 줄여놓은 책도 있습니다.

가장 마음에 와닿은 구절을 뽑아 표시해 오세요.

모임은 여러분이 뽑아 온 구절을 다 함께 읽는 것으로 시작합니다.

다음 모임은 6월 셋째 주 수요일 일곱시입니다.

카페 숨:으로 오세요.

—주인장

주 인 장 의   편 지

# 프랑켄슈타인인가, 괴물인가

『프랑켄슈타인』만큼 우리에게 잘 알려져 있으면서도 잘못 알려진 이야기가 또 있을까 싶을 만큼, 이 세상은 『프랑켄슈타인』에 대한 오해로 가득합니다. 가장 흔한 오해는, 인간이 감히 신의 영역—생명 창조—에 도전해서 빚어낸 괴물이 프랑켄슈타인이라는 것이겠지요. 그러나 프랑켄슈타인은 괴물을 창조한 자의 이름입니다. 정작 그 유명한 괴물에게는 이름조차 없습니다.

괴물과 프랑켄슈타인을 혼동하는 것, 이와 같은 세상 사람들의 오해야말로 이 작품의 진짜 묘미입니다. 어두운 출생의 비밀을 가지고 있는 흉측한 존재인 괴물보다 더 두려운 것은 이런 괴물을 창조한 똑똑한 인간 프랑켄슈타인 아닐까요?

프랑켄슈타인의 탄생은 괴물의 탄생과 달리 순탄하고 매우 정상적이며 부러움을 살 정도입니다. 프랑켄슈타인은 그 선조들이 오랜 세월에 걸쳐 국가자문위원과 평의원으로 일해왔고, 아버지도 여러 공직을 두루 수행하면서 좋은 평판을 얻은 공화국 최고의 명문가에서 태어났습니다. 프랑켄슈타인의 아버지는 어려운 처지에 있는 친구를 돌보고, 그 친구가 죽자 친구의 딸 카롤린을 아내로 맞이합니다. 시민으로서 최선의 삶을 살기 위해 노력했던 프랑켄슈타인의 부친은 자식을 키우는 데도 마찬가지 행동을 보여줍니다. 아들이 태어나자 프랑켄슈타인의 부친은 공직에서 물러나기까지 합니다. 자식 교육에 헌신하기 위해서였죠. 프랑켄슈타인의 부모는 다정한 사람들이었고, 부단한 정성으로 자식을 키웠습니다.

이런 환경에서 태어나 자랐으니 당연히 프랑켄슈타인의 유년기는 행복으로 가득찼습니다. 부모님은 공부를 강요한 적이 없지만 프랑켄슈타인은 열성적으로 공부했고, 열일곱 살이 되자 독일로 유학을 떠납니다. 출국 전에 어머니가 돌아가시는 불운을 겪지만, 그것이 그의 인생행로를 바꾸어 놓지는 못했습니다. 그에게는 아름답고 착한 약혼녀 엘리자베트도 있습니다. 이토록 순탄한 인생이 또 있을까 싶을 정도지요.

그에 비해 괴물은 출생 과정도 떳떳하지 못하고, 성장 과정은 비참하기만 합니다. 프랑켄슈타인이 해부실과 도살장에서 상당량의 재료를 조달받아 만들었다고 고백한 괴물의 외양은 그것을 만든 창조자를 놀라게 할 만큼 끔찍했습니다. 프랑켄슈타인은 공포에 떨며 도망칩니다. 자신이 창조한 생명을 세상에 내던져둔 채로 말입니다. 자신의 부모라고도 볼 수 있는 창조자로부터 태어난 순간 버려진 괴물은 홀로 세상을 헤매면서 살아남기 위해 안간힘을 씁니다.

이렇게 두 존재의 탄생과 성장 과정은 극명한 대조를 이룹니다. 그러나 두 존재의 운명은 서로 얽혀 있고, 결국 우여곡절 끝에 죽음을 향해 함께 나아가게 됩니다. 어둠에서 태어난 괴물과 마찬가지로 그 괴물을 탄생시킨 프랑켄슈타인도 괴물과 같은 존재이기에, 그들의 운명은 서로 합쳐질 수밖에 없었을 것입니다. 그러니 프랑켄슈타인은 괴물이라는 세상 사람들의 그 오해는 사실 오해가 아닐 수도 있는 것입니다.

### 괴물은 얼마나 흉측한 모습이었을까?

괴물이 얼마나 흉측한 모습이었기에 프랑켄슈타인은 2년이나 정성을 쏟아부은 필생의 연구 업적을 뒤도 돌아보지 않고 내팽개쳤을까요? 이때 우리의 머릿속에 떠오르는 어떤 이미지가 있습니다. 온몸에 꿰맨 자국이 가득하고 목 양쪽에는 커다란 금속 나사 같은 것이 박혀 있는 모습. 많은 이들은 이것이 메리 셸리가 『프랑켄슈타인』에서 창조해낸 괴물의 모습이라고 생각합니다. 하지만 우리가 생각하는 이런 괴물의 이미지는 1931년 미국에서 영화로 만들어진 〈프랑켄슈타인〉에서 배우 보리스 칼로프가 괴물로 분장한 모습입니다. 소설 『프랑켄슈타인』에서는 괴물의 모습이 그렇게까지 자세히 묘사되어 있지 않으니, 보다 강렬한 이미지 쪽으로 사람들의 기억이 움직인 거라고 생각합니다. 그 이후 어린이용으로 축약되고 고쳐 쓴 많은 책들의 삽화에서 괴물의 이미지는 영화가 창조한 이미지로 굳어집니다. 그렇다면 원작 속에서 괴물은 어떤 모습일까요?

작가는 작품 속에서 괴물의 모습을 누런 살갗에 근육과 혈관이 비치고 있으며, 윤기가 흐르는 흑발이 출렁거린다고 묘사했습니다. 이빨은 진주처럼 희고, 얼굴 살갗은 쭈글쭈글하다고 했습니다. 그리고 정교한 작업이 어려운 탓에 실제 인간보다 좀더 크게 제작하게 되어 키가 2.5미터라고 하고요. 어때요?

원작의 묘사로만 보면 그렇게까지 으스스한 모습은 아니지 않나요? 좋은 쪽으로 보면 그렇게까지 끔찍할 것은 없다고 할 수도 있지요. 하지만 프랑켄슈타인은 자신이 저질러놓은 일에 압도되어 사태를 똑바로 쳐다볼 생각조차 하지 못합니다.

프랑켄슈타인은 괴물을 외면한 채 도망치고, 괴물이 무슨 얘기를 하려 했으나 듣지 않으며, 괴물이 손을 내밀자 뿌리칩니다. 계속해서 직면하기를 거부하는 거지요. 이 같은 행동은 살인을 저지른 괴물을 다시 만났을 때도 계속됩니다.

그의 모습을 제대로 보지도 않고, 그가 하는 말을 듣지도 않고, 그가 내민 손을 붙잡지도 않고, 프랑켄슈타인은 자신의 창조물로부터 계속 도망칩니다. 그러고는 믿기를 계속합니다. 이 존재는 괴물이야. 끔찍한 모습을 하고 있어. 우리 인간의 적이 될 거야. 제대로 보기를 거부하고, 소통을 거부한 것, 그리고 편견의 낙인을 찍은 것, 이것이 괴물을 만들어냈습니다.

자신의 창조물을 제대로 보지 않고 계속 도망치는 프랑켄슈타인을 생각하노라니 시 한 편이 떠오르네요. 드라마 〈학교 2013〉에서 주인공이 이 시를 암송하는 장면이 나와 더 유명해졌죠. 온갖 오해와 편견, 배척 속에서 학교를 떠날 수밖에 없었던 한 친구를 보내며 주인공은 이 시를 읊조립니다. 우리가 그를 자세히 보지 않았기 때문에 그의 사랑스러움을 알아차리지 못했음을 나지막한 목소리로 깨우쳐줍니다.

자세히 보아야
예쁘다

오래 보아야
사랑스럽다

너도 그렇다.

「풀꽃」*

**프랑켄슈타인은 왜 새로운 생명을 탄생시키고 싶었을까?**

애초에 프랑켄슈타인이 자신의 창조물을 외면하기 위해 연구를 시작하지는 않았을 것입니다. 그는 우주의 비밀에 도전하고 싶었겠지요. 프랑켄슈타인 이전에도 많은 인간이 우주의 비밀에 도전했고, 지금까지도 그 도전

* 나태주, 『너도 그렇다』, 종려나무

은 계속되고 있습니다. 그 도전이 로켓을 우주로 쏘아올리고, 동물과 식물의 종을 개량하여 인간에게 '유용한' 상태로 만들어냈습니다. 험준한 산을 뚫어 터널을 만들고 바다를 메워 육지를 만들었습니다. 우리는 그 도전이 만들어낸 물질적 풍요 위에서 살고 있습니다.

괴물을 쫓아 북극해까지 가는 여정에서 프랑켄슈타인은 월턴 선장을 만납니다. 월턴 선장도 도전하는 인간이라는 점에서 프랑켄슈타인과 크게 다르지 않은 인물입니다. 프랑켄슈타인은 연구실에서, 월턴 선장은 바다에서. 장소와 하는 일은 다르지만 그들의 목표는 동일합니다. 그렇기 때문에 소설 속에서 월턴 선장은 프랑켄슈타인의 이야기를 우리에게 전달하는 작중 화자 역할을 하게 되는 것입니다.

프랑켄슈타인과 월턴 선장이 살아가던 시대엔 과학이 눈부시게 발전하고 있었습니다. 새로운 발명과 발견이 끝도 없이 이어졌습니다. 과학의 발전 덕분에 인간에게 자연은 이제 두려워해야 할 대상이 아니라 정복해야 할 대상으로 바뀌었습니다. 우주의 비밀을 파헤쳐 신의 섭리에 도전하고 싶어한 근대인의 모습, 그것이 바로 프랑켄슈타인과 월턴 선장이 보여주는 모습입니다.

이러한 도전들과 성과들은 동시대인에게 경탄과 공포를 함께 안겨주었습니다. 프랑켄슈타인이 창조한 괴물, 정확히 그 실체를 직시한 적은 없으나 끝 모르는 두려움을 주는 존재인 괴물은 바로 이 시대 사람들이 느끼는 공포의 상징입니다. '이러다가 우리는 우리도 어쩌지 못하는 괴물을 만들어내게 되지 않을까?' 사람들은 이런 두려움을 느꼈을 겁니다.

죽음은 태어난 자라면 누구나 맞닥뜨리는 피할 수 없는 운명입니다. 프랑켄슈타인은 그 운명에 도전하고 싶었습니다. 잠을 잊고 먹는 것도 소홀히 하면서 오직 연구에만 몰두하지요. 하지만 그 결과 탄생한 건 괴물! 프랑켄슈타인은 공포에 휩싸입니다. 도대체 내가 무슨 짓을 저지른 거야?

메리 셸리는 이후 20세기에서 21세기로 이어지는 과학의 시대가 어떤 파국적인 결과를 가져올 것인지 미리 예견했는지도 모르겠습니다. 20세기에 벌어진 두 차례의 세계대전은 인류가 인류에게 얼마나 잔혹한 짓을 저지를 수 있는지 보여줍니다. 그와 같은 대규모 잔혹 행위를 가능하게 했던 기반은 과학기술의 발전이었습니다.

제2차 세계대전의 종지부를 찍게 했던 1945년 히로시마와 나가사키 원폭 투하! 전쟁은 끝났지만, 앞으로도 대참사가 이어질 것임을 예고하는 신호로 보입니다. 원자력의 평화적 이용을 선언하여 핵에너지 개발에 힘썼다지만, 20세기의 체르노빌 참사나 21세기의 후쿠시마 참사를 보면, 우리 인류가 어쩌면 돌이킬 수 없는 파멸의 길에 이미 들어서지 않았나, 하는 우울한 생각을 하게 됩니다.

도대체 내가 무슨 짓을 저지른 거야? 프랑켄슈타인은 자신이 저지른 일로부터 도망치고 싶었습니다. 지금 우리 눈앞에 보이는 파국을 외면하고 싶은 우리의 심정도 프랑켄슈타인과 크게 다르지 않을 것입니다. 하지만 프랑켄슈타인은 되돌아옵니다. 늦었지만 괴물과 직면하기로 합니다. 이미 괴물이 저지른 죄악이 너무 커져서, 양심을 가진 인간이라면 도저히 외면할 수 없는 상태가 되어버렸기 때문입니다. 어쩌면 괴물의 마수가 이미 프랑켄슈타인에게로 뻗어오고 있었기 때문에 도망치고 싶어도 도망칠 수 없는 상황이 되어버렸는지도 모르지요. 그는 월턴 선장에게 충고합니다.

당시의 나처럼 몸도 사리지 않고 열의에 들뜬 그대를 파멸과 명약관화한 불행으로 이끌 수는 없으니. 나로부터 배우도록 하라. 가르침을 듣지 않겠다면 적어도 내 사례를 보아 깨닫도록 하라. 지식의 획득이 얼마나 위험한지, 본성이 허락하는 한계 너머로 위대해지고자 야심을 품는 이보다 고향을 온 세상으로 알고 사는 이가 얼마나 더 행복한지를.

프랑켄슈타인은 배우자를 만들어달라는 괴물의 간절한 요청을 거부하고, 괴물과의 정면 승부에 나섭니다. 그리고 결국 목숨을 잃지요. 자신을 창조한 프랑켄슈타인을 죽음에 이르게 한 괴물은 스스로 죽음을 선택합니다. 프랑켄슈타인의 죽음에 슬퍼하는 월턴 선장에게 괴물은 이런 말을 남깁니다.

나는 당신 배에서 내려 여기로 날 데려다준 얼음뗏목을 타고 지구의 최북단으로 떠날 것이다. 내 장례식을 위한 장작을 모아 화장용 더미를 쌓고 이 비참한 육신을 재가 되도록 태워서, 행여 나 같은 존재를 하나 더 창조하고자 하는 호기심 많고 불경한 인물이 보더라도 남은 유골이 아무런 도움이 되지 못하게 하겠다. 나는 죽을 것이다.

"남은 유골이 아무런 도움이 되지 못하게" 하려고 스스로 육신을 불에 태워버리겠다고 선언한 괴물의 말을 듣고 있으니 영화 〈터미네이터 2〉가 떠오르지 않나요? 혹시라도 자신의 부품이 남아 앞으로 누군가가 자기 같은 기계를 만드는 데 써먹는 일이 일어나지 않도록 스스로 용광로 속으로 들어가던 터미네이터의 영웅적인 최후가 떠오릅니다.

하지만 저는 확신할 수가 없습니다. 정말 괴물은 죽었을까요? 얼음뗏목을 타고 북극해의 어둠 속으로 사라져버린 괴물의 죽음을 목격한 이 없이, 소설은 끝이 납니다. 마치 맨 마지막에 속편을 위해 살짝 실마리를 남기는 블록버스터 영화처럼, 괴물의 행방에 대해 우리는 아무도 확신할 수가 없습니다. 유전자 조작 식품으로, 뇌 과학으로, 스마트폰으로, 계속해서 우리 곁에서 되살아나고 있지는 않은가요? 참고로, 유전자 조작 식품을 프랑켄슈타인 푸드라고 부르기도 한답니다.

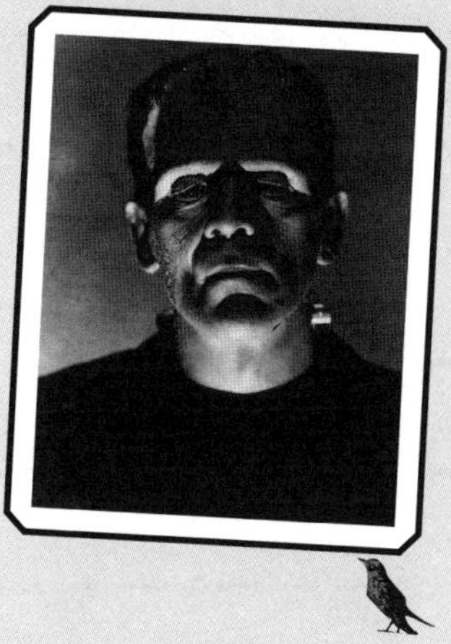

# 6월, 정영주의 이야기

순간 내 머릿속에
어떤 예감이 퍼뜩 스치고 지나갔다.
뭐야? 그런 거야?
혹시 김의영,
너 사랑에 빠진 거야?

# 권투하러 가는 길

잠시 카페 숨:에 들렀다. 어차피 운동을 하러 나가는 길이어서 조금 일찍 출발했다.

"안녕하세요? 저 왔어요." 인사를 하며 카페 안을 둘러보았다. 너무 좁아서 둘러보고 말고 할 것도 없지만. 손님 세 명이 구석의 한 테이블을 차지하고 앉아 두런두런 얘기를 나누고 있고, 박민석 혼자 카운터를 지키고 있었다.

"요즘 자주 들르네." 박민석이 말을 걸어왔다. 나를 보고 반가워하는 것 같은데, 착각인가? 앉으란 소리 한마디 안 하는 박민석의 무신경함에 속으로 혀를 끌끌 차며, 의자를 끌어다 박민석 가까이 앉았다. 소리를 아주 낮춰 박민석에게 물었다. "근데 네가 만들어주는 커피, 먹을 만은 한 거냐?" "나름 괜찮은가봐. 한 잔 만들어줄까?" 나의 사악한 태클에 박민석은 꿈쩍도 하지 않았다. 방금 내가 태클을 걸었다는 사실도 눈치채지 못했을 거다, 이 곰 같은 놈은.

"나 금방 갈 거야. 운동 가는 길에 잠깐 들렀어."

"권투 계속하는 거야?"

"딱히 그만둘 이유가 없어서. 공부 안 하는 학생은 원래 시간이 남아도는 법이잖냐."

시간이 남아돈다는 내 말에 박민석도 완전 공감을 표했다. 하긴 시간이 남아도는 녀석이니 알바비도 안 주는 카페에 죽치고 앉아 있겠지.

"근데 주인장은?" "2층에." "웬일이래?" "좀 아파. 열이 많이 나서 끙끙대고 있어." "병원에 갔다 왔어?" "아니. 싫다고 해서 그냥 약만 사다드렸지 뭐." "그래서 오늘은 네가 카페 당번?" "응. 주인장이 그냥 일찍 문 닫으라고 하는데, 마침 손님도 있고, 문 열어두는 게 별로 어려운 일도 아니니까. 그나저나 웬일로?"

사실은 주인장한테 책 한 권 골라달라고 하려 했다. 『프랑켄슈타인』 때 윤정환이 『나를 보내지 마』랑 연관지어 자기 생각을 얘기하는 걸 보고 충격을 좀 받았는데, 알고 보니 『나를 보내지 마』가 주인장 추천 도서였다는 것이다. 그래서 나도 다음 모임 전에 뭔가를 더 읽어오고 싶었다. 하지만 무슨 책을? 나 같은 초보자에게는 도움의 손길이 필요한 법이다.

박민석이 피식 웃는가 싶더니, 카운터 구석에 따로 빼놓은 책 몇 권을 가져다 내 앞에 놓았다. "주인장이 혹시 누가 책 빌리러 오면 이중에서 추천해주라고 해서 사실 속으로 비웃었거든. 책을 보태서 또 읽는다고 할 사람이 누가 있겠냐, 이런 생각이었지. 게다가 『제인 에어』는 정말 엄청난 두께로 두 권이나 되던데. 난 아직 그 책 반도 못 읽었거든. 그런데 정말 빌리러 오는 사람이 있네."

나는 그중에서 『광막한 사르가소 바다』를 골랐다. 사르가소 바다가 어디 있는 바다인지는 모르겠지만, 늘 가슴이 꽉 막힌 것처럼 답답한 나에게는 바다에 대한 책이 좋겠다고 생각했다. 광막한 사르가소 바다가 어떤 바다인지 도무지 짐작할 수 없다는 것도 마음에 들었다. 그렇게 궁금한 게 생겨야 책 읽는 데 속도가 붙더라고.

이제 운동 갈 시간이다. 가방 안에 『광막한 사르가소 바다』를 집어넣으며 "너는 권투할 마음 없어?" 하고 박민석에게 물었다가 아차 싶었다. 부상 때문에 운동 그만뒀다고 했지. "미안해하지 않아도 돼. 선수로 못 뛴다는 거지, 아무 운동도 못하게 된 건 아니라는데도 다들 자꾸 오버하네. 잘 가." 박민석이 카페 문을 열고 배웅해주었다.

네번째 수북

# 『제인 에어』(1, 2권)*

카페 숨:의 문이 열려 있었다. 앞문과 뒷문을 모두 열어놓아 카페 안은 꽤 시원했다. 올해는 여름이 일찍 찾아오는지 벌써부터 덥다. 자리를 잡고 앉자, 박민석이 시원한 물 한 컵을 내민다. 제법 카페 직원 폼이 났다. 벌컥벌컥 물을 마시고 둘러보니 벌써 다 와 있었다.

"완전 열받더라. 이 책, 너무 두껍지? 급할 때 무기로 써도 될 만큼 두꺼운 책이 무려 두 권이라니!" 가방에서 책을 꺼내며 내가 구시렁거렸다. 김의영이 뭔가 대꾸하려다가 참는 눈치였다. 쟤는 왜 맨날 말을 참는 거야? 무슨 소리 하려고? 그런데 김의영, 뭔가 달라

* 샬럿 브론테 지음, 류경희 옮김, 펭귄클래식코리아

진 것 같다! 뭐지? 뭐가 달라진 거지? 뭔지는 잘 모르겠지만, 헐, 김의영이 예뻐졌잖아! 속으로 생각하고 있었는데, 그 말이 입 밖으로 튀어나왔나보다.

"그러게. 우리도 방금 그 얘기 하고 있었어. 의영이 예뻐졌지?" 주인장도 나랑 같은 생각을 했나보다. 저 덩치 큰 분과 반듯한 분은 아무 말도 안 하나? 이럴 때는 맞장구를 쳐줘야지! 하긴, 바랄 걸 바라자. 우리가 친목 도모하려고 모인 것도 아니니까.

맨날 긴 머리카락으로 커튼을 치고 고개를 푹 숙이고 있어서 얼굴을 똑바로 바라볼 기회도 없었지만, 오늘은 김의영이 정말 예뻤다. 사랑스러운 기운이 온몸에서 풍긴다고나 할까? 온몸으로 나 지금 행복해, 라고 외치고 있다고나 할까? 그런 말 듣는 게 처음은 아닌지 크게 부정하지도 않았다. 쑥스러움에 볼을 붉히며 어쩔 줄 몰라 하는 모습도 예뻤다.

김의영은 비결이 뭐냐고 묻는 내 말을 무시하고, 모임을 시작하자고 제안했다. 무언가를 먼저 제안하는 것도 김의영답지 않다! 순간 내 머릿속에 어떤 예감이 퍼뜩 스치고 지나갔다. 뭐야? 그런 거야? 혹시 김의영, 너 사랑에 빠진 거야?

나는 그들에게, 기질, 능력, 성향에 있어 그들과 정반대되는 이질적 존재였고, 그들의 이익에 도움이 되거나 그들의 기쁨을 늘려줄 능력이 전혀 없는 쓸모없는 존재였고, 나를 대하는 그들의 행동에 대해선 분노의 씨앗을, 그들의 판단에 대해선 경멸의 씨앗만을 품은 유해한 존재였다. 만일 그때 내가 좀더 명랑하고, 밝고, 꼼꼼하고, 예쁘고, 잘 뛰어노는 아이였다면, 내가 더부살이를 하고 일가붙이 하나 없는 처지였다 하더라도, 리드 부인이 보다 기쁜 마음으로 내 존재를 참아내지 않았을까 하는 생각이 든다. 그리고 그녀의 자녀들도 나를 좀더 진심어린 동료애를 가지고 대해주었을 것이다.

"제인 에어는 꼭 나 같아. 생긴 것도 별볼일 없고, 성격이 좋은 것도 아니고. 어린애일 때부터 정말 어둡침침하잖아." 읽기를 마친 김의영이 덧붙였다.

"난 정영주 같다고 생각했는데. 이거 봐, 제인 에어가 깐죽거리는 장면 말이야." 윤정환이 장난을 가득 담은 표정으로 책을 뒤적거렸다. "봐, 딱 정영주지."

"너 버릇없는 못된 자들이 죽은 후 어디로 가는지 아니?"

"지옥으로 갑니다." 내가 쉽게 할 수 있었던 정통적인 답변이었다.

"그렇다면 지옥은 어떤 곳이냐? 나한테 말해줄 수 있겠니?"

"불로 가득찬 구덩이입니다."

"그렇다면 너 그 구덩이에 빠져 영원히 불에 타고 싶니?"

"아닙니다, 선생님."

"그런 일을 피하기 위해선 네가 어떻게 해야 할까?"

나는 잠시 생각에 빠졌다. 답이 떠올랐지만 그 내용은 반박의 여지가 있는 것이었다. "건강을 잘 유지해서 죽지 말아야 합니다."

웃음을 참고 겨우겨우 책을 읽어내려가던 윤정환은 "건강을 잘 유지해서 죽지 말아야 합니다"에서 결국 웃느라고 제대로 읽지도 못했다. 너 정말 난놈이다, 윤정환. 『제인 에어』에서 유머 코드를 발견하고 그렇게 웃어대는 애는 전 지구상에 너 하나뿐일 거다.

"정말 그러고 보니 딱 정영주네. 나는 왜 이걸 읽은 기억이 없지?" 김의영이 윤정환의 손을 들어주었다. "하고 싶은 말 못 참고 또박또박 다 하는 것도, 생각했다 하면 실행에 옮기는 것도 정영주스러운 것 같아." 헐, 박민석 너마저! "도대체 뭔 소리들 하는 거야!" 내가 소리쳤지만, 박민석은 별 신경도 쓰지 않고 말을 이어갔다.

"제인 에어랑 로체스터 결혼식 당일, 로체스터에게 아내가 있는 게 밝혀지잖아. 로체스터가 변명했다가 사과했다가, 화를 냈다가 애걸했다가 온갖 난리를 치면서 제인 에어를 붙잡아두려고 하는데, 제인 에어는 자기를 속인 그 나쁜 놈한테 욕을 퍼붓지도 않더라고. 그래서 읽으면서 이상하다 생각했지. 제인 에어가 이 상황을 그대로 받아들일 리 없는데, 하고 말이야. 그런데 제인 에어가 그길로 도망치더라고. 로체스터를 버려두고, 돈도 한푼 안 챙겨서, 그야말로 뛰쳐나온 거지. 그 성깔이 정말 마음에 들었어."

윤정환은 자기라면 주도면밀하게 계획을 짜서 새 출발에 필요한 돈을 다 준비해서 나왔을 거라고 대꾸했다. 얘기를 듣고 보니 정말 나랑 비슷한 구석이 있는 것도 같았다. 하지만 결정적인 차이가 있었다.

"난 로체스터 같은 남자 싫어. 뭐라고 포장해도 결국 마누라가 있는데 순진한 여자 꼬셔서 또 결혼하려고 한 거잖아." 김의영이 분개하면서 말했다. 그래, 잘한다, 김의영. 내 말이 바로 그거라니까. "제인 에어 주변에는 좋지 않은 남자들만 꼬이는 것 같아. 세인트 존은 자기 선교활동을 돕기에 적합하다고 제인에게 청혼하잖아." 내가 이렇게 말하자, "원래 주체성이 뚜렷한 여자 주변에는 빌붙기 좋아하는 남자들이 모여드는 것 같아. 돈 잘 버는 여자 주변에도 그렇고"라며 김의영이 맞장구를 쳤다.

김의영의 말에 따르면, 자기 엄마가 미용실을 하는데, 아버지가 도대체 제대로 돈 벌어올 생각을 안 한다는 것이다. 김의영이 관찰한 바에 따르면, 이게 자기 엄마만의 특수한 상황이 아니라 돈 좀 버는 여자들한테 흔히 일어나는 일이라나. 그러고 보니 그런 것도 같고. 제인 에어는 경제력은 없었지만(그 시절에는 원래 여자들이 경제력이 없는 게 보통이었을 테니까) 그녀의 주체적인 영혼이 경제력과 맞먹는 거라고 생각할 수도 있을 것이다. 그러고 보니 제인 에어는 정말 주체적인 여자였다. 결혼하고 나서도 아델러의 가정교사 노릇을 계속하면서 연 30파운드씩 버는 것으로 경제적 자립을 유지하려고 하지 않았던가. 로체스터처럼 큰 부자랑 결혼하면서! 로체스터는 그러한 제인의 태도에 대해 '냉담한 뻔뻔스러움과 콧대 센 것'이라고 평하지만. 내가 읽었다.

"저는 의무적으로 행해야 할 수많은 일들에 압박받지 않고 그저 마음이 편하기만을 원할 뿐입니다, 주인님. 주인님께서 제게 셀린 바렝에 대해 말씀하셨던 내용이 기억나세요? 그 여자에게 주셨다는 다이아몬드와 캐시미어 옷들이 기억나시지요? 저는 주인님의 영국판 셀린 바렝이 되고 싶지 않아요. 저는 아델의 가정교사로 계속 일할 거예요. 그 일을 해서 제 숙식비와 추가 연봉 30파운드를 벌겠어요. 그리고 그 돈으로 제 옷장을 채워나갈 거예요. 주인님께서 제게 주실 거라고는 단지……"

"그래, 단지 뭐요?"

"단지 저를 존중해주는 마음뿐입니다. 그리고 저도 그 보답으로 같은 마음을 주인님께 드린다면 둘 사이의 채무가 청산되는 셈이지요."

"오케이! 이래야 제인이지. 지옥에 떨어지지 않기 위해서 건강을 유지하려 하고, 부자랑 결혼하면서도 남편의 돈은 거절하고, 자기는 땡전 한푼 없는 주제에 말이야. 난 제인이 정말 마음에 들어. 『프랑켄슈타인』에서 프랑켄슈타인만 기다리다가 괴물에게 살해당하는 엘리자베트에 비해 얼마나 생생하냔 말이야. 정영주라니까!" 윤정환이 호들갑스럽게 말했다.

이때 김의영이 물었다. "너희는 아니? 난 로체스터가 왜 제인한테 반했는지 잘 모르겠어. 작고 볼품없이 생겼다며? 게다가 자기네 집 가정교사 아냐? 어떤 여자든 골라잡을 수 있었을 텐데, 왜 제인 에어였을까? 정말 주체적인 여자라서? 남자들이 그런 거 좋아하나, 정말? 여자를 사람 취급도 안 하던 그 옛날에?"

박민석이 책을 뒤적거리다가 말했다. "찾았다! 내가 밑줄을 그어 놓지는 않았지만, 왜 로체스터가 제인 에어를 좋아했는지 말하는 대목을 기억하고 있거든. 읽어볼게."

"당신 같은 사람은 한 번도 만나본 적이 없소, 제인. 당신만이 내 맘에 들었고 나를 지배했소. 내게 굴복한 듯 보이지만 말이오. 당신이 주는 그 순종적인 느낌이 좋소. 내 손가락에 당신이라는 부드러운 실타래를 감고 있는 동안 그 짜릿한 쾌감이 내 팔을 통해 가슴까지 전달되고 있소. 나는 당신에게 영향을 받아 정복되어버렸소. 하지만 그 영향은 말로 표현할 수 있는 것보다 훨씬 달콤하오. 그리고 정복을 당한 그 경험은 내가 얻어낼 수 있는 다른 어느 승리보다 더 큰 마력을 가지고 있소."

"누군가를 좋아하게 되면, 그 애가 해달라는 대로 해주는 게 너무 좋잖아. 나는 로체스터가 이렇게 말할 때의 기분을 알 것 같아." 책을 읽은 뒤 이렇게 덧붙이는 박민석의 표정이 아련해졌다. 정말 누군가를 좋아한 경험이 있는 사람만 지을 수 있는 표정이었다.

그래도 부인이 있으면서 제인 에어와 결혼하려고 한 것은 잘못이다. 그 결혼은 온전치 못한 결혼이니, 그걸 이유로 어렵게 찾아온 사랑을 외면할 수는 없는 것이다. 우리는 이런 점에 대해 계속 의견을 주고받았다.

사정이 있다면서 윤정환이 먼저 자리를 뜨고 박민석이 주인장의 부탁으로 근처 편의점으로 달려가자, 나는 김의영 옆에 바짝 붙어앉아 물어보았다. 분명 무슨 일이 있는 게야. 난 그걸 알아야겠어.

김의영이 머뭇머뭇 입을 열었다. 그리고 알게 된 놀라운 사실! 누군가 김의영에게 꾸준히 편지를 보내고 있다는 것이다. 러브레터를! 처음에는 반신반의했는데, 일주일에 한 번 어김없이 러브레터가 학교 책상 서랍에 놓여 있었다는 것이다. 김의영의 귀엽고 사랑스러운 모습에 반했고, 책을 읽는 모습도 멋지다고, 좋아하고 있으며, 계속 지켜보겠다는 내용이 쓰여 있다는 것. 입을 열기가 어려웠지, 일단 이야기를 시작하자 김의영은 봇물 터진 듯 이야기를 쏟아냈다. 왜 아니겠는가. 이런 일이 생기면 누구에게든 이야기하고 싶지. 김의영이 그사이 이렇게 반짝반짝 예뻐진 이유도 쉽게 납득이 갔다. 역시 사랑을 받으면 예뻐지는구나.

박민석이 돌아올 즈음, 우리는 주섬주섬 자리를 정리하고 일어섰다. 소곤소곤 이야기를 나누면서.

누군지 알아?

아니, 몰라. 누군지 짐작도 못하겠어.

아침에 일찍 가서 몰래 지켜보지.

무서워서 못하겠어.

뭐가 무서워?

그냥 괜히.

골목길을 빠져나가 헤어질 때까지 나는 김의영과 얘기를 나누었다. 주인장이 쥐여준 쪽지를 읽어본 것은 다음날이었다.

다음에 함께 읽을 책은 『자기 앞의 생』입니다.

가장 마음에 와닿은 구절을 뽑아 표시해 오세요.

모임은 여러분이 뽑아 온 구절을 다 함께 읽는 것으로 시작합니다.

다음 모임은 7월 셋째 주 수요일 일곱시입니다.

카페 숨:으로 오세요.

— 주인장

주인장의 편지

# 예쁘지도 않고 착하지도 않은 여자도 주인공이 될 수 있다

『제인 에어』는 사랑 이야기입니다. 지금까지 읽은 책들과 달리 남녀 간의 사랑이 전면에 등장합니다. 사랑 이야기는 아주 흔합니다. 세상에는 수많은 사랑 이야기가 있습니다. 그리고 그 이야기의 여자 주인공들은 탁월한 외모를 가지고 있거나, 아니면 성격이 아주 좋습니다. 하지만 제인 에어는 그 어느 쪽에도 해당하지 않습니다. 제인 에어의 가장 큰 특징은 예쁘지도 않고, 착하지도 않다는 것입니다. 왜소하고 볼품없는 외모는 말할 것도 없고, 성격도 까칠합니다. 수북 모임에서 정환이가 '정영주처럼 까칠하다'고 했던 것 기억하지요?

그런 여자가 당당히 소설의 주인공으로 등장하죠. 작가 샬럿 브론테는 누구의 눈길도 머물 것 같지 않은 보잘것없는 여자도 누군가의 눈길을 사로

잡고 상대방의 심장을 움켜쥘 수 있다는 것을 보여줍니다. 로체스터는 제인 에어를 보는 순간 바로 사랑에 빠졌다고 고백합니다. 물론 그 고백은 사랑에 빠졌던 순간보다 훨씬 뒤, 로체스터가 제인 에어에게 청혼하면서 이루어지지만 말입니다.

실제로 별로 폼나지 않는 외모에 성격도 밝은 편이 못 되었던 샬럿 브론테는 『제인 에어』를 통해 자신과 꼭 닮은 여주인공을 탄생시키고, 그 사랑을 이루어줍니다. 영국에서 가난한 목사의 딸로 태어나 동생들을 다 병으로 잃고 자신도 서른아홉 나이에 세상을 뜰 때까지 샬럿 브론테는 평생을 시골에서 보냈습니다. 어쩌면 『제인 에어』는 샬럿 브론테가 살아보지 못한 삶, 그러나 꿈꾸어왔던 삶을 그리고 있는 것 같습니다.

그런데 소설 속에서 엿보이는 제인 에어의 삶도 그렇게 꿈꿀 만한 것은 아닙니다. 어려서 부모를 잃고 친척의 냉대 속에서 자라다 형편없는 기숙학교에서 겨우겨우 살아남아 얻은 첫번째 일자리가 가정교사인 걸 보면 말입니다. 가정교사는 형편은 어려우나 어느 정도 교육을 받은 여성들이 가질 수 있는 몇 안 되는 직업이었습니다. 가정교사 자리를 얻고 제인 에어는 굉장히 기뻐하지만, 사회적으로 어느 정도 지위를 갖춘 사람들, 즉 가정교사를 고용하는 사람들 입장에서 보면 가정교사는 하녀보다 조금 나은 수준의 그저 그런 직업일 뿐입니다. 소설 속에서도 가정교사인 제인 에어를 대놓고 모욕하는 숙녀들의 대화가 등장합니다.

그들이 만난 가정교사의 태반은 형편없는 밉상이었고, 나머지는 주책바가지들이었으며, 그들 모두는 꿈에서 보는 마귀 같았다고 말하지요. 그리고 가정교사란 말만 들어도 신경질이 난다고, 다시는 가정교사를 보지 않고 살게 되어 하느님께 감사드리고 있다는 말도 덧붙이지요. 이런 소리를 듣고도 뭐라고 항변할 수 없는 보잘것없는 처지, 일을 하지 않으면 먹고살 길이 없는 처지가 바로 제인 에어가 처한 현실입니다.

## 브론테 자매를 아시나요?

『제인 에어』는 그 자체로도 재미있는 소설이지만, 이 소설의 작가인 샬럿 브론테의 삶은 더 흥미진진합니다. 샬럿 브론테에게는 남동생 한 명과 언니 둘, 여동생 둘이 있었습니다. 그런데 어머니도, 언니들도 일찍 죽고 목사인 아버지와 동생들과 함께 살았습니다. 샬럿 브론테의 두 여동생도 샬럿 브론테만큼 문학에 재능이 있었습니다. 자매들은 어려서 이야기를 만들면서 놀기를 즐겼다고 합니다. 그리고 자라서는 서로를 격려하며 문학의 길을 가지요. 『폭풍의 언덕』을 쓴 에밀리 브론테가 브론테 자매의 일원입니다.

아내를 일찍 여윈 샬럿 브론테의 아버지는 그뒤 평생 재혼을 하지 않았다고 합니다. 아주 완고한 성격이었다고 하는데요, 나중에 자식들이 다 죽고 샬럿 브론테 하나만 남자 그 딸에게 굉장히 집착했다고 알려져 있습니다. 그래서 아버지의 부목사인 니콜스가 샬럿 브론테에게 청혼했지만, 아버지의 반대로 결혼하지 못했을 정도입니다. 몇 년 뒤 니콜스가 다시 청혼하자, 샬럿 브론테는 아버지의 반대를 무릅쓰고 결혼합니다만, 결혼 후 1년 만에 생을 마감했습니다. 1816년에 태어나 1855년에 생을 마감했으니 샬럿 브론테도 젊은 나이에 죽은 셈입니다. 샬럿 브론테의 생애에 대해 궁금하다면 시리 제임스가 쓴 『샬럿 브론테의 비밀일기』를 읽어보세요.

### 발칙한 그녀, 제인 에어

제인 에어의 가장 큰 매력은 당당함에 있습니다. 돈도 없고, 외모도 별볼일 없고, 돌봐줄 일가친척도 없지만, 제인 에어는 자존심을 굽히지 않습니다. 어렸을 때 친척 집에서 더부살이하면서도 할 말은 하는 소녀였습니다. 제인 에어가 자신을 키워주는 리드 부인에게 대드는 장면 좀 보세요.

> "외숙모가 내 친핏줄이 아니라서 정말 기뻐요. 이제 내가 살아 있는 한 다시는 외숙모라고 부르지도 않을 거예요. 어른이 돼서도 다시는 보러 오지 않을 거고요. 누군가 내게 외숙모가 어땠냐고, 나를 어떻게 대해줬냐고 묻는다면, 생각만 해도 메스꺼워진다고 말할 거예요. 그리고 외숙모가 나를 비참할 정도로 잔인하게 대했다고 말할 거예요."

발칙하죠? 기숙학교로 쫓겨가서도 원수를 사랑하라는 예수님의 말씀을 실천해야 한다는 친구의 말에 "그렇다면 난 리드 부인을 사랑해야 할 텐데 그럴 수는 없는걸. 그 아들인 존을 위해 기도해야 할 텐데 그건 도저히 안 돼"라고 대꾸하기도 합니다. 이런 제인 에어의 성향은 어른이 되어서도 일

관되게 유지됩니다. 북클럽에서 영주가 읽었던 대목 기억나나요? 부자 남편을 만나 결혼하면서도 가정교사 일을 계속하면서 그만큼의 급료를 받겠다고 한 대목 말입니다.

제인 에어의 이런 성격을 감안한다면, 결혼식 날 로체스터의 숨겨진 부인이 나타나 결혼이 파탄나는 일이 생기지 않았다고 하더라도, 이들의 결혼생활이 순조롭게 전개되지 않았을 것임을 짐작할 수 있습니다. 그날 결혼식을 제대로 올렸어도 제인 에어와 로체스터의 신분 차이는 그들의 사랑을 갉아먹었을 것입니다. 자신의 힘이 아니라 결혼을 통해 신분 상승하는 것, 자존심 강하고 독립적인 성격의 제인 에어로서는 받아들일 수 없는 일이었을 테니까요. 결국 결혼은 제인 에어가 친척으로부터 유산을 상속받아 경제력을 갖추고 로체스터가 사고로 시력을 잃은 후에야 가능합니다.

### 서인도제도에서는 무슨 일이?

소설 속에 자주 등장하는 지명이 있습니다. 서인도제도입니다. 로체스터는 젊었을 때 서인도제도로 가서 그곳 여자와 결혼합니다. 아버지가 형에게만 재산을 물려주기로 했기 때문에 물려받을 유산이 없었던 로체스터는 서인도제도 농장주의 딸과 결혼합니다. 제인 에어와 로체스터의 결혼식 날, 로체스터의 아내 버사의 존재를 폭로하며 결혼을 막은 버사의 오빠도 서인도제도에서 왔습니다.

서인도제도는 남아메리카와 북아메리카의 사이에 있는 바다, 카리브 해의 섬들을 말합니다. 제도란 '여러 섬들'이라는 뜻입니다. 인도에서 한참 먼 이곳이 서인도제도라는 이름을 갖게 된 것은 콜럼버스 때문입니다. 다 알다시피 콜럼버스는 지구가 둥글기 때문에 유럽에서 대서양 쪽으로 계속 가면 인도에 도달할 수 있을 거라고 주장하며 신항로를 개척하기 위한 항해에 나섰습니다. 긴 항해 끝에 드디어 육지를 발견하고는 자신이 인도를 발견한 줄 알았습니다. 이때 유럽 사람들은 대서양과 태평양 사이를 아메리카라는 대륙이 가로막고 있다는 것을 몰랐으니까요. 아메리카 대륙 옆의 섬에 도착하고서 인도를 발견한 줄 알았던 그 착각이 만들어낸 이름이 서인도제도입니다.

인도가 아닌 곳을 인도라고 부르고, 그곳에 살고 있는 사람들을 인디언이라고 부르는 이 희한한 이름 붙이기에는 유럽 사람들의 무지와 오만이 그대로 담겨 있습니다. 그리고 유럽인들은 그곳에 자신의 식민지를 건설합니다. 19세기 영국의 부가 식민지에서 비롯되었다는 것은 전에 『지킬 박사와 하이드』에서도 이야기한 적이 있죠? 바로 그런 이유에서 로체스터가 서인도제도와 관련을 맺고 있는 것입니다. 유럽인들은 서인도제도에 사탕수수를 재배하는 대농장을 건설하고, 그곳 사람들을 노예로 부리면서 (1833년 노예 해방령 이후에는 노예'처럼' 부리면서) 큰돈을 벌어들입니다. 한편 제인 에어에게 유산을 물려주는 친척은 마데이라에서 돈을 버는 것으로 나오는데, 마데이라도 내내 포르투갈의 지배를 받은 지역입니다. 소설의 배경이 된 19세기에는 잠시 영국의 식민지가 되기도 했습니다.

그런데 로체스터가 제인 에어에게 자신의 불운하고 잘못된 결혼에 대해 설명하면서 자기 아내를 크레올이라고 지칭하는 장면이 있습니다. 크레올이란 유럽인과 현지인(식민지겠죠) 사이에서 태어난 혼혈을 일컫는 말입니다.

### 다락방의 미친 여자에 대해서

의영이가 분개하며 이야기한 대로, 로체스터는 이미 결혼했음에도 자기 아내를 미쳤다는 이유로 다락방에 감금하고, 그 존재를 숨긴 뒤 제인 에어와 결혼하려고 했습니다. 이 문제에 대해서는 독자들의 의견이 엇갈립니다. 그래도 로체스터는 버사에게 할 만큼 했다, 그러니 진정한 사랑을 얻으려는 로체스터를 비난할 수만은 없다, 그 결혼은 버사의 정신병으로 인해 이미 효력을 상실했다고 볼 수 있지 않은가. 로체스터를 변호하는 이들은 이렇게 이야기합니다.

서인도제도의 일부인 도미니카에서 태어난 작가 진 리스는 『광막한 사르가소 바다』라는 소설을 통해 『제인 에어』에 나오는 버사의 이야기를 새롭게 썼습니다. 『광막한 사르가소 바다』라면 영주가 카페 숨:에서 빌려갔던 책? 맞습니다. 『제인 에어』가 영국 백인 여성의 시각에서 서술되고, 영국 백인 남성인 로체스터의 상황을 옹호하는 입장에 서 있다면, 『광막한 사르가소 바다』는 다락방의 미친 여자, 버사의 입장에서 이야기를 전개합니다. 진 리스는 이 소설을 통해 『제인 에어』의 뒤집어 읽기를 시도한 것입니다.

이 소설에서는 차남이라 아버지로부터 유산을 받을 수 없었던 로체스터의 처지가 보다 자세하게 설명됩니다. 버사는 로체스터와 결혼하면서 3만 파운드의 지참금을 가지고 옵니다. 이것은 『제인 에어』에서도 똑같이 나오는 이야기입니다. 그런데도 로체스터는 순수 혈통이 아닌 크레올과 결혼했고, 게다가 아내의 돈에 의존해야 한다는 데 심한 수치심을 느끼면서 버사를 멀리합니다.

무엇이 진실일까요? 속아서 미친 여자랑 결혼했지만, 그래도 그 여자에게 할 수 있는 바를 다 해주면서 최선을 다했고, 뒤늦게 진정한 사랑을 만나 행복을 찾으려 했다는 것이 진실일까요? 아니면, 지참금 3만 파운드를 노리고 수치심을 억누른 채 결혼했지만, 아버지와 형이 죽어 그 유산을 물려받게 되자 아내를 미친 여자로 몰아 다락방에 가두어놓고, 새로 만난 젊은 여자와 서둘러 결혼하려 했다는 것이 진실일까요? 분명한 것은, 때때로 이상할 것 없어 보이는 사실도 또다른 이의 시선으로 보면 전혀 다르게 보일 수 있다는 것이겠죠. 이 깨달음이야말로 『제인 에어』와 『광막한 사르가소 바다』를 읽으며 얻을 수 있는 또다른 수확일 것입니다.

이처럼 잘 알려진 하나의 이야기를 다른 시각에서 새로운 이야기로 만들어낸 작품들을 찾아 읽어보는 것도 아주 흥미로운 일일 것입니다. 대니얼 디포의 유명한 소설 『로빈슨 크루소』도 미셸 투르니에에 의해 『방드르디, 태평양의 끝』으로 다시 태어납니다. 미셸 투르니에는 『로빈슨 크루소』에서 로빈슨 크루소가 섬의 주민을 만나 일방적으로 프라이데이라고 이름을 붙여주고(금요일에 만났다고 프라이데이입니다) 멋대로 자기 하인처럼 부리는 것이 마음에 들지 않았던 모양입니다. 유럽인들의 제멋대로 행각이 소설 속에 그대로 드러나 있다는 것이지요.

그래서 『방드르디, 태평양의 끝』에서는 로빈슨 크루소가 방드르디에게 배우고, 방드르디에 의해 로빈슨 크루소가 변화하는 것으로 설정이 바뀝니다. 방드르디는 프랑스어로 금요일이란 뜻입니다. 한편 노벨상 수상 작가이기도 한 존 쿠체는 『로빈슨 크루소』에서 발견되는 남성 중심적인 시각이 마음에 들지 않았습니다. 그래서 여성을 주인공으로 내세워 『로빈슨 크루소』를 새롭게 해석한 『포』라는 소설을 썼습니다. 새로운 시각으로 이야기를 읽어내는 것, 이것이 바로 책 읽기의 또다른 방법입니다.

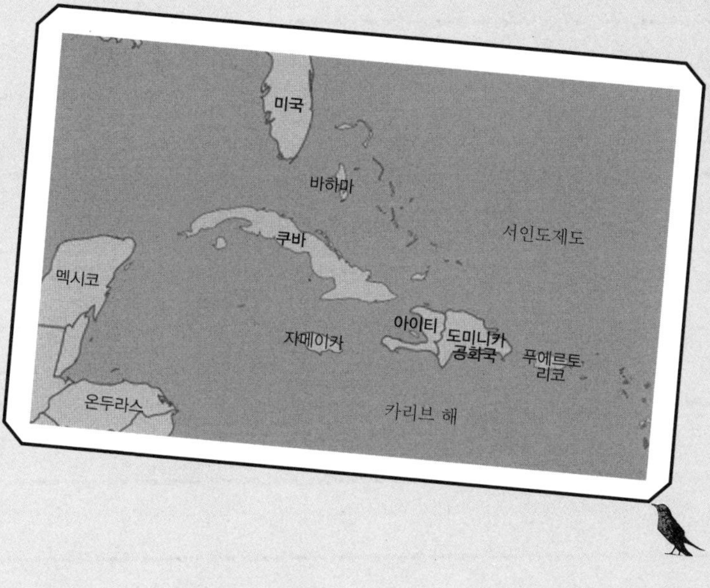

# 7월, 박민석의 이야기

다른 사람의 '관심' 앞에서
한없이 들뜨는 모모를 보며
나는 생각했다.
내가 축구를 못하게 되었을 때
그토록 절망했던 이유가
여기 있지 않았을까.

# 연애편지 사건의 전말

정영주가 씩씩거리며 카페 문을 열어젖히고 안을 둘러보았다.

"그 자식 아직 안 왔어?"

"그 자식이 누군데?"

"윤정환, 그 개아들 같은 놈."

"안 왔는데. 여기서 만나기로 했어?"

"내가 이리로 오라고 했지. 학교에서 할 얘기는 아닌 것 같아서."

정영주는 완전 폭주중이었다. 다른 손님도 있어 일단 자리에 앉히고 열 좀 식히라고 얼음 잔뜩 넣은 물을 한 잔 주었다. 힐끗 주인장 눈치를 보니 이 난리통에도 계속 책만 읽고 있었다. 정영주가 벌컥벌컥 물 한 잔을 다 마시고 얼음을 오도독 깨물고 있을 때 윤정환이

들어왔다.

“오해가 있었다니까, 왜 말을 끝까지 안 들어?”

“다른 애도 아니고 김의영한테 그런 장난질을 하는 건 정말 악랄한 짓 아니야? 네가 그럴 줄은 몰랐거든. 네가 범생이라 좀 재수는 없어도 나쁜 애는 아니라고 생각했거든. 완전 실망이야. 너 그런 짓 하면서 재미있던?”

“장난 아니었다니까.”

“장난 아니면, 너 김의영 좋아해서 그런 편지 쓴 거야?”

“좋은 맘으로, 좋은 맘으로 그런 건 맞아.”

“좋은 맘?”

“그냥 좋은 마음…… 김의영한테 무슨 연애 감정 같은 걸 느낀 건 아니고……”

“그게 악질이라는 거야. 연애 감정도 없으면서 연애편지를 왜 쓰냐고!”

둘이 하는 말을 듣고 있노라니 대략 줄거리를 알 것 같았다. 지난번 모임에 김의영이 눈에 띄게 예뻐졌다 했더니, 그게 러브레터 때문이었다는 것이다. 누군가 자기를 좋아하는 사람이 있다는 것을 알게 되자, 김의영이 그렇게 온몸으로 행복 아우라를 발산했던 것이다. 그랬는데, 그게 윤정환?

편지를 보낸 사람이 누군지 너무 궁금했던 정영주와 김의영은 아침 일찍 보초를 서기로 했다. 김의영은 간이 쪼그라드는 것 같아서 차마 지켜보지 못하고, 정영주가 대신 보초를 서주기로 했다. 정영주가 3일간 새벽 등교를 하면서 보초를 서서 드디어 편지를 놓고 가는 애를 붙잡았는데, 그게 어떤 1학년 여학생이었단다. 그래서 그 여학생을 붙들고 어찌된 영문인지 물어봤더니, 2학년 윤정환이 시켰다고 했더란다. 그 1학년 여학생도 아침부터 무지 쫄았겠다. 난데없이 정영주가 나타나 다그쳤으니 얼마나 놀랐을까.

그길로 윤정환을 찾아가 그 편지를 보낸 것이 자기가 맞다는 자백을 받아냈는데, 그 자백받는 대목을 김의영이 목격한 것이다. 그것도 하필 "너 김의영 좋아했었냐? 말을 하지. 그럼 박민석이랑 내가 도와줬을 거 아냐" 하는 정영주의 말에 "좋아해서 편지 쓴 게 아니라, 실은……" 하고 윤정환이 대답하는 장면이었다. 이 말을 들은 김의영은 파랗게 질려서 아침 일찍 조퇴해버렸다는 것이다.

윤정환은 계속 정영주에게 변명을 하고 있었다. "그게 아니라, 김의영이 맨날 너무 자신감 없이 지내는 게 안돼 보이더라고. 모임 할 때 보면 생각하는 것도 야무진 것 같은데, 외모 콤플렉스가 너무 심하잖아. 그 정도면 귀엽게 생겼는데 말이야. 그래서 자신감을 가지면 좋을 것 같아서…… 편지를 썼어. 처음에는 한 통만 쓰고 관두려고 했거든. 근데 김의영이 너무 좋아하는 거야. 행복해하고. 그래서 멈출 수가 없어서 계속 쓴 거지. 효과가 지속되려면 편지를 계속 보내야 할 것 같았거든……"

옆에서 얘기를 듣는 나도 한숨이 절로 나왔다. 재는 상당히 똑똑해 보이는데, 결정적인 순간에 완전 바보라는 것이 드러난다. 어떻게 그런 만화 같은 방법을 정말 실천할 생각을 하냐.

윤정환은 코가 쑥 빠져 있었다. 정말 장난친 것 아닌데, 좋은 뜻으로 한 일인데, 이런 말들을 중얼거리면서 일어서더니 나와 정영주를 교대로 쳐다보면서 물었다. "그래도 사과해야겠지?"

나와 정영주가 동시에 고개를 끄덕였다.

"당장 해야겠지?" 끄덕끄덕.

"직접 해야겠지?" 끄덕끄덕.

축 처진 어깨로 윤정환이 카페를 나섰다.

다섯번째 수북

# 『자기 앞의 생』[*]

윤정환과 정영주가 와서 자리를 잡고 앉은 지 30분이 지나도록 김의영이 오지 않았다. 우리는 주인장에게 전화라도 해보는 게 어떠냐고 물었지만, 다들 직접 전화할 엄두를 내지 못하고 있었다. 김의영을 기다리는 시간이 길어질수록 윤정환의 어깨가 점점 굳어졌다.

"아직 해결 못했냐?" 정영주가 낮은 소리로 물었다.

"그날 찾아가서 사과했을 때, 김의영도 내 의도를 이해한 것 같았는데……"

"근데 왜 안 오냐?" 정영주가 계속 윤정환한테 화살을 꽂아넣었다.

---

* 에밀 아자르 지음, 용경식 옮김, 문학동네

그리고 문이 열렸다. 들어오는 김의영을 보고 우리 모두 "앗!" 소리를 냈던 것 같다. 늘 커튼처럼 김의영의 얼굴을 둘러싸고 있던 머리카락이 사라진 것이다. 목덜미와 귀가 완전히 드러난 쇼트커트의 김의영은 완전히 다른 사람 같았다.

"죄송해요. 미용실에 사람이 많아서…… 근데 오늘 아니면 절대 못 자를 것 같아서요. 앞으로는 절대 늦지 않을게요" 하며 머뭇머뭇 자리에 앉았다. 쟤는 우리가 자기를 쳐다보는 게 늦었다고 책망하려는 것이라 생각하나보다.

아줌마 혼자 배를 곯아가며 빠듯하게 지낸다 해도 하루에 십오 프랑은 필요했다. 그녀에게 덜 먹으려면 살을 빼는 수밖에 없다고 아주 솔직하게 말했던 기억이 난다. 그렇지만 세상에 혼자뿐인 노친네에게 그것은 너무 가혹한 일이었다. 아줌마에겐 아무도 없는 만큼 자기 살이라도 붙어 있어야 했다. 주변에 사랑해주는 사람이 아무도 없을 때, 사람들은 뚱보가 된다.

김의영이 그 구절을 읽고 있는데, 갑자기 울컥하면서 가슴속에서 뜨거운 것이 올라왔다. 그 구절을 읽는 김의영이 사실은 울고 있는 것 같았기 때문이다. 나도 안다. 아무도 사랑해주는 사람이 없을 때 사람들은 무엇에라도 매달리고 싶어하고, 그 대상이 음식일 수도 있다는 것을 말이다. 축구를 그만두고, 학교를 옮기고, 머물 곳도 마땅치 않은 채 떠돌던 그때, 나는 계속 배가 고팠다. 강도 높은 훈련을 하던 때보다도 더 배가 고팠다. 시합을 뛰고 난 뒤보다도 더 배가 고팠다. 먹어도 먹어도 배가 고팠다. 사발면 네 개를 앉은 자리에서 혼자 먹어치운 뒤, 공연히 눈물이 났던 그때가 생각났다.

윤정환은 진땀을 흘리는 것 같았다. 저 녀석이 저토록 안절부절못하고 어떻게 처신해야 할지 가늠하지 못하는 모습을 보게 될 줄이야. 저 녀석은 항상 여유 있고, 한 걸음 뒤로 물러나 우리를 지켜보는 것 같다고 생각했는데. 세상에는 공부로 해결되지 않는 것이 있다는 당연한 말이, 이제야 실감났다. 불편한 침묵을 뚫고 윤정환이 입을 열었다.

"내가 지난번에도 말했지만……"

"괜찮아, 정말 괜찮아졌어. 그냥 하는 말 아니야. 갑자기 마음이 편해졌어. 그냥 쪽팔려서 그랬어. 혼자 들떠서 난리를 떨었는데, 그걸 옆에서 너네가 다 지켜보고 있었다고 생각하니까 창피했거든." 김의영이 담담하게 말을 이어갔다. "그런데 잘 생각해보니 편지를 몇 통이나 쓰는 수고를 기꺼이 감당할 만큼 나를 걱정했다는 거잖아. 너한테 작은 친절도 베푼 적 없는 나를 위해서 말이야. 주변에 사랑해줄 사람이 아무도 없을 때 사람들은 뚱보가 된다잖아. 그런데 나는 아니야. 소리 없이 날 염려해주는 사람이 있다는 거, 참 좋았어. 그래서 정신 차리기로 했어."

갑자기 김의영이 어른처럼 보였다. 자기 안의 무언가를 찾아낸 사람만이 자아내는 그런 느낌? 나도 언젠가 내 안의 무언가를 찾아낼 수 있을까? 내 안에 찾아낼 무언가가 있기는 한 걸까?

"모모야, 그곳은 내 유태인 피난처야."

"알았어요."

"이해하겠니?"

"아뇨. 하지만 상관없어요. 그런 일엔 익숙해졌으니까."

"그곳은 내가 무서울 때 숨는 곳이야."

"뭐가 무서운데요?"

"무서워하는 데에 꼭 이유가 있어야 하는 건 아니란다."

나는 그 말을 결코 잊은 적이 없다. 왜냐하면 내가 지금까지 들어본 말 중에서 가장 진실된 말이기 때문이다.

이 부분을 읽은 것은 윤정환이었다. "우리는 계속 뭔가 두려운데, 그 이유를 몰라서 더 두렵잖아. 내가 두려워하는 게 도대체 뭔지. 그런데 이 부분을 읽으면서 내 머릿속이 환해지는 기분이었어. 아, 나뿐이 아니구나. 사람들은 다들 숨고 싶을 만큼 무서울 때가 있구나. 그리고 무서워할 때 꼭 그럴 만한 이유가 있어야 하는 것도 아니구나. 이걸 깨달으니까 내 두려움이 좀 줄어드는 것 같았어."

편지 사태의 영향인지 다들 한 뼘씩 더 솔직해진 것 같았다. 그런데 윤정환은 뭐가 두렵지? 저렇게 공부 잘하는 애가 뭘 무서워하는 걸까? 설마 성적 떨어지는 거? 정영주도 그게 궁금했나보다. "너는 뭐가 무서운데?"

"말했잖아. 뭐가 무서운지 잘 모르겠는데, 무서워. 불안해. 아, 이번 편지 일로도 정말 무서웠어. 좋은 의도라도 생각이 짧으면 이렇게 상대방에게 폐를 끼칠 수 있구나, 이런 결과를 예상하지 못하고 일을 저지른 내가 무서웠지."

"책 읽고 그걸 그대로 했다니, 정말 윤정환스럽다고 봐야지. 텔레비전 보고 가면라이더 따라 하는 초딩이랑 뭐가 다르냐?" 윤정환의 표정이 험악해진다 싶자, 정영주는 얼른 말꼬리를 돌린다. "이제 그 얘기는 그만하자. 내가 읽을게."

나는 마약에 대해서는 침을 뱉어주고 싶을 정도로 경멸한다. 마약 주사를 맞은 녀석들은 모두 행복에 익숙해지게 되는데, 그렇게 되면 끝장이다. 행복이란 것은 그것이 부족할 때 더 간절해지는 법이니까. 하긴 오죽이나 간절했으면 주사를 맞았을까마는 그따위 생각을 가진 녀석은 정말 바보 천치다. (……) 아무튼 나는 그런 식으로 행복해지기보다는 그냥 이대로 사는 게 더 좋다. 행복이란 놈은 요물이며 고약한 것이기 때문에, 그놈에게 살아가는 법을 가르쳐주어야 한다. 어차피 녀석은 내 편이 아니니까 난 신경도 안 쓴다.

맞다. 행복이란 그것이 부족할 때 더 간절해지는 법이다. 그리고 그것은 항상 부족한 것이 정상이다. 그걸 충분히 가지려고 이상한 짓을 하면 안 되는데, 사람들은 그런 턱없는 욕심을 부린다. 이제 내 차례다.

내가 그렇게 관심의 대상이 된 것도, 누군가가 내 목소리를 녹음한 것도 처음 있는 일이었다. 나는 누군가를 인질로 붙잡아 죽이는 것 말고는 사람의 관심을 끌 수 있는 방법을 알지 못했었다. 세상에는 관심을 끌지 못하는 사람이 너무 많다. 바캉스 장소를 산과 바다 중에서 선택하듯이 사람들도 그렇게 선택당하기 때문이다. 세상은 관심을 끌지 못하는 그 많은 사람들 중에서 가장 마음에 드는 사람을 선택한다. 사람들이 가장 좋은 것을 선택하듯이, 수백만 명의 희생자를 낸 나치나 베트남 전쟁 같은 가장 비싼 대가를 치른 것을 선택하듯이 말이다. 그러므로 엘리베이터도 없는 칠층에 사는, 과거에 너무 고통스럽게 살았기 때문에 지금의 고통은 아무것도 아닌 유태인 노파 같은 건 누구의 관심사도 될 수 없다.

나는 『자기 앞의 생』이 굉장히 마음에 들었다. 일단 여태까지 읽은 책 중에서 비교적 짧기도 하고, 크기도 내 손안에 쏙 들어올 만큼 작아서 좋았다. 그리고 모모도 마음에 들었다. 이토록 처참한 환경에 놓여 있으면서도 제법 어른스러운 생각들을 하고, 다른 사람을 사랑할 줄도 아는 모모가. 그리고 다른 사람의 '관심' 앞에서 한없이 들뜨는 모모를 보며 나는 생각했다. 내가 축구를 못하게 되었을 때 그토록 절망했던 이유가 여기 있지 않았을까. 동정 말고 관심. 그전에 나는 고통이란 힘든 훈련, 시합에서의 패배, 선배들의 기합, 이런 것들만 있는 줄 알았다. 하지만 그런 고통을 뛰어넘는 캄캄한 절망이 존재한다는 걸, 열일곱 살 가을에 알아버렸다. 스무 살도 되기 전에 자신이 쓸모없는 존재라는 것을 깨닫는 것은 정말 만만치 않은 고통이다. 그런데도 모모는 사랑을 이야기한다. 나도 그렇게 할 수 있을까.

이런저런 이야기와 함께 모임이 끝나갈 무렵, 정영주가 눈을 빛내며 입을 열었다.

"근데 윤정환, 나 너한테 궁금한 게 하나 있다."

"묻지 마. 그냥 궁금한 걸 눌러 참아. 호기심이 고양이를 죽인다는 말 몰라?"

"나 그딴 말 몰라. 근데 윤정환, '너한테 궁금한 게 하나 있어' 하면, '뭐가 궁금한데?'라고 물어보는 게 정상 아니냐? 넌 무슨 배짱으로 다짜고짜 묻지 마야? 내가 뭘 궁금해하는지 안 궁금해?"

"하나도 안 궁금해. 그러니 묻지 마. 대답도 하기 싫어." 윤정환은 뭔가 좋지 않은 촉을 감지했는지 전에 없이 몸을 사렸다. 그런다고 물러서면 정영주가 아니란 걸, 이제는 우리 모두 알고 있었다.

"그래도 물어볼래. 넌 도대체 왜 이 모임에 끼이게 된 거야? 우릴 봐. 이유가 명백하잖아. 박민석은 골대가 아니라 사람 배에다가 공을 차넣었고, 나는 선배들이랑 떡이 되게 싸웠잖아. 김의영, 쟤는 생긴 건 절대 그런 것 못하게 생겼는데, 식당에서 자기 놀리는 애한테 식판을 그대로 엎어버렸어. 그것도 하필 카레 나온 날. 나도 그 장면 봤어. 나중에 내가 고등학교 무사히 졸업하면, 신영고 10대 사건, 이런 거 뽑을 때 꼭 넣으려고 해. 정말 멋지구리한 장면이었거든. 봐, 다 그렇잖아. 그런데 넌 도대체 왜 여기 있는 거야? 넌 공부도 잘하고 사고도 안 쳤는데."

김의영이 맞장구를 쳤다. "맞아, 넌 우리랑 다른 앤데." 이 말에는 나도 동감. 정영주의 의문에도 동감.

"그래서 내가 추리를 해봤는데, 혹시 너 말이야…… 우리랑 모임 같이하는 시간만큼 봉사활동 인정받니?"

"야, 그게 뭔 소리야!"

"아, 그러니까, 학교에서도 걱정될 것 아냐. 우리 같은 꼴통 모아놓고 책 읽고 얘기하라고 하면, 이것들이 그림책이라도 제대로 읽을지, 얘기는 똑바로 할 수 있을지, 만에 하나 이 꼴통들이 모여서 작당을 해서 더 큰 사고를 치지는 않을지…… 그래서 너한테 특명을 내린 거지. 저 꼴통들을 감시하라, 저것들이 책을 읽을 수 있게 도와줘라. 그렇다고 윤정환이 덜컥 '네, 알겠습니다' 할 인간도 아니잖아. 시간도 아깝고, 에너지도 아깝다고 생각했겠지. 그러니까 학교에서는 거래를 한 거지. 대신 봉사 시간으로 인정해줄게. 내 추리가 어때? 나 이 길로 나갈까봐. 탐정으로서 빛나는 재능이 엿보이지 않냐?" 이쯤에서 정영주는 완전히 오버 모드로 돌입했다.

"그런데 왜 전교 1등 유승호가 아니고 만년 2등 윤정환이냐…… 묻는 놈이 바보지. 유승호가 박민석 있는 모임에 오고 싶겠어? 그 많은 애들이 지켜보는 앞에서 개쪽을 당했는데? 박민석 무서워서 복수는 꿈도 못 꿀 테니, 여기 절대 안 오지, 못 오지."

"그래도 유승호보다는 윤정환이 인간성 좋다고 생각해." 헛, 김의영 너마저!

"헉! 너한테 그런 짓을 했는데. 넌 진정 천사인가보다."

"그래도 좋은 뜻으로 그런 거잖아. 나한테 그만큼 관심을 가져준 거고. 그거 저만 아는 인간이면 못할 일이지."

"그렇지. 네 말 듣고 보니 1센티미터 정도 나은 것도 같다." 정영주가 배부른 고양이 표정으로 윤정환을 바라보았다.

모임은 갑자기 끝났다. 유승호보다 인간성이 1센티미터 정도 나은 윤정환이 제일 먼저 카페를 나갔다. 주인장이 준 다음 모임 안내 쪽지를 바지 주머니에 구겨넣으면서.

방학이니 조금 변화를 줄까요?
마음대로 선택할 수 있다면 어느 곳을 여행하고 싶습니까?

①영국 런던 ②아마존

①을 택했다면 『일반적이지 않은 독자』를, ②를 택했다면 『연애 소설 읽는 노인』을 읽으세요. 둘 다 원한다면 두 권 다 읽어도 됩니다.

가장 마음에 와닿은 구절을 뽑아 표시해 오세요.

모임은 여러분이 뽑아 온 구절을 다 함께 읽는 것으로 시작합니다.

다음 모임은 8월 셋째 주 수요일 일곱시입니다.

카페 숨:으로 오세요.

— 주인장

아무데도 가고 싶지 않다고요?

그렇다면 시간도 많을 테니 두 권 다 읽으세요. 방학 축하합니다.

헉, 주인장이 유머를? 근데 왜 무섭지? 이건 새로운 버전의 납량 특집인가?

주인장의 편지

# 에밀 아자르, 두 개의 삶을 산 작가

작품보다는 작가 얘기를 먼저 하고 싶어요. 에밀 아자르의 진짜 이름은 로만 카체프입니다. 로만 카체프는 1914년 모스크바에서 태어나 리투아니아와 폴란드를 거쳐 프랑스에 정착합니다. 이후 작가가 되어 로맹 가리라는 이름으로 『하늘의 뿌리』라는 작품을 발표하지요. 이 작품으로 최고의 인기 작가 대열에 오르게 되고, 프랑스 작가에게 주어지는 최고의 영예라고 할 수 있는 공쿠르 상을 받습니다. 이때 그의 나이가 마흔두 살이었습니다. 그는 이후에도 작품활동을 계속했고, 대중의 찬사가 항상 그를 따라다녔습니다. 그런데 그는 예순한 살에 에밀 아자르라는 이름으로 『자기 앞의 생』을 발표하여 다시금 문단의 주목을 받습니다. 프랑스는 혜성처럼 등장한 신예 작가에게 열광했고, 그는 이 작품으로 다시 한번 공쿠르 상을 수상합니다.

원래 공쿠르 상은 같은 작가에게 두 번 주지 않는 것이 관례였지만, 로맹 가리와 에밀 아자르가 동일 인물이라는 것은 몇몇 사람만 아는 비밀이었기 때문에 가능한 일이었다고 합니다.

이미 공쿠르 상을 수상했고 레지옹도뇌르 훈장을 받고 로스앤젤레스 주재 프랑스 총영사까지 지낸 마당에, 다시 말해 더 이룰 것이 없을 정도로 성공한 작가가 새로운 이름으로 다시 작품활동을 시작한 이유는 무엇일까요? 그 사연은 그가 예순여섯 살에 권총 자살을 하기 전에 유서처럼 남긴 「에밀 아자르의 삶과 죽음」에서 밝혀집니다(이 글은 『자기 앞의 생』의 말미에 수록되어 있으니 소설과 함께 읽어보면 좋을 거예요).

> 나는 나 자신에 대해 싫증이 나 있었다. (……) 나는 사람들이 내 등에 붙여놓은 로맹 가리의 고정된 이미지가 싫어졌다. 무려 삼십 년 동안! '사람들이 내 얼굴을 만들어준' 것이다. 어쩌면 나는 무의식중에 거기에 동의했는지도 모르겠다. 그것이 더 편한 일이니까. 말하자면 틀은 완전히 만들어져 있었고, 나는 그곳에 안주하기만 하면 되었던 것이다. 그래서 나는 속마음을 털어놓을 기회를 잃어버리고 말았고, 젊은 시절, 초창기, 첫 소설에 대한 향수, 다시 시작하고 싶은 욕구 같은 것에 시달렸다. 새로 시작하는 것, 다시 사는 것, 다른 존재로 사는 것이 내 존재에 큰 유혹으로 다가왔다.

그래서 환갑이 넘은 나이에 로맹 가리는 에밀 아자르로 새롭게 태어납니다. 그리고 동시에 로맹 가리로서 작품활동도 계속해나가지요. 죽을 때까지 로맹 가리와 에밀 아자르, 두 사람의 삶을 살아간 거죠.

### 충분한 것만으로 충분한가?

에밀 아자르(『자기 앞의 생』에 대해 이야기하는 자리니 이 이름으로 불러야 마땅하겠죠?)는 충분한 정도로는 충분하지 않다고 생각하는 사람이었던 것 같습니다. 『자기 앞의 생』에서 모모가 사랑하던 개 쉬페르 이야기를 기억하나요?

모모는 쉬페르를 너무나 사랑하기 때문에 자기와 함께 사는 것보다 더 나은 삶을 쉬페르에게 선사하고 싶었습니다. 그래서 신중하게 쉬페르의 새 주인을 고르고, 쉬페르를 비싼 값에 팝니다. 돈을 원한 것은 아니었어요. 그건 일종의 시험이었습니다. 새 주인이 쉬페르를 위해 500프랑을 기꺼이 지불할 만큼 쉬페르를 마음에 들어하는지, 마음에 드는 개를 위해 그 정도 돈을 쓸 만큼 여유가 있는 사람인지, 모모는 그걸 시험하고 싶었던 것입니다. 하지만 모모는 쉬페르와 교환한 500프랑을 자기를 위해서 쓸 수 없었습니다. 500프랑은 쉬페르니까요. 그래서 그 돈을 하수구에 버립니다. 나중에 모모가 한 짓을 알게 된 로자 아줌마는 모모가 제정신이 아니라고 크게 걱정하지만, 모모 입장에서 보면 그것이 쉬페르에 대한 최선의 사랑이었던 것입니다.

모모는 쉬페르를 곁에 둔 채 아끼고 사랑해줄 수 있었습니다. 그리고 그것으로 충분했을 겁니다. 쉬페르를 판 500프랑을 로자 아줌마와 자신을 위해서 쓸 수도 있었을 것입니다. 쉬페르에게 좋은 환경을 마련해주고 싶다는 모모의 계획은 성공했고, 500프랑은 그에 따른 부수입 같은 것이었으니까요. 그러니까 그렇게 해도 충분했을 것입니다. 하지만 모모는 쉬페르를 곁에 두지도 않았고, 500프랑을 쓰지도 않습니다. 충분한 것만으로는 충분하지 않다는 것, 진짜 사랑은 끝까지 가는 것이라고 모모는 생각했던 것이지요.

로자 아줌마에 대한 모모의 방식도 크게 다르지 않습니다. 모모는 로자 아줌마를 진심으로 사랑했고, 로자 아줌마를 정성껏 돌봤습니다. 그러니 어린 모모가 감당할 수 있는 수준을 넘어섰을 때, 다시 말해 로자 아줌마가 병에 걸려 회복할 수 없는 지경에 이르렀을 때, 모모는 로자 아줌마 돌보는 일을 어른들에게 맡길 수도 있었습니다. 그때까지 모모가 한 일로도 충분했으니까요. 하지만 모모는 충분한 것으로는 부족하다고 생각했습니다. 그래서 끝까지 갑니다. 로자 아줌마를 지하의 유태인 피난처로 데리고 가 그녀가 죽을 때까지, 그리고 죽은 뒤에도 그 곁을 지킵니다.

사람들이 끔찍한 일이라고 비명을 지를 때까지, 그 정도에 이를 때까지 모모는 로자 아줌마를 사랑합니다. 충분한 데서 멈추지 않고 끝까지 가는 것, 그것이 모모의 사랑법입니다.

사람들은 로맹 가리에 대해서도 같은 생각을 했을 것입니다. 이미 작가로서 이룰 수 있는 모든 것을 이루고 환갑을 넘긴 대가에게 다른 무엇을 기대하지 않았겠지요. 그리고 그 자리에서 멈춘다고 해도 충분하다고 다들 생각했을 것입니다. 하지만 그에게는 충분한 것만으로는 충분하지 않았던 것입니다. 예순을 넘긴 나이에 전혀 새로운 영역을 개척하면서 새로운 삶을 시작한 것이지요. 과거의 영광을 팔아 오늘을 사는 것, 로맹 가리는 그것을 견딜 수 없었던 것입니다. 그래서 에밀 아자르로 새롭게 태어납니다. 새로운 작가 에밀 아자르는 『자기 앞의 생』을 통해 로맹 가리가 이룬 세계와는 전혀 다른 세계를 창조합니다. 너무나 달랐기 때문에 아무도 로맹 가리와 에밀 아자르가 동일 인물이라는 것을 알아차릴 수 없었던 거죠.

### 로자 아줌마는 왜 병원을 싫어했을까?

로자 아줌마는 병원에 가는 것을 너무나 두려워합니다. 아프면 병원에 가는 것이 당연한 일이라고 다들 믿고 있는데, 왜 로자 아줌마는 병원에 가지 않으려고 하는 걸까요?

> "모모야, 그들은 나를 억지로 살려놓으려 할 거다. 병원이란 데가 원래 늘 그 모양이야. 법이 그러니까. 나는 필요 이상 살고 싶지는 않다. 이제 더 살 필요가 없어. 아무리 유태인이라도 한계가 있는 거야. 그들은 나를 죽지 않게 하려고 온갖 학대를 할 거다. 의사는 처방전이라는 것을 가지고 있어. 그들은 끝까지 괴롭히면서 죽을 권리조차 주지 않을 거야. 그것이 그들의 특권이니까. (……) 내 엉덩이를 삼십오 년 동안 손님들에게 내주었는데, 이제 와서 또 의사들에게 내주고 싶지는 않

아. 약속해주겠지?"

로자 아줌마는 병원에 가면 마음대로 죽을 수 없다고 생각했습니다. 이미 살 만큼 살았는데, 병원과 현대 의학 기술은 죽을 사람을 죽지 않게 하려고 온갖 시도를 합니다. 로자 아줌마의 표현에 따르면 '죽을 권리'를 빼앗아가는 거지요.

병원은 병을 고치는 곳이라고 하지만, 현실에서 우리는 그렇지 않은 경우를 종종 목격합니다. 고칠 수 없는 병에 걸려 이미 죽음을 눈앞에 둔 환자를 '치료'라는 이름으로 억지로 살려두는 경우 말입니다. '살려두는 것이 왜 나빠?' 이런 의문이 생겨날 수 있을 것입니다. 하지만 생각해봅시다. 진정 살아 있는 상태가 아닌 채로 계속 목숨만 부지하고 있는 것이, 그렇게 해서 고통을 연장해가는 것이 정말 그 사람에게 좋은 일이기만 할까요? 살아 있는 자는 누구나 죽음을 피해 갈 수 없다는 것은 정말 의심할 수 없는 진실입니다. 그렇다면 적당한 순간에 죽을 수 있는 권리도 인정해주어야 하지 않을까요?

하지만 현대 의학과 의료 시스템은 그것을 인정하지 않습니다. 살려놓는 것, 어떻게든 목숨을 부지하도록 하는 것에 최상의 가치를 부여합니다. 그렇게 해서 살아 있게 된 사람의 행복이나 삶의 질에는 관심을 기울이지 않은 채 말입니다. 그걸 알고 있는 로자 아줌마는 병원에 가고 싶지 않다고 말하는 것입니다. 모모는 그런 로자 아줌마의 바람을 있는 그대로 인정해주고, 죽음이 찾아왔을 때 로자 아줌마가 원하는 방식으로 죽음을 맞이할 수 있도록 도와줍니다.

“주인장이라면 어떻게 하겠어요?” 여러분이 이렇게 묻는다면, 어떤 대답을 할 수 있을지 나도 잘 모르겠습니다. 하지만 분명한 것은 나 역시 인간으로 품위를 지킬 수 있는 죽음을 원한다는 것입니다. 여러분 생각은 어떤가요? 자신이 맞이할 죽음에 대해 생각하기에는 너무 이른 나이인지 모르지만, 죽음에 대한 깊은 성찰은 지금의 삶을 더 가치 있게 이끌어줄 것입니다.

## 잊힌 사람들

작가 자신이 이민자였기 때문인지 모르겠지만, 『자기 앞의 생』에는 우리가 ‘정통 프랑스인’이라고 생각하는 사람들이 별로 등장하지 않습니다. 로자 아줌마는 학살의 시대에 겨우겨우 살아남은 유태인이고 하밀 할아버지는 무슬림입니다. 모모에게 편지를 써달라고 부탁하는 은다 아메데 씨는 아프리카 출신이고, 모모 역시 무슬림입니다. 창녀, 포주, 사기꾼, 전과자, 가난뱅이…… 『자기 앞의 생』에 등장하는 사람들의 모습입니다. 이들은 프랑스 사람들이 아닐까요? 이들도 엄연히 프랑스의 일부이며, 우리가 살아가고 있는 세상의 일부입니다.

에밀 아자르는 『자기 앞의 생』에서 이처럼 다양한 사람들이 살아가는 프랑스의 뒷골목을 생생하게 그려냈습니다. 에펠탑과 루브르박물관, 샹젤리제 거리…… 우리가 상상하는 프랑스는 이런 화려한 모습이지만, 이것이 프랑스의 전부는 아닐 것입니다. 보잘것없는 존재들이기에 아무도 주목해주지 않는 삶, 그러나 진정으로 사랑하는 법을 알고 있는 사람들의 삶을 그려냄으로써 에밀 아자르는 진짜 프랑스 사람들의 삶을 보여줍니다. 잘 보이지 않는다고 해서 그들을 존재하지 않는 존재로 취급해서는 안 될 테니까요. 우리가 꿈꾸는 화려한 삶을 살고 있지 않다고 해서 그들의 삶을 가치 없는 것으로 생각해서도 안 될 테니까요.

민석이가 읽었던 것처럼 이 세상에는 관심을 끌 수 없는 사람들이 너무나 많습니다. 그들은 잊힌 채로 살아갑니다. 학교에서도 마찬가지 아닌가요? 공부를 잘하든가 싸움을 잘하든가, 예쁘든가 잘생겼든가, 뭐 하나라도 특출난 것이 있어야 관심을 끌 수 있습니다. 하지만 우리 대부분에겐 특출한 것이 없습니다. 그래서 잊힙니다. 그러나 잊힌 존재인 우리는 한 가지를 기억해야 합니다. 잊혔다고 해서 우리가 위대하지 않다는 건 아니라는 걸요. 잊혔어도, 관심을 끌지 못해도 우리는 '자기 앞의 생'을 살아갑니다. 모모는 자기 주변의 사람들이 위대한 존재이고, 사랑받아 마땅한 존재라는 것을 알고 있었습니다. 돈도 없고, 부모도 없고, 창녀와 포주, 사기꾼들에 둘러싸여 살고 있으면서도 모모가 진정으로 사랑하는 삶을 살 수 있었던 힘이 여기에 있는 것 같습니다.

그래서 로자 아줌마가 죽고 혼자 남겨졌는데도 모모는 말할 수 있는 것입니다. "사랑해야 한다"라고.

# 8월, 윤정환의 이야기

잠깐 망설였다.
뭐라고 대답해야 할까?
지금 생각하면 부끄러운 일이지만,
내가 처음에 얼마나 밉살스러운 태도를
보였던가.
나는 솔직해지는 쪽을 택했다.

# 전교 2등,
# 기말고사 답안지를 백지로 내다

학교 도서관에서 좀 일찍 출발했다. 저녁 무렵이라고는 해도 한낮 같다. 카페 숨:까지 가는 길엔 그늘도 없다. 요즘은 종종 카페 숨:에 들른다. 그 꾀죄죄한 카페와 역시 꾀죄죄한 주인장이 묘하게 내 숨통을 틔워주는 것 같다. 카페나 카페 주인장 모두 나한테 적당히 무심하다는 점이 마음에 들었나? 내게 특별한 기대를 하지 않는다는 점이 좋은 건가?

내가 자꾸 카페에 들르는 이유를 혼자 궁금해하며 카페에 들어서는데, 먼저 와 있던 정영주가 주인장처럼 알은체를 한다.

"왔냐?"

"넌 여기 출근하냐? 거의 직원처럼 상주하는 것 같다."

"방학이라 별로 할 일도 없잖아."

넌 좋겠다, 정영주. 속없어서. 방학이라 할 일 없다는 인문계 고등학생, 그거 흔한 거 아니다. 그러다가 박민석이 눈에 들어오자, 한숨이 절로 나온다. 여기 또 있구나. 시간 많은 고등학생. 그러고 보면 대한민국이 입시 지옥이라는 말도 다 거짓말이다. 공부하느라 바쁜 건 여기 나 하나뿐이니 일단 내가 특이한 거라고 해두자.

"잘 왔다, 윤정환. 얘 좀 어떻게 해봐라. 심심하다고 자꾸 놀러가자고 보챈다." 박민석은 이 기회에 정영주를 나에게 떠넘기려고 잔꾀를 부리는군. 야, 덩치, 안 어울리게 왜 이래? 정영주 하나도 감당 못해서 나한테 미루냐? 하긴 얘가 보통 끈질겨야 말이지.

"그래, 놀러가자. 윤정환, 너도 하루쯤 노는 날 있지 않냐? 하다못해 동네 수영장에라도 갈 수 있잖냐."

"나 바빠. 그리고 너 좀 잘나가는 걸로 알고 있었는데, 이제 왕따냐? 왜 여기 와서 그러는데?"

"나 거의 은퇴 상태잖냐. 내가 좀 견실하게 살아줬더니 재미없다고 다 떨어져나가네."

"그래서 우리더러 같이 놀자고?"

"놀고 싶어. 내가 지금 너무 놀고 싶어서 찬밥 더운밥 가릴 처지가 아니야."

그래서 나랑 박민석은 찬밥이란 거야, 더운밥이란 거야?

"윤정환, 너도 튕길 처지가 아니잖아. 너도 놀아주는 친구 없지?

사람이 너무 한쪽으로만 치우치면 균형 잡힌 인간으로 성장할 수가 없는 거야. 신나게 놀고 오면 공부도 더 잘돼서 만년 2등을 면할 수 있을지도 몰라."

"너 모르는구나. 나 이제 만년 2등 윤정환 아니야."

"응? 너 이번에 시험 무지하게 잘 봤구나. 그래도 방심하면 안 되지. 유승호는 그사이에 노나?"

"그게 아니라, 나 작년 2학기 기말고사 때 백지 냈거든."

내 말에 카페를 정리하고 있던 박민석도, 의자에 반 눕듯이 앉아 있던 정영주도 한순간 '그대로 멈춰라' 상태가 되었다. 좋은걸. 내가 저 둘을 한 방에 훅 보냈잖아.

"왜? 뒤늦게 질풍노도의 시기를 맞은 거야? 좀 멋있기는 하다. 나 같이 공부 못하는 애가 백지 내면 더 바보 같아 보이지만, 네가 백지 내면 굉장히 의미 있어 보이잖아."

"멋있어 보이려고 그런 게 아니고, 시험 보는데 정말 머릿속이 하얘지면서 글자가 안 보이는 거야. 화이트아웃, 그래, 그런 상태였어. 그래서 답을 못 썼어."

"머릿속이 하얘져? 그거 우리처럼 아무것도 몰라서 하얗게 되는 거랑은 좀 다른 거겠지?"

"몰라. 이 모임에도 그래서 참가하게 된 거고. 지나친 스트레스 때문이라고, 나랑 다른 애들, 나랑 다른 고민, 다른 목표를 가지고 사는 애들이랑 얘기해보면 나한테 도움이 될 거라고, 하도 권해서 여기 오게 된 거야."

박민석이 찬찬히 물었다.

"우리가…… 도움이 되던?"

잠깐 망설였다. 뭐라고 대답해야 할까? 지금 생각하면 부끄러운 일이지만, 내가 처음에 얼마나 밉살스러운 태도를 보였던가. 내 어려움이 이들 탓도 아닌데, 이들에게 화풀이하듯 건들거리고 빈정거렸었다. 그런데도 모두들 나를 그대로 받아주었다. 나는 솔직해지는 쪽을 택했다. 박민석과 정영주는 항상 솔직했다. 드러난 모습이 지질할 거라고 해서 애써 치장하거나 감추는 법 없이 항상 정면 승부하는 이들에게는 솔직해지는 것이 도리라고 생각했다.

"많이."

여섯번째 수북

# 『일반적이지 않은 독자』[*]와 『연애 소설 읽는 노인』[**]

아무데도 가고 싶지 않았던 나는 두 권을 다 읽었다. 두 권의 책을 넣은 배낭을 메고 카페로 가면서, 예측해보았다. ①번을 택할 사람은 정영주, ②번을 택할 사람은 박민석이다. 그런데 김의영은? 김의영은 짐작하기가 어려웠다. 어쩌면 둘 다 읽었을 수도.

평소와 달리 박민석이 먼저 이야기를 시작했다. 예측대로 그가 택한 것은 아마존이었다. 그리고 그 선택에 매우 만족하고 있었다. "책을 더듬더듬 읽어나가는 노인이 꼭 내 모습 같았어. 그 정도는 아니라고 해도, 나도 정말 한 단어 한 단어 읽어나가는 중이거든. 책

---

* 앨런 베넷 지음, 조동섭 옮김, 문학동네

** 루이스 세풀베다 지음, 정창 옮김, 열린책들

을 술술 읽을 수 있는 너희는 이런 느낌 잘 모를 거야. 읽으면서, 이런 내가 책을 읽어도 될까, 이러면서 책을 읽는 게 무슨 소용 있을까, 하는 생각이 자꾸 들어."

그런데 그 노인이 책에서 많은 위안을 얻는 것을 보면서 더듬더듬 읽어나가는 자신의 책 읽기도 안 될 일은 아니라고 생각했다며, 박민석은 책을 소리 내어 읽었다.

> 노인은 천천히, 아주 천천히 책을 읽었다. 그의 독서 방식은 간단치 않았다. 먼저 그는 한 음절 한 음절을 음식 맛보듯 음미한 뒤에 그것들을 모아서 자연스러운 목소리로 읽었다. 그리고 그런 식으로 단어가 만들어지면 그것을 반복해서 읽었고, 역시 그런 식으로 문장이 만들어지면 그것을 반복해서 읽고 또 읽었다. 이렇듯 그는 반복과 반복을 통해서 그 글에 형상화된 생각과 감정을 자기 것으로 만들었던 것이다. –『연애 소설 읽는 노인』

박민석은 자신이 책을 읽는 소리가 듣는 사람에게 얼마나 호소력 있는지 모를 것이다. 낮은 소리로 천천히 그가 책을 읽어나가면 그 문장들이 이전과는 다른 의미를 띤 채 가슴에 파고들었다. 지금까지는 단순히 그것이 박민석의 목소리가 좋기 때문이라고 생각했는데, 그게 아니라 그가 책을 아주 천천히 읽는 것과 관계있을 것 같다는 생각이 퍼뜩 떠올랐다. 빠르고 능숙하게 페이지를 넘기는 나와 같은 독자와, 천천히 천천히 한 단어 한 단어 짚어가며 읽어가는 박민석 같은 독자…… 같은 책이라도 다른 얘기를 들려주는 셈일지도 모르겠다. 내가 박민석의 뒤를 이어서 읽었다. 박민석이 방금 읽은 대목의 바로 뒷부분이다.

> 음절과 단어와 문장을 차례로 반복하는 노인의 책 읽기 방식은 특히 자신의 마음에 드는 구절이나 장면이 나올 때도 마찬가지였다. 그는 도대체 인간의 언어가 어떻게 해서 그렇게 아름다울 수 있는가를 깨달을 때까지, 마침내 그 구절의 필요성이 스스로 존중될 때까지 읽고 또 읽었다. —『연애 소설 읽는 노인』

문명으로부터 멀리 떨어진, 남루하고 고독한 삶을 사는 이 노인에게 책이 이토록 절실한 의미로 다가온다는 사실에 놀랍기도 하고 부끄럽기도 했다. '그 구절의 필요성이 스스로 존중될 때까지'라니! 읽어야 할 책의 목록을 만들어두고 일삼아 책을 읽어나가는 나의 독서와 노인의 독서를 비교하게 되었다. 내가 작가라면 누구를 좋은 독자라고 여길지는 단박에 짐작할 수 있다. 내가 이런 이야기를 하자, 박민석이 손사래를 쳤다. 책을 사랑하기 때문에 그걸 꼭꼭 씹어 음미하려고 일부러 천천히 읽는 게 아니라, 정말 잘 못 읽어서 느리게 읽는 것일 뿐이라고 되풀이해서 설명했다.

"아마존의 노인에게 그토록 중요했던 책 읽기가 여왕한테도 중요한 의미로 다가갔다는 것이 놀랍지 않아?" 정영주가 말을 꺼냈다. 역시 정영주는 ①번을 택했나? 이 정도면 나도 상당히 촉이 좋은 편?

책 읽기가 매력적인 이유는 책이 초연하기 때문이라고 여왕은 생각했다. 문학에는 당당함이 있었다. 책은 독자를 가리지 않으며, 누가 읽든 안 읽든 상관하지 않는다. 여왕 자신을 비롯해서 모든 독자는 평등했다. ―『일반적이지 않은 독자』

"난 이 말이 좋았어. 모든 독자는 평등하다. 그동안 책을 읽으면서 내가 생각한 게 맞나? 이렇게 읽으면 되는 걸까? 나 너무 무식한 거 아냐? 혼자 이런 생각 많이 했는데, 여왕도 책 읽으면서 헤매더라고. 나한테 괜찮아, 괜찮아, 하고 말해주는 것 같아서 좋았어." 항상 자신만만해 보이는 정영주도 책을 읽으면서는 위축되었나보다.

의외로 김의영은 ②번이었다. 둘 다 읽으려고 했으나 『연애 소설 읽는 노인』을 읽다가 노인이 눈물을 흘리며 읽었다는 『사랑의 학교』가 너무 궁금해서 그 책을 읽다보니 『일반적이지 않은 독자』를 다 못 읽고 오늘 모임에 오게 되었다고 했다.

그가 엘도라도에 머무는 동안 가장 많은 시간을 할애한 책은 에드몬도 데 아마치스의 소설, 그중에서도 특히 『사랑의 학교』였다. 그는 그 책을 거의 손에서 떼지 않은 채 눈이 아프도록 읽고 또 읽었다. 그러나 눈물을 쥐어짜며 그 책을 들여다보던 그의 마음 한구석에 주인공이 겪는 불행은 도저히 있을 수 없는, 그 많은 불행이 한 사람에게만 들이닥칠 수 없는 일이라는 생각이 들었다. 게다가 롬바르디아의 소년에게 그토록 참기 힘든 고통을 안겨주는 내용을 읽는다는 것 자체가 비겁하다는 느낌이 들자 그 책을 덮어버리고 말았다. —『연애 소설 읽는 노인』

"그래서 『사랑의 학교』는 좋았어?"

"옛날에 우리집에 세계명작전집이 있었거든. 거기서 읽은 적이 있는 것 같은데, 생각나는 게 없는 거야. 노인에게는 그렇게 가슴 저미는 이야기였는데 말이야. 궁금해지더라고. 그게 무슨 얘기였지? 그래서 도서관에 가서 찾아봤더니 원래는 세 권이나 되는 긴 이야기던데? 글자가 커서 금방 읽었지만. 어린이 열람실에 애들이랑 섞여 앉아서 그 책 읽다가 울었다는 거 아니냐."

책이 진짜로 완성되는 순간은 어쩌면 독자가 그 책을 읽는 순간이지 않을까, 우리는 그런 이야기를 했다. 독자에 따라 단어와 문장은 서로 다르게 이해되고, 어쩌면 이야기도 서로 다르게 다가가겠지. 나와 박민석의 책 읽기가 서로 다른 것처럼. 그러니까 책은 어떤 독자를 만나느냐에 따라 수천수만 가지 이야기로 다시 태어나고, 그때마다 새롭게 완성되는 것 아닐까. 우리는 읽음으로써 새로운 이야기들을 각자의 세계 속에 만들어가는 것이다.

"그럼, 여왕님을 만난 건 나 혼자?"라는 정영주의 물음에 내가 "난 두 권 다 읽었어. 아마존도 다녀오고, 여왕님도 만나고"라고 대답하자, 박민석이 한숨을 내뱉었다. "항상 생각하는 거지만, 너 정말 굉장해. 공부하느라 바쁘다면서……"

박민석, 네가 더 대단한 거야. 너는 나보다 훨씬 많은 시간을 책 읽기에 쏟고 있잖아. 훨씬 더 힘겹게, 그러나 훨씬 절절하게. 이런 생각을 했지만, 입 밖에 내지는 않았다. 이 말이 기분 좋게 들릴지 어떨지 알 수가 없었기 때문이다. 난 상대방의 감정을 알아채는 데 확실히 열등하다. 그래도 그걸 알고 입을 다물 만큼은 성장해서 다행이라고 생각한다. 그것도 이 책 모임 덕분인가?

결국 아무데도 놀러가지 못하고 개학해버렸다며 정영주가 계속 투덜거렸지만, 대꾸하지 않고 카페를 나섰다. 개학했다고 놀지 않을 것도 아니면서 왜 저리 꿍꿍거리는 거야? 그나저나 다음 책은 뭐지?

다음에 읽을 책은 『복스』입니다.

가장 마음에 와닿은 구절을 뽑아 표시해 오세요.

모임은 여러분이 뽑아 온 구절을 다 함께 읽는 것으로 시작합니다.

다음 모임은 9월 셋째 주 수요일 일곱시입니다.

카페 숨:으로 오세요.

– 주인장

주인장의 편지

# 영국 여왕과 아마존 노인, 둘은 어떤 점에서 닮았는가

이번에 읽은 두 권의 책은 모두 책을 읽는 사람에 대한 것입니다. 『일반적이지 않은 독자』에서는 여왕이 책을 읽고, 『연애 소설 읽는 노인』에서는 외로운 노인이 책을 읽습니다. 여왕은 세계의 중심부에서도 가장 중심에 있는 영국, 그것도 런던의 궁전에서 삽니다. 노인은 세계의 주변부인 남아메리카 아마존의 오두막에서 삽니다. 여왕은 모든 것을 가지고 있고, 노인은 아무것도 가진 게 없습니다. 누구나 여왕을 알고 있지만, 아무도 노인을 모릅니다. 이 둘을 왜 비교하는지 의문이 생길 만큼, 둘의 공통점이라고는 찾아보기 어렵습니다.

이 둘을 같이 놓고 생각해볼 수 있는 단 하나의 연결점은 바로 책입니다. 둘 다 책을 읽습니다. 예전엔 미처 알지 못했던 책 읽기의 즐거움에 새삼 빠져 있습니다.

> 여왕은 다른 무엇과도 견줄 수 없을 만큼 독서를 즐겼으며, 놀라운 속도로 게걸스럽게 책을 읽어나갔다. -『일반적이지 않은 독자』

> 안토니오 호세 볼리바르 프로아뇨는 틀니를 꺼내 손수건으로 감쌌다. 그는 그 비극을 시작하게 만든 백인에게, 읍장에게, 금을 찾는 노다지꾼들에게, 아니 아마존의 처녀성을 유린하는 모든 이들에게 저주를 퍼부으며 낫칼로 쳐낸 긴 나뭇가지에 몸을 의지한 채 엘 이딜리오를 향해, 이따금 인간들의 야만성을 잊게 해주는, 세상의 아름다운 언어로 사랑을 얘기하는, 연애 소설이 있는 그의 오두막을 향해 걸음을 떼기 시작했다. -『연애 소설 읽는 노인』

그들은 서로 다른 이유로 젊은 시절 책을 가까이 할 기회를 얻지 못했습니다. 여왕은 의무에서 의무로 이어지는 너무 바쁜 삶의 한복판에서 살아가느라 기회가 없었고, 노인은 너무 어려운 형편 때문에 살아남는 것도 힘겨워서 책 읽을 엄두를 내지 못했습니다. 노인은 자신이 글자를 읽을 수 있다는 사실도 잊은 채 살아왔습니다. 우연한 기회에 자신이 글을 읽을 수 있다는 것을 알아차렸을 때 노인은 큰 기쁨을 느낍니다. 그는 읽을 줄 아는 능력을 지닌 게 '늙음이라는 무서운 독에 대항하는 해독제'를 지닌 것과 마찬가지라고 생각합니다. 작가는 몇 번이고 되풀이해서 '그는 읽을 줄 알았다'는 문장을 써넣음으로써 노인의 기쁨을 표현합니다.

## 여왕이 책을 읽는다

여왕도 우연한 기회에 책과 만납니다. 그렇다면 여왕은 책을 읽은 적이 없단 말이야? 그럴 리가 없죠. 여왕은 최고의 교육을 받았고, 직위에 필요한 교양을 쌓았습니다. 당연히 책도 읽었죠. 보통 사람들보다 많은 책을 읽었을 겁니다. 그런데도 여왕은 자신이 전에는 책을 읽은 적이 없다고 생각합니다. 이게 무슨 소리죠? 여왕은 브리핑과 독서를 비교합니다. 브리핑은 요점만 추린 것이고, 대상을 축소시켜 가두지만, 독서는 자유롭고 광범위하고 대상을 활짝 열어놓는다고요.

여기서 우리는 여왕의 독서가 그 이전과 어떻게 다른지 눈치챌 수 있습니다. 진정으로 책에 빠지기 전에 여왕은 브리핑과 같은 독서를 했을 것입니다. 간단하고, 사실에 입각해 있고, 요점을 추린 것, 그것이 여왕의 책 읽기였을 것입니다. 하지만 여왕이 진짜로 책을 읽기 시작하자, 이전의 책 읽기에서는 발견할 수 없었던 전혀 다른 세계가 펼쳐집니다. 다른 목적 없이, 그냥 읽는 것이 좋아서 하는 책 읽기, 이것이 진짜라고 생각합니다.

이런 이야기가 여러분에게도 낯설지만은 않을 것입니다. 논술에 자주 출제되는 책이라서 읽고, 추천 도서라서 읽고, 학과 공부에 도움이 되는 책이라서 읽고, 수행평가 과제라서 읽고, 다들 읽는 책이라고 하니 읽고…… 많은 책을 읽은 청소년도 드물지만, 그 책들이 진짜 좋아서 읽는 청소년은 더 드문 것이 부인할 수 없는 현실입니다. 책을 비교적 많이 읽었고 또 잘 읽는 정환이의 경우도 이렇지 않을까요? 필요하니까 책을 읽었지만 책에 푹 빠져든 적이 없지 않았나요?

하지만 책 읽기의 즐거움은 그것이 별 쓸모가 없다는 것에서 출발합니다. 성적을 올리기 위해서도 아니고, 돈을 많이 벌기 위해서도 아니고, 그냥 그 자체의 즐거움에 빠져 책을 읽는 것이 책 읽기의 진짜 매력입니다. 우리가 놀이를 할 때, 우리는 놀이로부터 유용성을 찾지 않습니다. 몸이 튼튼해지기를 바라면서 얼음땡을 하는 어린이는 없습니다. 관찰력과 추리능력을 키우기 위해 숨바꼭질을 하는 어린이 또한 없습니다. 그냥 재미있어서 푹 빠져드는 것, 그것이 놀이입니다. 그 재미가, 다리가 아픈 것도, 배가 고픈 것도 다 잊고 해가 저물어 앞이 분간되지 않을 때까지 놀이터와 골목길을 뛰어다닐 수 있게 해줍니다. 책 읽기도 그렇습니다.

여왕이 자신의 의무로부터 벗어나 여왕이 아닌 한 인간으로서 존재하는 순간, 여왕은 책 읽기를 통해 그 순간을 경험합니다. 그런데 아시나요? 책 읽기에 푹 빠진 왕족은 소설 속에만 있는 것이 아니라 현실에도 존재합니다.

영조 때 나온 『중국역사회모본』이라는 책이 있습니다. 『수호지』 『서유기』 같은 중국 소설을 그림과 함께 소개하는 책입니다. 이 책을 펴낸 사람은 누구일까요? "이 한 권에 여러 시대가 다 있으니, 봄날 겨울밤, 병과 외로움을 치료하고 시간을 보내는 데 도움이 되리라"라는 서문을 쓰고 이야기 책을 엮은이가 누구인지 오랫동안 밝혀지지 않다가 2009년에야 비로소 밝혀졌는데, 그는 바로 사도세자였습니다.

사도세자가 누구입니까? 줄곧 목숨을 위협받는 생활을 이어나가다가 기어이 아버지 영조에 의해 뒤주에 갇혀 끔찍한 죽음을 맞이하는 비운의 인물입니다. 평범한 삶을 살아온 우리로선 사도세자가 그 짧았던 생의 하루하루를 어떻게 버텼을지 짐작하기 어렵습니다. 하지만 그는 지독히 불행했을 겁니다. 외롭고 두렵고 화도 났겠지요.

소설은 당시 조선 사회에서 높은 평가를 받는 분야가 아니었습니다. 세자의 신분으로 즐길 만한 분야가 아니었다는 얘기지요. 그런데도 사도세자는 소설을 사랑했습니다. 아끼고 아끼는 이야기를 고르고 모아 책으로 엮기까지 했습니다. 가장 화려한 왕실에서 가장 비참한 삶을 살아간 사도세자는 화려한 학문의 세계에서 가장 소외받았던 분야인 소설을 접하면서 그 힘든 나날을 버텨낼 힘을 얻었을 것 같습니다.

### 노인이 책을 읽는다

노인은 자신이 책을 읽을 수 있다는 것을 알았지만, 읽을 책이 없습니다. 읽을 책이 없다니! 도처에 읽을 것이 널린 세상에 살고 있는 우리로서는 상상도 하기 힘든 일이지만, 노인이 사는 세상은 그렇습니다.

> 안토니오 호세 볼리바르는 책 한 권 갖지 못한 자신의 신세를 한탄하며 우기를 보냈다. 그는 생애 처음으로 자신이 고독이라는 짐승에게

잡혀 있음을 절감했다. 그것은 조금이라도 방심하면 쓸쓸한 강당에 찾아와서 하고 싶은 말을 몽땅 내뱉은 뒤에 유유히 사라지는 교활하기 이를 데 없는 짐승 같았다. -『연애 소설 읽는 노인』

노인은 어렵게 책을 구하고, 그보다 더 어렵게 책을 읽어나갑니다. 우리는 알고 있습니다. 글자를 안다고 해서 그것이 곧바로 책을 읽을 수 있는 능력이 되지는 않는다는 것을. 평생 책이라고는 읽어본 적 없는 노인에게 책 읽기란 얼마나 힘든 일이었을까요? 난생처음 작은 글자가 빽빽하게 들어찬 두꺼운 책을 읽으면서 여러분이 느꼈을 어려움의 100배쯤일 거라고 생각하면 될까요? 노인은 그래도 읽습니다.

지금까지 책을 읽지 않고도 멀쩡히 살아왔는데, 다 늙어 이제 잘 읽지도 못하는 책을 집어든 것은 고독 때문이었습니다. 외롭고, 외롭고, 너무나 외로워서. 원래 책이란 외로운 사람들을 위한 것입니다. 친구들과 어울려 놀고 있을 때 우리는 책을 찾지 않습니다. 재미있는 게임에 몰두하고 있을 때 우리는 책을 찾지 않습니다. 해야 할 일에 쫓길 때 우리는 책을 찾지 않습니다. 많은 이가 요즘 사람들은 책을 너무 안 읽는다고 한탄하지만, 이렇게 분주하고 소란스러운데 언제 책을 들여다볼 짬을 낼 수 있겠어요? 설사 시간이 난다 해도 그때는 그저 쉬어주어야 합니다. 우리는 모두 너무나 지쳐 있으니까요.

외로움은 누구에게나 찾아옵니다. 다들 자기만의 절망이 있고, 슬픔이 있습니다. 그럴 때 책을 만나는 이는 행운아입니다. 이제 그는 언제든 위안을 구하고, 지혜를 구하고, 슬픔을 잊게 해줄 좋은 친구를 얻었기 때문입니다. 책을 읽는 것이 힘들고 어려워도 노인이 책을 읽는 것은 바로 이런 이유 때문일 것입니다.

대신 노인은 천천히 읽습니다. 한 글자 한 글자 곱씹으면서, 한 문장 한 문장 마음에 새기면서 천천히 책을 읽습니다. 어쩌면 작가가 책을 쓴 속도보다도 느리게 읽을지도 모릅니다. 때로는 한두 단어를 두고 몇 시간씩 생각하기도 합니다. 다른 사람에게 책을 읽어주면서 곤돌라와 곤돌라를 움직이는 사공, 그리고 뜨거운 키스라는 단어에 대해 두 시간씩 대화를 나누며 그뜻을 음미할 때도 있습니다.

이 순간 노인과 그의 동료들은 행복했을 것입니다. 마치 철학자처럼 단어 하나에서도 우주의 비밀을 찾아내는 심오한 세계를 떠돌고 있었을 테니까요. 그런 점에서 책 읽기에 서툰 여러분은 행운아입니다. 빠른 속도로 책장을 넘기고 하루에도 몇 권을 소화할 수 있는 능숙한 독자들에 비해 한없이 느린 속도로 힘겹게 책장을 넘기고 있지만, 여러분은 그 속에서 빠르게 책장을 넘기는 사람들은 결코 만날 수 없는 세상을 만나고 있으니까요. 자동차를 타고 가는 사람은 목적지에 빠르게 도착할 수는 있지만, 걸어가는 사람이 만나는 세상을 결코 경험할 수는 없는 것과 같은 이치입니다.

### 읽다보니 점점 더 잘 읽게 되었다

여왕은 책을 읽으면 읽을수록 책을 읽는 능력이 점점 더 향상된다는 것을 느낍니다. 그래서 독서는 근육과 같고, 자신은 그 근육을 발달시킨 것 같다고 생각하죠. 전에는 읽기 어려웠던 책들을 보다 수월하게 읽을 수 있게 되고 더 많은 것을 깨닫게 되었습니다.

그러면서 점점 더 큰 기쁨을 체험합니다. 여왕은 말합니다. "책을 읽고 마음에 드는 작가가 생겼는데, 그 작가가 쓴 책이 그 한 권만 있는 게 아니라, 알고 보니 적어도 열 권 넘게 있는 거예요. 이보다 더 즐거운 일이 있을까요?"

저도 이런 경험을 한 적이 있습니다. 어렸을 때 우연한 기회에 코넌 도일의 소설 「얼룩무늬 끈」을 읽게 되었습니다. 그때의 느낌이 아직도 생생하게 떠오릅니다. 세상에 이런 놀라운 이야기가 있다니! 이런 이야기를 만들어내는 사람이 있다니! 지금이야 인터넷 검색만 하면 앉은 자리에서 엄청난 양의 책 정보를 얻을 수 있지만, 그때는 코넌 도일이 쓴 다른 책들이 엄청나게 많다는 사실을 알지 못했기 때문에 「얼룩무늬 끈」을 열 번도 넘게 읽었습니다. 그러다가 언니로부터 들은 최고의 정보! 코넌 도일이 셜록 홈스라는 명탐정을 주인공 삼아 쓴 소설이 또 있다는 것, 그것도 한두 권이 아니라는 것! 당시 초등학교 6학년이었던 저는 가지고 있던 저금통을 탈탈 털어 서점으로 달려가 코넌 도일의 소설을 열 권 정도 샀습니다. 돈을 마련하고, 서점으로 달려가고, 책을 사들고 집으로 돌아오는 내내 흥분으로 덜덜 떨렸습니다. 그리고 읽었죠! (아, 그 무모한 과소비는 그날로 들통나서 어른들로부터 꾸중을 좀 들었답니다. 과소비한 것이 책이어서인지 생각보다는 수월하게 넘어갔습니다만.)

작가는 너무 책을 사랑하니까, 그 사랑을 완성하기 위해 책을 쓰게 되는 사람이지요. 그래서 세상에는 책 읽기와 관련된 책이 너무나 많습니다. 베른하르트 슐링크는 『책 읽어주는 남자』에서 소년이 자기가 좋아하는 여자에게 책을 읽어주는 이야기를 만들어냅니다. 우연히 만난 연상의 여자와 사랑을 나누기 전에 소년은 여자에게 책을 읽어줍니다. 여자는 소년이 책 읽어주는 것을 너무나 좋아합니다. 알고 보니 그녀는 문맹이었습니다. 메리 앤 섀퍼와 애니 배로스가 쓴 『건지 감자껍질파이 북클럽』은 제2차 세계대전 중 독일군에게 점령당한 건지 섬 사람들이 북클럽에서 책을 읽는 이야기가 유머러스하게 그려집니다. 커렌 조이 파울러의 『제인 오스틴 북클럽』은 각자 문제를 안고 있는 사람들이 모여서 제인 오스틴의 책들을 함께 읽으며 벌이는 이야기를 담고 있습니다. 책 읽기와 관련된 이야기를 다루고 있는 이 책들의 공통점은 모두 책 읽기를 통해 새로운 삶을 발견한다는 것입니다. 우리도 책 읽기를 통해 새로운 삶을 발견할 수 있을 것입니다. 나는 벌써부터 여러분이 발견할 새로운 삶이 궁금합니다.

# 9월, 김의영의 이야기

나도 그랬을까?
나를 놀리던 그 얄미운 계집애들한테
식판을 둘러엎은 그날,
미치게 화나서 주체할 수 없었던
그날, 내게 남은 자신감이
바닥나버린 것이었을까?

# 좋아, 이대로 계속하는 거야!

"방학이 끝나면 사람들을 깜짝 놀라게 해줄 거야."

방학을 며칠 앞둔 어느 날. 어쩌다보니 정영주랑 같이 하교하게 되어 이런 말을 건넸더니, 정영주는 "사람들을 깜짝 놀라게 해서 뭐 하게?"라고 물었다. "다른 사람들에게 보여줄 일을 하지 말고, 너 좋은 일을 해. 너한테 좋은 일, 네가 좋아하는 일, 그런 거." 내가 의외라는 표정으로 바라보자 정영주가 말을 이었다. "나 사람을 깜짝 놀라게 해주는 일 정말 많이 해봤잖냐. 그거 다 헛짓이야. 그래, 사람들이 깜짝 놀랐어. 그러고 나면 뭐 남는데? 사람들은 금방 잊어버려. 자기 일이 아니니까."

나는 정영주가 하는 말이 잘 이해되지 않았다. 그런 내 상태를 눈치챘는지, 정영주가 다시 말을 이었다. "이런 말 하기 되게 쪽팔리는데, 그냥 말할게. 내가 이기는 걸 되게 중요하게 생각했잖아. 지면 끝장이라고 여겨 강해져야 한다고 생각했지. 그러다가 작년 겨울에 완전 떡이 되게 맞고 뻗었잖냐."

알고 있다. 전 학교가 술렁댔었다. 일주일 넘게 결석하고 학교에 다시 나타난 정영주는 그때까지도 멍이 다 가시지 않아서 시선을 끌기에 충분했다. 원하던 방향은 아니었겠지만, 사람들을 깜짝 놀라게 해주는 게 목표였다면 성공적이었다고 해야겠지. "그거야 상대가 2학년이었으니까." 내가 정영주 대신 변명을 해주어야 할 것 같았다. 사실이기도 하고. 같은 학년끼리 일대일로 붙었다면 정영주가 그렇게 될 리 있겠는가.

"야, 싸움이 학년별로 진도 나가는 거냐. 졌으면 진 거야. 처음에는 완전 쪽팔려서 학교도 그만두려고 했는데, 수북형 받고 학교 계속 다니면서 보니까 애들은 나 깨진 거에 별로 관심도 없는 거야. 나한테는 엄청 큰 사건이었지만, 다른 애들한테는 아니었던 거지. 그래서 깨달았지. 상관없구나. 그렇다면 그냥 나 좋은 대로 살면 되겠구나. 갑자기 숨통이 트였어. 그러니까 싸우고 싶은 생각도 없어지더라."

"너 싸움 더 잘하려고 권투 배우는 거 아니었어?"

"권투? 맞아. 처음에는 복수하려고 시작했지. 제대로 배워서 한방에 날려버리려고. 그런데 어느 날 줄넘기하다가 깨달았지. 내가 아무 생각 안 하고 그냥 운동만 하고 있다는 걸 말이야. 죽자고 덤비고, 또 이기고, 그래서 뭐하겠냐."

"그럼 권투 계속하는 이유는 뭔데? 선수 되려고?"

"선수? 내가 그만큼 잘하게 된다면 좋겠지. 관장님이 너 선수 해라, 하면 할 것 같아. 하지만 지금은 그런 생각으로 운동하는 건 아니야. 운동을 많이 하면 몸이 가벼워져. 움직이는 게 가벼워진다고. 그러면 뭘 해도 힘이 덜 드니까 짜증이 안 나지. 마음도 편해지고. 짜증나는 세상이니까, 몸이라도 가벼워서 짜증 덜 나면 그것만으로 좋겠다, 뭐 이런 느낌? 나는 권투랑 잘 맞는 것 같아. 그러니까 너도 너 좋은 일을 해. 너한테 좋은 일."

열변을 토하는 정영주를 보고 있으니 갑자기 서글퍼졌다. 얘는 뭘 해도 항상 자신감이 넘친다. 좋겠다. "내가 뭐 잘하는 게 있어야 말이지." 잔뜩 주눅들어 대꾸하는 내 목소리에 더 서글퍼졌다.

"무슨 소리야? 나 책 읽는 거 얼마나 힘든지 알아? 처음에는 그냥 학교 잘릴걸, 멋모르고 수북 하겠다고 덤볐구나, 생각하면서 얼마나 후회했는지 모르지? 나 같은 사람이 진득하니 앉아서 그림도 없고 글자만 잔뜩 있는 두꺼운 책 읽는 거, 사실 고문이라고. 너 글 잘 쓰잖아. 사실 책 읽는 것도 좋아하지? 우리 앞에서 티를 안 내서 그렇지. 내가 보기에는 너 같은 사람이 더 대단한 거야."

"좋아하지. 그런데 전에는 계속 로맨스 소설만 읽었거든. 어쨌든 사랑이 이루어지는 게 너무 좋아서. 수북 시작할 때도 책 읽는다고 해서 그런 책 읽는 줄 알았어. 그런데 주인장 덕분에 좀 으스스한 책도 읽고 황당한 책도 읽고…… 그게 좀 힘들었는데, 덕분에 세상에는 남녀 간에 연애하고 결혼하는 얘기 말고도 재미있는 얘기가 훨씬 많다는 걸 알았지."

잠시 둘 다 말없이 걷다가 정영주가 내게 획기적인 제안을 했다. "뭐? 나보고 권투하라고?" 정말 놀랐다. 나는 정영주와 달라 운동신경도 둔한 편인 데다가 내 평생 권투에 관심을 가졌던 시간을 다 합쳐봐야 5분도 안 되기 때문이었다. 게다가 자청해서 맞으러 다닐 필요는 없잖아. 나 그 정도로 자학하면서 살고 싶지는 않다고. 하지만 정영주가 내게 던진 귓속말은 커다란 고함보다도 효과적이었다.

"죽여, 살이 팍팍 빠져."

정영주를 따라 체육관에 가서 한 시간 운동하고 나서, 나는 살이 죽여주게 팍팍 빠지는 운동이란 죽도록 힘든 운동을 다르게 표현한 말이라는 것을 깨달았다. 역시 이건 아냐, 운동을 마치고 체육관 구석에 퍼져앉아서 생각했다. 한번 뛰어보고 등록하라는 관장님의 제안은 친절함의 표출이 아니라, 단 하루 만에 글러브 집어던지고 도망가버리는 사람이 그렇게 많다는 뜻이었다. 됐어. 이걸로 좋아. 하루 경험이면 충분해. 난 안 할 거야. 이렇게 생각했는데, 정신을 차려보니 난 이미 3개월 코스를 등록한 뒤였다.

"저 아줌마 2개월 했는데, 내가 처음 봤을 때 뱃살이랑 옆구리 살이랑 정말 장난 아니었거든. 그런데 봐라. 죽이지?"

정영주가 내 옆에서 유혹하는 악마처럼 속삭였다. 노출이 완전 심한 운동복을 입은 아줌마를 손가락으로 가리키면서.

"나만 믿어."

이렇게 죽어라 웨이트트레이닝하다가 울퉁불퉁해지면 어쩌냐는 내 걱정에 정영주가 "별걱정 다 하셔. 아무나 울퉁불퉁해지는 줄 아냐?" 하고 통박을 주었다.

그리고 한 달 반. 다른 사람들은 아직 눈치채지 못했는지 모르지만, 나는 한 달 전보다 날씬해졌다. 더 놀라운 것은 여드름이 사라졌다는 것이다. 여기저기서 출몰해 나를 고통으로 몰아넣던 그 괴물은 내가 흘리는 땀에 놀라서 도망가버렸는지, 내 얼굴은 그 어느 때보다 매끈해졌다. 좋아. 이대로 계속하는 거야. 그러니 어떻게 거울을 꼼꼼히 들여다보지 않을 수 있겠는가. 이렇게 기분이 좋은걸. 처음으로 내가 제대로 된 방향으로 가고 있다는 느낌이 들었다.

일곱번째 수북

# 『복스』*

언제나 카페 숨:에 죽치고 있는 박민석을 제외하면 오늘은 내가 가장 먼저 도착했다. 나는 오늘 얘기할 『복스』가 참 마음에 들었다. 정영주를 위해 특별히 골랐다고 주인장이 말했었지. 아마 주인장은 나도 정영주랑 같이 체육관에 나가고 있다는 걸 몰랐을 것이다. 하지만 『복스』에 푹 빠져 읽으면서, 나는 이 책이 꼭 나를 위해 맞춤으로 준비된 것 같다고 생각했다. 운동하다가 심장이 입으로 튀어나올 것처럼 고통스럽게 느껴질 때, 『복스』는 내게 큰 힘이 되었다. 기타루에게 운명을 바꾸는 기적이 일어났던 것처럼, 내게도 그런 기적이

* 햐쿠타 나오키 지음, 권일영 옮김, 문학동네

올지 모른다고, 나는 스스로 속삭였다.

"주인장님! 우리 그동안 어려운 책 읽느라 고생했다고 쉽고 편한 책으로 읽게 해준다면서요? 근데 이게 말이 돼요?" 정영주가 카페 문을 열고 들어오면서 소리쳤다. 『복스』를 주인장 앞으로 들이밀면서 "봐요, 이 두께! 600페이지도 넘잖아요. 글자 크기는 돋보기가 필요할 정도고요." "너 벌써 노안이냐? 돋보기는 왜 찾아? 너 권투하니까 재미있게 읽으라고 너를 위해 선정한 책인 거 몰라서 그래? 배은망덕한 인간 같으니라고!" 정영주의 뒤를 따라 윤정환이 들어오면서 정영주에게 말 펀치를 날렸다.

"박민석, 너라도 좀 솔직하게 말해봐라. 이게 쉽고 편한 책이냐? 너도 읽느라고 죽는 줄 알았지?" 정영주가 박민석을 걸고넘어지며 구시렁거렸지만, 아무도 대꾸하지 않고 모임을 시작했다. 이제 우리는 군더더기 없이 바로 모임을 시작할 수 있게 되었다. 말문을 연 것은 윤정환이었다.

이다가 머리를 긁적였다. "전 중학교 때부터 자주 싸워서…… 싸움은 못하는 편이 아니었는데, 지금 생각해보면 배짱이 없었던 것 같아요."

"배짱이 없는데 싸워?"

"예. 얕보이면 안 된다고, 다른 아이들이 날 두려워하게 만들자고, 그 생각만으로 싸움을 했죠."

요코는 고개를 끄덕였다.

"그래서 권투를 배우면 더 강해질 거라고 생각했는데…… 그건 아니었어요."

"그래?"

"아, 아뇨. 싸움은 더 잘하게 되었어요. 그건 정말이에요. 아주 강해졌죠. 권투를 안 하는 애들의 주먹은 이제 빤히 보이거든요. 내 펀치는 제대로 먹혀 재미가 쏠쏠했고요…… 그런데 싸움을 하는 게 점점 바보짓처럼 여겨졌어요."

"그건 어째서?"

"뭐라고 해야 하나…… 시합에서는 못 이기면서 권투를 안 하는 애들을 상대로 이긴다는 게 한심했죠. 그리고 싸우면 거의 다 이기니까 그냥 싸움할 마음도 들지 않아서."

"그거 어째 나 들으라고 읽어주는 것 같다. 내가 예민해진 건가?" 윤정환이 책을 읽는 내내 킬킬거리던 정영주가 말했다. 여기에 윤정환이 "예민해진 거 맞아. 배짱이 없어서 싸움을 거는 거, 너한테만 해당되는 얘기는 아닐 것 같거든. 나도 마찬가지인 것 같아"라고 대답했다.

응? 윤정환은 싸움 안 하잖아, 그렇지 않아? 내 표정을 읽는 모양이다. "주먹질하고 걷어차는 싸움만 있는 건 아니니까. 나는 죽어라 공부하면서 나만의 싸움을 하고 있었던 것 같아. 세상 모두를 상대로 말이야. 이게 아니면, 여기서 지면 내 존재가 무너지기라도 하는 것처럼 말이야. 그게 나한테 자신감이 없어서 나온 행동 아니면 뭐겠어?"

"그럴듯한 얘기야. 자신감이 없으면, 이 책 말대로 하자면 배짱이 없으면 자꾸 싸움을 걸게 되잖아. 그냥 툭툭 털고 넘겨버릴 상황일 수도 있는데, 그 순간을 참아내지 못하는 거지. 참아내려면 에너지가 있어야 하는데, 자신감이라는 에너지가 필요한데 그게 바닥나버린 거야." 박민석의 얘기를 들으며 생각했다. 아, 그랬던 걸까? 나도 그랬을까? 나를 놀리던 그 얄미운 계집애들한테 식판을 둘러엎은 그날, 미치게 화나서 주체할 수 없었던 그날, 내게 남은 자신감이 바닥나버린 것이었을까? 자신감이 있었다면 난 참을 수 있었을까?

"다른 경우도 있지 않을까?" 정영주가 이야기를 시작했다. "참으면 안 되는 상황인데, 내가 무능해서 참는 경우도 있잖아. 그것만큼 자신감이 무너지는 일이 또 있을까? 처음에 기타루가 권투를 시작한 계기도 그거잖아. 여자친구랑 데이트하다가 중학교 때 자기를 괴롭히던 애들을 만나서 걔들한테 제대로 저항도 못하고 얻어맞은 게 죽도록 창피해서. 여기 봐. 내가 읽어볼게."

길을 걸으며 기타루는 뼈저리게 후회했다. 여학생도 함께 있는데 아무 저항도 하지 못한 스스로에게 몹시 화가 났다. 분하기도 하고 창피하기도 해서 미쳐버릴 것 같았다. 왜 남자답게 싸우지 못했을까. 기타루는 자신을 호되게 꾸짖었다. 설령 당해내지 못한다 하더라도 싸워야 했다. 지나다니는 사람이 많았으니, 그리 지독한 꼴은 당하지 않았을 것이다. 아니, 설령 그렇다 하더라도 당당히 맞서야 했다! 그때 기타루의 뇌리에 가부라야의 모습이 떠올랐다. (……) 가부라야라면 분명 맞서 싸웠을 것이다.

"결국 같은 얘기 아닌가? 내 안에 믿을 만한 게 있으면 싸우지 않아도 비참해지지 않아. 그런데 그런 게 없으면 싸워도 비참해지고, 싸우지 않아도 비참해지는 거지." 윤정환이 말했다. 아니, 난 그렇게 생각하지 않아. 정영주가 읽은 얘기는 그런 얘기가 아니야. 속으로 생각한 줄 알았는데 내가 소리 내어 이야기한 모양이었다. 다들 나를 쳐다보았다. "그 얘기는 능력이 있어야 자신감이 생긴다는 말이잖아. 싸워서 이길 수 있어야 싸워도, 안 싸워도 자존심을 지킬 수 있다는 얘기가 된다고. 그런 능력 없는 사람은 결국 자신감을 가질 수 없는 거네. 계속 비참할 수밖에 없는 거고?"

말을 하는 동안 울컥 올라오는 것이 느껴졌다. 나는 얘기를 계속 했다. "기타루가 훌륭한 것은 그런 처참한 꼴을 당했는데도 새로운 영역에 도전했기 때문이야. 더 열심히 공부해 출세해서, 언젠가 나를 괴롭힌 저놈들의 코를 납작하게 해줄 거야, 이렇게 생각하지 않고, 자기가 제일 자신 없는 분야에 도전한 거잖아. 그런 일을 다시 반복하지 않으려고 말이야. 그게 진짜 배짱이라고 나는 생각해. 그런 의미에서 우리 중 제일 배짱 있는 사람은 박민석인 거지."

"응? 왜 나야?" 박민석이 의아해하며 내게 물었다. 나는 침을 꿀꺽 삼키고 박민석을 쳐다보면서 천천히 말했다. "너, 솔직히 말하면 책 읽는 거 영 젬병이잖아. 너 힘들다는 거, 우리도 다 알거든. 그런데 넌 책 읽기가 힘들다는 걸 숨기려 하지도 않고, 그렇다고 게을리 하지도 않아. 그거 진짜 배짱 좋은 사람만 할 수 있는 행동이야. 스스로에 대한 믿음이 충만한 사람만 할 수 있는 일이라는 거지. 다시 말해, 배짱이란 능력과 직접 상관 있는 건 아니라는 게 내 생각이야." 이렇게 마무리하는데, 박민석의 얼굴이 점점 발갛게 달아올랐다. 이런, 내가 뭔가 실수한 것 같아. 이런 얘기는 대놓고 하면 안 되는 거였나?

정영주가 박수를 쳤다. "와! 김의영, 멋있다. 나 완전 감동 먹었어." "감동은 무슨 감동. 얘기나 계속하자." 어느새 표정을 수습한 박민석이 이렇게 말하고는 책을 읽기 시작했다.

"가부라야가 권투를 그만둔 건 재능이 있기 때문이야."

"예……?"

"고생하고 죽을힘을 다해 노력해서 얻은 것은 결코 간단히 내버릴 수 없어. 하지만 그 애는 권투를 너무 쉽게 잘하게 됐어. 큰 고생도 큰 노력도 없이. 그래서 쉽게 버릴 수 있는 거야."

다카즈 선생은 그렇게 말하며 약간 슬픈 표정을 지었다. 그리고 작게 중얼거렸다. "재능이란 양날의 검이지."

"그러니까 배짱과 연결해서 생각해보자면, 그냥 원래부터 잘해서 잘하는 것, 그건 진짜 배짱이랑 연결되지 못하는 것 같아. 작은 시련에도 허무하게 무너지는 거야. 그런데 재능이 있건 없건, 자기가 진짜 고생해서 얻은 실력이라면, 그게 보잘것없어도 그 사람을 지탱해주는 힘이 되는 것 아닐까?" 박민석의 얘기에 윤정환은 고개를 저었다. "그럴까? 죽도록 노력했는데도, 노력이라면 남한테 뒤지지 않을 만큼 했는데도, 목표에 도달할 수 없다면 어떨까? 그런데 상대방은 별로 노력하지도 않는 것 같은데, 내가 오르지 못하는 목표에 쉽게 도달하는 거야. 그럴 때 자신감이 생길까? 난 더 처참해질 것 같아."

윤정환은 자기 얘기를 하고 있는 것이다. 정말 윤정환은 죽어라 노력했다. 그건 전교생이 다 아는 사실이다. 그런데도 유승호한테 뒤져서 만년 2등이다. 그렇다고 아슬아슬한 차이도 아니다. 게다가 유승호는 만능이다. 박민석 때문에 축구에서 스타일을 구기기는 했지만, 운동도 잘하고, 피아노도 굉장히 잘 친다. 게다가 생긴 것도 준수하다. 다만 인간성이 밥맛이라 문제일 뿐.

맺힌 게 많았는지 윤정환이 얘기를 계속 이어갔다. "그래서 난 기타루가 기분 나빠. 결국 권투도 잘하고, 그 와중에 공부도 계속 더 잘하고. 뭐야? 완전 재수없잖아. 이런 재수없는 놈을 주인공으로 내세웠다는 점에서 이 소설은 10점 감점!"

분위기가 상당히 심각해지고 있는데, 정영주가 대뜸 말했다. "재수없는 건 너지. 나처럼 성적이 맨날 밑바닥을 기는 애들이 보면 전교 1등이나 2등이나, 엄청난 건 마찬가지거든. 별 차이 없어. 다 대단해. 그런데 죽어라 노력해도 오를 수 없어서 처참하다고? 전교 1등이 목표인 것 자체가 대단한 거야. 그거 아무나 꾸는 꿈이 아니잖아."

말은 거칠지만 정영주의 얘기는 모두 일리가 있었다. 다만 이 분위기를 어쩌지? 윤정환, 너 이럴 때 화 안 낼 거지? 지켜보는 나는 조마조마한데 윤정환이 피식 웃으면서 답했다. "네 말 맞아. 다만 내가 그걸 머리로는 아는데, 가슴으로 못 받아들여서 이 고생 아니겠냐." 어라? 얘 굉장히 쿨하네. 그래도 이럴 때는 재빨리 분위기를 바꿔야 해. 내 차례지?

"진짜 재능은 사실 노력하는 재능이다. 노력한다고 해도 힘들고 지겹다는 생각이 극복되는 건 아니잖아. 대충 때우고 싶은 마음에 노력하지 않는 사람은 재능이 없는 거야. 진짜 천재는 노력을 노력이라고 생각하지 않지."

"노력을 노력이라고 생각하지 않는다……고요?"

"그래. 즐거우니까, 좋으니까, 재미있으니까 하는 사람이 진짜 재능 있는 사람인 거지."

요코는 그렇게 말하며 기타루를 손가락으로 가리켰다. "네가 그런 사람 가운데 한 명 같아."

노력하는 재능이 진짜 재능이라는 말에 우리는 모두 고개를 끄덕였다. 한 달 반 동안, 그 못하는 권투를 계속하고 있는 나도 그 정도 재능은 있다는 의미? 그런데 뭔가 좀 잘해야 진도도 팍팍 나가고, 실력이 쑥쑥 늘어야 노력할 맛도 나는 것 아닌가? 이런 의문이 자꾸 생겨났다. 우리는 얘기를 계속했다. 배짱과 실력, 노력과 재능에 대해.

주인장의 쪽지를 받아들고 집으로 돌아오는 길에 박민석의 문자를 받았다.

'고마워.'

대뜸, 앞뒤 없이, 설명도 없이, 고마워? 아까 내가 자기에 대해 한 말 때문이라는 건 알겠는데…… 나는 방금 새로운 단어 하나를 만들어냈다.

박민석스럽다

[형용사] 진지하고 성실하기는 하나 심하게 말이 짧다.

다음에 함께 읽을 책은『모모』입니다.

가장 마음에 와닿은 구절을 뽑아 표시해 오세요.

모임은 여러분이 뽑아 온 구절을 다 함께 읽는 것으로 시작합니다.

다음 모임은 10월 셋째 주 수요일 일곱시입니다.

카페 숨:으로 오세요.

– 주인장

주인장의 편지

# 권투 좋아하나요?

권투 좋아하나요? 권투가 영화의 소재로 종종 등장한다는 것은 그만큼 권투가 극적인 요소들을 많이 지닌다는 의미도 되겠지요. 별다른 도구 없이 거의 맨몸으로 일대일의 승부를 겨룬다는 것, 엄격하게 체급을 정해서 거의 대등한 신체 조건에 놓인 선수들이 겨룬다는 것, 이런 조건들도 사람들이 권투에 열광하게 만드는 요소인 것 같습니다.

저는 권투를 좋아하지 않습니다. 서로 때리고 맞으면서 피투성이가 되는 것도 마음에 들지 않고, 그것에 열광하는 사람들도 마음에 들지 않기 때문입니다. 제가 좋아하는 운동은 달리기, 그중에서도 마라톤입니다. 저는 자신의 한계에 끊임없이 직면하면서 달리는 사람들에 매료되었습니다. 그래서 이번 달에 읽을 책으로 일찌감치 미우라 시온의 『바람이 강하게 불고 있다』를 마음속으로 정해두었습니다. 신학기가 시작되었으니 지금까지보다는 가벼운 책으로 만나고 싶기도 했고요.

그런데 영주가 권투를 하고, 이어 의영이도 권투를 하는 것을 보면서 권투에 대한 책을 읽는 것이 좋겠다고 생각했습니다. 운동에 대한 이야기이니 민석이도 다른 때보다 더 흥미롭게 읽어줄 거라 기대했습니다. 권투에 대한 책을 찾기가 생각보다 어려웠습니다. 〈록키〉 〈밀리언 달러 베이비〉 〈더 복서〉 등 권투를 소재로 한 영화는 많은데 책은 그렇지 않았습니다. 그러다가 찾아낸 것이 『복스』입니다.

굉장히 재미있게 읽었죠. 앉은 자리에서 읽어치우느라 밤을 꼬박 새웠습니다. 덕분에 제때 잠을 자지 않는 것은 건강에 좋지 않다는 민석이의 잔소리를 들어야 했습니다만, 참 마음에 들었습니다. 그저 때리고 맞는 야만적인 운동이라고 생각했던 권투에 대해서도 다시금 생각해보게 되었습니다.

『복스』는 우리가 지금까지 읽었던 책 중에서 가장 젊은 책입니다. 2007년에 출판되었으니, 100년도 넘은 책들을 주로 보던 우리의 독서 이력을 생각하면 아주 획기적이지요? 이 책은 일본에서 큰 인기를 끌어 만화로도, 그리고 영화로도 만들어졌습니다. 책과 만화, 영화, 드라마가 서로 넘나들며 같은 콘텐츠를 공유하는 것은 세계적인 추세입니다만, 특히 일본에서 아주 발 빠르게 이루어지는 것 같습니다.

## 연습 벌레와 천재 복서, 누가 더 강할까?

『복스』가 흥미로운 이유는, 권투에 대한 이야기를 하되 그 이야기가 링 안에 머물지 않고 세상으로 향하고 있다는 점인 것 같습니다. 공부밖에 모르는 모범생 기타루와 운동에 대한 모든 재능을 타고난 천재 복서 가부라야, 이 두 소년이 살아가는 방법을 비교하면서 읽어나가다보면 노력과 재능의 관계에 대해 생각하게 됩니다.

기타루는 공부도 엄청 잘하고, 학교생활도 모범적인 범생이입니다. 고등학교에도 성적 우수 장학생으로 입학했습니다. 아버지가 안 계시고 경제적으로도 여유롭지 못한 형편이지만 그것 때문에 주눅들지도 않습니다. 게다가 가부라야처럼 건들거리는 친구도 무시하지 않고 그의 장점을 장점으로 봐주고 인정해주는 폭넓은 면을 보여줍니다. 이런 기타루에게도 약점은 있습니다. 몸이 약하다는 거죠. 그 때문에 중학교 때는 동급생으로부터 괴롭힘을 당하기도 합니다.

기타루의 고민은 두 가지 사건을 거치면서 증폭됩니다. 첫번째는 호감을 가지고 있던 요코 선생님이 지하철에서 곤경에 처했는데, 자신은 겁나서 아무것도 못하고, 가부라야가 나서서 문제를 해결한 일입니다. 싸움을 잘해서 요코 선생님을 구할 수 있었던 게 나였다면 얼마나 좋을까, 기타루는 생각합니다. 두번째 사건은 기타루에게 호감을 보인 여학생과 데이트하다가 우연히 만난 중학교 동창에게 흠씬 두들겨 맞은 일입니다. 첫번째 데이트에서 정말 부끄러운 모습을 보여주었다고 생각한 기타루는 좌절을 느껴 권투를 시작합니다. 영주가 권투를 시작한 이유랑 크게 다르지 않죠? 강해지고 싶다, 강해져서 나를 괴롭힌 놈들을 제대로 혼내주겠다, 이렇게 결심하고 권투를 시작하는 것이 드문 일은 아닌 모양입니다.

하지만 기타루는 권투를 시작하기도 전에 이런저런 장애에 부딪힙니다. 어머니가 울면서 반대하고, 선생님도 기타루의 선택을 별로 달가워하지 않습니다. 권투부는 평판이 좋지 않은 운동부이고 몸에든 머리에든 별로 도움이 되지 않는다고 말하며 기타루를 설득하려 하지요.

선생님도 저랑 비슷한 생각을 하고 있나봐요. 권투란 그리 괜찮은 운동이 못 된다, 하고 말이에요. 그만큼 범생이 기타루와 권투는 잘 어울리는 조합이 아닙니다. 그런데 놀라운 일이 벌어지죠. 기타루의 권투 실력이 엄청난 속도로 성장합니다. 기타루를 지켜본 사람이면 누구나 놀랄 만큼 빠른 속도로 강해집니다. 어떻게 이런 일이 생길 수 있었을까요?

기타루는 성실합니다. 공부에 발휘했던 성실성을 권투에서 그대로 발휘했던 겁니다. 매일매일 연습을 게을리하지 않습니다. 그리고 또하나, 가르쳐준 것을 가르쳐준 대로 한다는 것입니다. '1만 시간의 법칙'을 증명하기라도 하는 듯합니다.

가부라야는 그만큼 열심히 연습하지 않습니다. 하지만 재능이 있지요. 남들보다 적게 노력해도 남들보다 높은 성취를 거둡니다. 알죠? 우리 주변에도 있습니다. 계속 같이 논 것 같은데 저 혼자 시험에서 높은 점수를 받는 친구, 같이 배우기 시작했는데 저 혼자 저만치 앞서가는 친구, 그래서 좌절감을 느끼게 하는 친구 있죠? 가부라야가 그런 사람입니다. 자신감도 충만합니다. 연습하면 하는 대로 곧바로 성과가 나타나는데, 자신감이 안 생길 리가 없죠. 가부라야는 부원들 가운데 연습량이 제일 적은 편입니다. 스무 라운드 연습 가운데 제대로 하는 라운드가 반도 되지 않을 정도예요. 그런데도 실력은 월등합니다. 매스 복싱을 하면 아무도 가부라야를 건드릴 수 없고, 가드를 전혀 하지 않으면서도 상대방의 펀치를 슬쩍슬쩍 피해 멋진 펀치를 구사합니다.

이 둘은 앞으로 어떻게 될까요? 결국 승리하는 것은 기타루 쪽입니다. 가부라야가 "이제 권투는 재미없다"며 중간에 권투를 그만두고 외도할 때도 기타루는 권투를 계속하고, 결국 가부라야보다 더 강한 선수가 됩니다.

## 노력할 수 있는 힘은 어디에서 나올까?

『복스』에서 작가는 재능이란 게 있다면 그건 노력하는 재능이라고 말합니다. 고통을 참고 꾸준히 노력할 수 있는 힘, 의심을 누르고 계속하는 힘, 그것이 재능이라는 것입니다. 이것은 우리에게 참으로 위안을 주는 메시지입니다. 타고난 재능이 없어도 좌절하지 마, 노력하면 할 수 있어. 네게 필요한 것은 계속 노력하는 힘이야, 이렇게 말해주는 것 같아요.

그런가요? 계속 실패해도 계속 노력할 수 있습니까? 몇 번을 넘어져도 다시 일어나 하던 일을 계속할 수 있습니까? 정말 어려운 일입니다. 그러면 우리는 또 한번 좌절합니다. 내게는 노력하는 힘도 없단 말인가? 정말? 혹시 노력하는 방법이 잘못된 것은 아닐까요? 노력하는 방법을 제대로 알기만 한다면 우리도 노력할 수 있지 않을까요? 노력의 천재 기타루는 우리에게 힌트를 줍니다.

하지만 그럴 때마다 자신은 가부라야처럼 일류선수를 목표로 하는 게 아니라고 스스로를 다독거렸다. 얼마나 나아지느냐가 중요한 것이다. 자신의 한계점까지 가볼 수 있다면 그걸로 만족이다.

기타루는 다른 사람과의 승부를 목표로 삼지 않습니다. 다른 사람과 비교하지 않습니다. 얼마나 나아지느냐, 이것이 중요하다고 생각합니다. 어제의 나보다 오늘의 내가 낫다면 성공한 거다, 기타루는 이렇게 생각하고 있는 거예요.
사람들은 자기가 잘하지 못하는 것을 계속하고 싶어하지 않습니다. 해봐야 계속 잘 안 될 것이 뻔하다고 생각하기 때문이지요. 많은 어린이들이 그림을 그리고, 노래를 하고, 운동을 하는 것을 좋아하지만, 보세요, 어른들은 그러지 않죠. 바쁜 탓도 있겠지만, 그림을 아주 잘 그리는 사람만 그림을 그리고, 노래를 아주 잘하는 사람만 노래를 하고, 운동을 아주 잘하는 사람만 운동을 합니다. 이런 재능을 타고난 사람은 많지 않기 때문에 대부분의 어른은 더이상 그림을 그리지 않고, 노래를 하지 않고, 운동을 하지 않게 되는 것입니다. 그리고 아예 아무것도 하지 않기 때문에 점점 더 못하게 됩니다. 하지만 잘 못 그려도 그림을 그리는 일은 즐겁습니다. 잘 못 불러도 노래를 부르는 일은 즐겁습니다. 못 그려도 계속 그림을 그린 사람은 그래도 어제보다 나은 그림을 그릴 수 있게 될 겁니다. 여전히 화가의 솜씨에는 미치지 못하겠지만, 그러면 어떻습니까? 어차피 화가가 되려고 그림을 그리는 것도 아닌데. 그저 그림 그리는 것이 즐거우면 되는 것 아닐까요? 그림을 못 그린다고 해서 그림을 그릴 자격조차 없는 것은 아니잖아요.

### 선택할 수 있었기 때문에 여유로운 것 아닌가?

못해도 계속하겠다, 내 한계까지 계속해보겠다, 하는 기타루의 자세는 매우 본받을 만합니다. 하지만 제게는 의문이 생깁니다. 기타루가 그렇게 여유로운 마음을 가질 수 있는 것은 공부를 잘하기 때문 아닌가 하고요. 기타루는 애초에 권투 선수로 성공할 마음이 없습니다. 어쩌다보니 실력이 늘고, 계속하다보니 시합에서 승리를 거두지만, 그렇다고 프로 선수가 될 생각은 하지 않습니다. 소설의 결말에도 보면 기타루는 검사가 되었습니다. 검사가 된 것도 대단한데, 고교 3관왕을 이룩한 전설도 가지고 있으니 정말 대단하죠? 정환이가 말한 대로 재수없나요?

결과만 놓고 보면 그럴 수도 있습니다. 지금도 기타루가 재수없다고 생각한다면, 한번 생각해보세요. 그런 생각을 한 이유가 혹시 기타루가 이룬 성공만을 바라보기 때문 아닌가 하고 말입니다. 그건 한쪽 면만 보는 것입니다.

기타루는 쉬운 길을 선택하지 않았습니다. 이것이 기타루가 훌륭한 진짜 이유입니다. 우등생 기타루에게 쉬운 길은 공부입니다. 승률이 높은 게임이지요. 하지만 기타루는 승률이 형편없이 낮은 분야에 자신을 던집니다. 적당히 한쪽 발만 담그고 여차하면 빠져나오겠다는 자세가 아니라 정말로 자신을 온통 던져서 최선을 다합니다. 어떤 선택을 할 때 우리는 자꾸 계산을 합니다. 마음이 가는 대로 움직이는 것이 아니라, 어째 안 될 것 같다는 생각이 들면 시작하려고 하지도 않습니다. 그림을 잘 그리지 못한다는 이유로 다시는 그림을 그리려 하지 않는 어른들처럼, 우리도 아주 약게 계산을 합니다. 그래서 시작하기도 전에 마음을 접어버리지요. 그리고 쉬운 일을 찾습니다.

그러나 쉬운 길이란 없습니다. 인생의 그 어느 길이나 예상치 못한 함정을 품고 있습니다. 가파른 고갯길도 있습니다. 그걸 피해 갈 수는 없습니다. 피할 수 없는 것을 피해 가려고 하다보니 결국 아무 길도 못 가고 그냥 계속 그 자리에서 맴돌게 되는 것입니다. 그런 우리에게 기타루는 말합니다. 원한다면 앞으로 가!

## 어려운 길을 선택하는 사람들

〈임신한 앨리슨 래퍼〉라는 조각 작품이 있습니다. 팔도 없고 다리도 없는 이 여성은 아이를 가졌습니다. 그리고 의연하면서도 당당한 눈으로 세상을 바라보지요. 이 작품은 조각가의 상상 속에서 만들어진 것이 아니라 실제 인물인 앨리슨 래퍼라는 구족화가를 모델로 하여 제작한 것입니다. 앨리슨 래퍼는 바다표범손발증이라는 장애를 안고 태어났습니다. 팔과 다리가 자라지 않는 장애입니다. 앨리슨 래퍼는 입에 붓을 물고 그림을 그렸습니다. 그리고 다들 너무나 어려운 일이라고 고개를 절레절레 젓는 와중에 임신을 하고 아이를 낳아서 훌륭하게 키웁니다. 앨리슨 래퍼의 놀라운 삶은 많은 이에게 감동과 희망을 불어넣었습니다. 런던의 트래펄가광장에 세워진 〈임신한 앨리슨 래퍼〉는 그녀의 삶에 대한 경의의 표현이라고 할 수 있습니다.

소설 속의 기타루보다도 더 어려운 길을 선택하는 사람들이 현실에는 많이 있습니다. 청각장애가 있는데도 음악가의 길을 선택하는 사람, 시각장애가 있는데도 사진을 선택하는 사람, 다리가 불편한데도 달리기 선수의 길을 선택하는 사람. 모두 앨리슨 래퍼와 같은 사람들입니다. 정말 원하는 것을 이루기 위해 쉬운 길을 마다하고 어려운 길을 선택하는 사람들, 이들의 힘은 어디에서 오는 걸까요? 저는 그것이 계산하지 않는 데서 온다고 생각합니다. 승률을 따지지 않고 그저 원하는 바를 따라서 꿋꿋이 가기 때문에 할 수 있었던 거죠.

그래도 세상 사람들은 자꾸 물어볼 겁니다. 구태여 그럴 필요가 있느냐고요. 자기 적성에 맞는 일을 하는 것이 더 똑똑한 선택 아니겠느냐고요. 하지만 적성이란 지금까지 자기가 가지고 있었던 능력을 의미할 뿐입니다. 앞으로 어떤 노력을 하느냐에 따라 충분히 바뀔 수 있습니다. 소설가의 재능을 타고났어도 글을 쓰지 않는다면 그의 재능은 아무런 힘이 없습니다. 화가의 적성을 가지고 있어도 그림을 그리지 않는다면 그는 화가가 될 수 없습니다. 오히려 중요한 것은 내가 그것을 얼마나 열망하느냐입니다. 적성에 얽매여 하고 싶은 일을 선택하는 데 망설이지 마세요. 원한다면 그냥 하면 됩니다.

저는 여기서 한 걸음 더 나아가 묻고 싶습니다. 앨리슨 래퍼는 부잣집에서 태어나지 않았습니다. 심지어 태어나자마자 버려져 고아원에서 자랐습니다. 앨리슨 래퍼가 한국에 태어났다면 어떻게 되었을까요? 한국에서도 원하는 대로 화가가 되고 아이를 키우며 살 수 있었을까요? 저는 회의적입니다. 앨리슨 래퍼가 원하는 바를 이룰 수 있었던 것은 영국의 사회보장제도 덕분이라고 생각합니다. 한 사람이 꿈을 이루는 데에는 그 사람의 강한 의지도 있어야 하지만 그가 살고 있는 공동체의 지원도 필요합니다.

### 진짜 배짱은 어디에서 나올까?

무엇이 배짱일까? 그 배짱은 어디에서 나올까? 모임에서 여러분이 계속 이야기를 나누었는데요, 진짜 배짱은 패배해본 사람만 가질 수 있는 거라고 생각합니다. 그런 의미에서 저는 기타루보다 가부라야에게 마음이 끌립니다.

가부라야는 기타루와의 시합에서 패합니다. 얼마 전까지만 해도 자기보다 훨씬 실력이 모자랐던 상대에게 패배한다는 것은 정말 자존심 상하고 받아들이기 힘든 일이었을 것입니다. 보통은 핑계를 찾거나, 아예 그 바닥을 떠나버리거나 하겠죠. 하지만 가부라야는 그렇게 하지 않습니다. 기타루가 다음 시합에서도 승리할 수 있도록 기타루의 연습을 도와주는 일에 혼신을 다합니다.

쉬운 일이 아니었을 것입니다. 승리를 위해 매진하는 기타루보다 더 힘들었을 겁니다. 하지만 가부라야는 그걸 해냅니다. 자신의 시합을 위해 연습할 때보다도 더 열심히 친구의 연습을 도와줍니다. 이게 진짜 배짱 아닐까요? 한 번도 져본 적이 없기에 생긴 자신만만함과, 좌절과 패배를 경험하고 그걸 이겨냈기에 얻은 배짱은 차원이 다를 것입니다. 그런 의미에서 여러분은 배짱 좋은 친구들이라고, 저는 생각합니다.

© Gareth(flickr)

# 10월, 윤정환의 이야기

나는 우리가 서로 닮은 구석이
하나도 없어서 좋았다.
동질감이라고는 하나도 없는
그 제멋대로의 모임에서
나는 처음으로 자유를 경험했다.

# 나에게 다시 기회가 올까?

일주일 전에 중간고사가 끝났다. 작년 기말고사 때 답안지를 백지로 낸 이후 세번째 치르는 시험이다. 그리고 처음으로, 미친 듯이 가슴이 두근거리고 숨이 가빠오거나, 견딜 수 없는 두통이 엄습해오거나, 순간 아무런 글자도 보이지 않는, 이런 이상한 증세 없이 4일간의 시험을 치르는 데 성공했다. 좋은 성적이 목표가 아니라 시험을 무사히 치르는 게 목표가 되다니, 정말 내 인생에 이런 국면이 펼쳐질 줄 누가 상상이나 했겠는가.

과도한 스트레스, 경쟁, 불안, 강박, 우울증, 자살 충동…… 각종 검사와 면담을 토대로 전문가들이 내 증세에 대해 얘기할 때 공통적으로 사용하는 단어들이다. 처음에는 움찔했다. 어쩌면 이들은 내

속에 들어왔다가 나간 것처럼 내 증세를 이리 잘 안단 말인가, 감탄했었다. 앞으로 진로를 이쪽 방향으로 정해볼까 하는 생각까지도 했다. 그러나 그게 다였다. 어쩌다가 이렇게 되었나? 그들은 말을 아꼈다. 그래서 어쩌라는 것인가? 그들은 입을 다물었다.

엄마는 내가 어떻게 되기라도 할까봐 매일 눈물바람을 하며 나를 병원으로 상담실로 끌고 다녔다. 그 이전에 나를 이런저런 학원으로 끌고 다니던 그 열정이 방향만 바뀌어 계속되었다. 선생님들도 조심스러운 눈으로 나를 바라보았다. 말을 걸 때도 조심조심, 뭔가를 요구할 때도 조심조심. "네가 원하지 않으면 안 해도 되는 거 알지? 난 네게 부담을 주고 싶지 않거든." 그날 이후 선생님들로부터 이런 말을 들은 것이 몇 번인지 모른다. 내겐 속을 털어놓을 친구도 딱히 없으니 백지 답안지를 냈다고 스스로 소문을 내지 않는 한 애들이 나를 이상하게 생각할 일은 별로 없었지만, 그들도 내가 전과 같지 않다는 건 알고 있을 것이다. 원래도 서먹서먹했던 관계는 더욱 멀어져갔다.

나는 정말 힘들고, 절실하게 도움이 필요한데, 내게 다가오는 손길들은 다 너무 조심스러워서 화가 났다. 그것은 도움의 손길이 아니었다. 그들 모두 나중에 어떤 문제(어떤 문제일까? 고교생, 성적 비관 자살?)가 생겼을 때 그 문제를 증폭시킨 것이 자신이 아니어야 한다는 강박에 시달리는 것 같았다.

나는 아는데, 내가 자살 같은 극단적이고 파괴적인 선택은 하지 않으리라는 걸 잘 알고 있는데, 나에 대한 검사 결과는 다른 말을 하고 있었다. 자살 성향 높음. 이걸로 승부는 끝이다. 전문가들은 나를 보지 않고 검사지를 본다. 내 말을 듣지 않고 검사 결과에 귀를 기울인다. 내가 진심으로 이 고난을 이기고 앞으로 나아가고 싶어한다는 것을, 그리고 시간이 얼마나 걸릴지 모르지만 결국 이겨내리라는 것을, 어떻게 하면 그들에게 알려줄 수 있을까?

지난 8월인가, 수북 모임에서 내 증세에 대해 성의 없이, 간단히 털어놓았을 때, 박민석이 내게 물었던 말이 생각난다. "우리가 도움이 되니?" 나는 그때 "많이"라고 대답했다. 그때 나는 아끼지 말고 충분히 말했어야 했다. 그들이 내게 무엇을 해주었는지에 대해서. 나는 그때 정직하게 답했으나 충분히 답하지는 못했다.

지난 모임에서 그 수줍음 많은 김의영이 대놓고 박민석의 배짱에 대해 이야기하는 것을 보고 큰 충격을 받았다. 누군가 대놓고 "넌 이러저러해서 참 훌륭한 사람이야"라고 말하는 게 어디 쉬운 일인가. 그 말을 들은 상대방은 처음에는 당황스러워하지만, 시간이 흐를수록 슬금슬금 마음 깊은 곳으로부터 행복감이 밀려올 것이다. 게다가 듣는 사람으로 하여금 이건 날 놀리려고 하는 말이야, 하는 기분이 들지 않게, 아, 이 사람은 진심이구나, 하는 깨달음이 오도록 말하기는 얼마나 어려운가. 그러기 위해서는 그 말이 전적으로 사실에 바탕을 둔 것이어야 한다. 그러려면 상대방을 주의 깊게 살펴보는 눈이 있어야 하고. 지난 모임에서 김의영은 자신이 그런 말을 할 줄 아는 사람이라는 것을 모두에게 보여주었다.

김의영은 내게도 그런 말을 해준 적이 있었다. 박민석에게 해준 말과 비교하면 많이 부족하지만, 나한테 "인간성이 좋다"고 말해주었다. 의도한 것은 아니었지만, 결과적으로 김의영에게는 상처가 되었을 편지 사건 직후였는데 말이다. 비록 그 비교 상대가 유승호라는 점은 영 껄끄럽지만.

수북은 내게 아주 큰 위안을 주었다. 뭔가를 해본 적 없이 살아온 내가 카페 숨:을 괜히 들락거리는 날이 많다는 것을 깨달으면서 알게 되었다. 수북이 내게 준 위안이 그리워질 때, 다시 말해 충전이 필요할 때 나는 카페 숨:을 찾았던 것이다.

왜 수북이 위안이 되었을까? 함께 읽은 책들도 좋았다. 시험에 나올 것 같지도 않고, 어디 가서 폼 잡기에도 어설픈 책들만 골라 읽으면서(주인장은 골라도 꼭 자기 같은 책들만 고른다. 그것도 재능이라면 재능이다) '낭비'하는 그 시간이 마음에 들었다. 하지만 더 좋았던 것은 함께 책을 읽는 친구들이다. 첫 모임에서 독후감을 써와야 한다고 우기던, 내가 생각해도 재수없는 나의 행동에도 불구하고, 그들은 나를 그대로 받아들여주었다. 언젠가 정영주에게 그때 내 행동 정말 재수없지 않았냐고 물어보았을 때 정영주가 한 대답을 잊을 수가 없다.

"내가 워낙 하자가 많은 인간이라, 다른 사람 하자를 일일이 평가할 주제가 못 되거든."

나는 우리가 서로 닮은 구석이 하나도 없어서 좋았다. 동질감이라고는 하나도 없는 그 제멋대로의 모임에서 나는 처음으로 자유를 경험했다. 어떤 기준을 세워 순서를 매기지 않는 세계, 순서를 매길 수도 없는 세계, 나는 수북에서 그런 세계를 처음 경험한 것 같았다. 그렇게 서로 다른 사람들이 서로 다른 눈으로 같은 책을 읽고 이야기를 나누는 것, 이게 힘이 될 수 있다니!

나에게도 김의영처럼 그렇게 대놓고 상대방의 훌륭한 점을 얘기할 수 있는 순간이 올까? 그날 박민석이 내게 물었을 때, 그때 더 충분히 말했어야 하는데. 나에게 다시 기회가 올까?

여덟번째 수북

# 『모모』*

"지난번에는 전화번호부 같은 책을 읽어 오라고 하시더니, 이번에는 어린이 책을 읽어 오라 하시네요." 역시 정영주다. 꼴찌로 카페에 들어오면서 어김없이 투덜거린다. 자기가 책을 읽는다는 사실을 부끄러워해서 그걸 감추려고 저러는 것임을 다들 대충 눈치챘는지, 별말이 없다. 그냥 그러려니 하는 것이다.

나에게 『모모』는 처음이 아니다. 초등학교 때 다녔던 독서 논술 학원에서 지정 도서로 읽은 적이 있고, 중학교 때도 학교 방과후 수업에서 읽은 적이 있으니 이번이 세번째다. 그런데 이번에 처음으로

---

* 미하엘 엔데 지음, 한미희 옮김, 비룡소

절절하게 『모모』를 읽었다. 모모는 결코 어린이 책이 아니다. 어린이도 읽을 수 있는 책일 뿐이다. 내가 먼저 책을 읽었다.

"오늘은 펀치 카드 놀이를 해. 아주 유익한 놀이야. 하지만 정신을 바짝 차려야 돼."

(……)

"그런 놀이가 재미있니?"

마리아가 자신 없는 투로 말했다.

"그건 중요하지 않아. 그런 식으로 말하면 안 돼."

"그럼 뭐가 중요한데?"

파올로가 대답했다.

"그게 우리 앞날에 유익한지 아닌지, 그게 중요한 거야."

내가 그렇게 살아왔다. 나는 재미있는지 아닌지보다 그것이 내게 유익한지 아닌지를 물으면서 살아왔던 것이다. 부모님도, 선생님도 내게 늘 그렇게 말했었다. "이건 네게 정말 도움이 될 거야." 유익하다는 모든 일을 해내면서 나는 점점 유능해졌지만, 그렇다고 행복해진 것은 아니었다. 논술 교재로 『모모』를 읽을 때도 마찬가지였다. 내게 유용하기 때문에 나는 『모모』를 읽었다. 재미? 잘 모르겠다. 재미로 책을 읽기에는 너무 바빴다. 그러니 그냥 책을 읽는 이 모임에서 여러 달 보낸 다음에야 『모모』가 재미있고 감동적이기까지 하다는 사실을 알게 되었겠지.

“나는 이 구절이 좋았어. 회색신사들에게 시간을 도둑맞기 전, 마을에서 어린이들이 재미있게 노는 장면 말이야.” 김의영이 말했다.

물론 모모는 귀 기울여 듣는 데 있어서 어른과 아이를 가리지 않았다. 하지만 아이들은 어른들과는 다른 이유로 옛 원형극장 터를 찾아왔다. 모모가 거기 살면서부터 아이들은 그 어느 때보다 재미있게 놀 수 있었다. 한순간도 지루할 때가 없을 정도였다. 모모가 멋진 제안을 내놓기 때문은 아니었다. 아니, 모모는 그냥 거기 앉아서 같이 어울려 놀았을 뿐이다. 어떻게 그렇게 되는지는 모르지만, 모모가 있으면 아이들은 기발한 아이디어를 새록새록 떠올렸다. 그들은 매일 새로운 놀이를 생각해냈고, 점점 더 멋진 놀이를 만들어냈다.

“어릴 때 우리 동네에 이와 비슷한 언니가 있었거든. 좀 모자란 언니라서 맨날 훨씬 어린 우리랑 놀았어. 그런데 이 언니가 끼면 놀이가 다 재미있어지는 거야. 인형놀이를 그렇게 실감나게 할 수 있는 사람은 세상에 또 없을 거야.”

“맞아. 그런 언니, 우리 동네에도 있었어. 그런데 부모님은 우리가 그 언니랑 노는 걸 별로 안 좋아했어. 같이 놀면서 배울 게 하나도 없다나? 자꾸 뭐라고 하니까 우리도 점점 그 언니를 멀리했던 것 같아. 지금 생각해보면 웃기지? 그냥 재미있게 노는 건데, 거기서 왜 배울 걸 찾았던 거지?"

김의영의 말에 정영주가 맞장구를 치자 우리는 모두 한바탕 웃었다. 어른들은 유익한 걸 찾길 좋아한다. 그냥 산이 좋아서 등산을 하는 것이 아니라 건강을 위해서 산에 오르고, 그냥 좋아서 친구를 만나는 것이 아니라 인맥 관리를 위해서 친구를 만난다. 그리고 그걸 우리에게도 똑같이 하도록 가르친다.

"나는 지금까지 읽은 책 중에 『모모』가 제일 마음에 들었어." 웃음이 잦아들기를 기다렸다가 박민석이 이야기를 꺼냈다. "읽기도 쉽고, 어려운 말도 없고, 나한테 딱 맞았어. 그리고 모모도 정말 마음에 들었어. 내게도 모모 같은 친구가 있으면 좋겠거든."

> 모모는 어리석은 사람이 갑자기 아주 사려 깊은 생각을 할 수 있게끔 귀 기울여 들을 줄 알았다. 상대방이 그런 생각을 하게끔 무슨 말이나 질문을 해서가 아니었다. 모모는 가만히 앉아서 따뜻한 관심을 갖고 온 마음으로 상대방의 이야기를 들었을 뿐이다. 그리고 그 사람을 커다랗고 까만 눈으로 말끄러미 바라보았을 뿐이다. 그러면 그 사람은 자신도 깜짝 놀랄 만큼 지혜로운 생각을 떠올리는 것이었다.
>
> 모모는, 결정을 내리지 못하거나 어떻게 해야 할지 모르는 사람들이 문득 자신이 무엇을 원하는지 정확하게 알 수 있게끔, 그렇게

귀 기울여 들을 줄 알았다. 모모에게 말을 하다보면 수줍음이 많은 사람도 어느덧 거침이 없는 대담한 사람이 되었다. 불행한 사람, 억눌린 사람은 마음이 밝아지고 희망을 갖게 되었다. (……) 지금 있는 그대로의 나와 같은 사람은 이 세상에서 단 한 사람도 없다, 그렇기 때문에 나는 나만의 독특한 방식으로, 이 세상에서 소중한 존재다, 이런 사실을 깨닫게 되는 것이었다.

모모는 그렇게 귀기울여 들을 줄 알았다. 언제나 그렇듯 박민석은 듣기 좋은 낮은 목소리로 천천히 책을 읽어내려가고 있었지만, 이 구절을 읽는 동안 그 눈빛이 아련해졌다. 그래, 저 녀석, 원래 과묵한 놈이라 별말 없지만, 속이 얼마나 시끄럽겠어. 읽기를 마친 박민석은 이렇게 덧붙였다. "내가 이 책을 만나서 참 다행이야. 수북이 아니었으면 책 같은 건 읽지 않았을 테고, 그럼 이 책을 만나지도 못했겠지. 이 세상 어딘가에 모모가 있고, 언젠가 나도 모모를 만나게 되면 내가 소중한 존재라는 것을 발견할 수 있을 거다, 생각하니까 참 좋더라고."

그러나 우리 모두는 알고 있다. 남의 말을 듣는 건 누구나 할 수 있는 일일 것 같지만, 작가가 말한 것처럼 '진정으로 귀를 기울여 다른 사람의 말을 들어줄 줄 아는 사람은 아주 드물다'는 것을. 과연 우리는 모모를 만날 수 있을까?

"나는 우리 중에 과연 누가 모모에 가장 가까울까, 하는 생각을 하면서 책을 읽었거든. 그리고 결론을 내렸지. 내가 내린 결론이 뭘까? 한번 맞혀볼래?" 정영주가 장난스럽게 웃으면서 우리 모두를 둘러보았다. "이렇게 해보는 건 어때? 내가 하나 둘 셋 할 테니까, 각자 모모에 가장 가까운 사람이 누구라고 생각하는지 손가락으로 가리켜봐. 자, 생각해. 한다, 하나, 둘, 셋!" 세 개의 손가락이 박민석을 가리켰다. 박민석의 손가락만이 갈 곳을 찾지 못하고 방황했다. "봤지? 너는 모모를 찾을 필요가 없어. 네가 모모가 되면 되는 거야."

모모를 찾으려 하지 말고 스스로 모모가 되라고? 정영주, 너 오늘 정말 있어 보인다. 재미있는 데다 유익하기까지 한 친구가 되려는 거냐? 박민석의 눈이 잠시 흔들리다가 제자리를 찾았다. 얼굴이 살짝 발그레해졌다. 이 녀석, 저번에도 그러더니 또 얼굴을 붉히네. 얼굴 빨개지는 남자라니, 네 덩치에 그게 어울린다고 보냐? 하지만 이 말은 속으로 삼켰다. 저 덩치의 얼굴이 더 빨개지는 것만은 피하고 싶었으니까. 박민석이 말했다. "칭찬인 것 같기는 한데…… 난 그거 어려운 거라고 생각해. 정작 모모가 외로울 때는 누가 곁에 있어주지?"

박민석을 제외한 우리 셋의 눈이 일시에 마주쳤다. 그리고 한목소리로 외쳤다. "카시오페이아가 있잖아!" 하하핫. 카시오페이아는 모모가 마을 사람들을 위해 시간을 되찾으려고 나섰을 때 도움을 준 거북이다.

정영주가 다음 구절을 읽는 것으로 오늘 모임은 끝이 났다.

이제 대도시에서는 오랫동안 볼 수 없었던 광경이 벌어졌다. 아이들이 길 한복판에 나와 놀고, 아이들이 비키길 기다릴 수밖에 없는 운전자들은 미소를 지으며 아이들을 바라보았다. 차에서 내려 아이들과 어울려 노는 사람도 있었다. 어디서나 사람들이 서서 다정하게 말을 주고받으며 서로의 안부를 자세히 물었다. 일하러 가는 사람도 창가에 놓인 꽃의 아름다움에 감탄하거나 새에게 모이를 줄 시간이 있었다. 의사들은 환자들 한 사람 한 사람을 정성껏 돌볼 시간이 있었다. 노동자들은 일에 대한 애정을 갖고 편안하게 일할 수 있었다. 이제 중요한 것은 가능한 한 짧은 시간 내에 가능한 한 많은 일을 하는 것이 아니었다. 저마다 무슨 일을 하던 자기가 필요한 만큼, 자기가 원하는 만큼의 시간을 낼 수 있었다. 시간이 다시 풍부해진 것이다.

전에 없이 유쾌한 시간이었다. 모모가 우리에게도 마술을 부렸나 보다. 오늘, 나의 장래 희망이 결정되었다. 나는 시간이 많은 어른이 되고 싶다.

다음에 함께 읽을 책은 『달과 6펜스』입니다.
가장 마음에 와닿은 구절을 뽑아 표시해 오세요.
모임은 여러분이 뽑아 온 구절을 다 함께 읽는 것으로 시작합니다.

다음 모임은 11월 셋째 주 수요일 일곱시입니다.

카페 숨:으로 오세요.

– 주인장

주인장의 편지

# 모모 되기, 어떻게 할 수 있을까?

재미있게 읽으셨나요? 저는 TV 드라마에서 처음 『모모』를 만났어요. 오래전 드라마 〈내 이름은 김삼순〉에 『모모』가 나왔어요. 주인공 김삼순은 교통사고로 부모를 잃고 그 충격으로 말을 잃어버린 어린아이에게 『모모』를 읽어주었어요. 마침내 아이는 말을 되찾았죠. 그 드라마를 보고 『모모』를 찾아서 읽었지요. 그리고 그후로 몇 번이나 『모모』를 읽었는지 모릅니다. 민석이가 『모모』를 만나서 참 다행이라고 얘기했을 때, 저도 그 말에 깊이 공감했습니다. 저도 『모모』를 만나서 다행이라고 생각했으니까요.

꼬마 주인공 모모는 참으로 신비한 재주를 가졌습니다. 사람들이 쉽게 알아차리지는 못하지만, 또 다들 공감하는 재주, 바로 다른 사람들의 말을 귀기울여 듣는 재주입니다. "아무튼 모모에게 가보게!" 뭔가 문제가 생겼을 때 누구나 이런 말을 하게 될 만큼, 그 말이 그 마을의 일상어가 되어버릴 만큼, 모모의 듣기 능력은 탁월합니다. 민석이가 모모 같은 친구가 곁에 있으면 좋겠다고 한 것도 이해가 갑니다. 그런데 저는 모모를 가장 닮은 친구를 찾아보자는 영주의 제안에 깊은 감동을 받았습니다. '나에게도 모모가 있으면 얼마나 좋을까?' 상상해보는 것도 좋지만, 우리가 모모가 될 수도 있다는 것을 저는 여러분의 대화를 통해 배웠습니다.

모모 되기, 어떻게 가능할까요? 모모가 어떻게 다른 사람들의 이야기를 잘 들어줄 수 있는지 살펴보면 되지 않을까요? 모모는 다른 사람의 이야기를 듣는 것을 정말로 좋아합니다. 자기 이야기를 좋아서 들어주는 사람 앞에서는 누구나 마음을 열게 됩니다. 더 열심히 자기 이야기를 하게 되지요. 그래서 관광안내원 기기도 모모 앞에서는 재미있는 이야기를 끝도 없이 만들어낼 수 있습니다. 또 모모는 사람들을 진심으로 좋아합니다. 그들 없이는 자신이 한없이 외롭고 보잘것없는 존재라는 것을 알고 있기 때문입니다. 모모 되기의 비밀은 자신이 작고 작은 존재라는 것을 인정하는 것에서 출발하는 것 같습니다. 하지만 여기서 끝일까요?

### 모모가 모모일 수 있는 진짜 비밀

모모가 처음부터 다른 사람의 이야기를 잘 들어주는 사람이었는지는 알 수 없습니다. 모모는 어느 날 마을에 나타난 떠돌이 아이입니다. 모모가 극장 터에 자리를 잡았을 때 마을 사람들이 찾아오자 모모는 그들을 경계

합니다. 자기를 쫓아낼지도 모른다고 생각했기 때문이지요. 그들은 모모에게 고아원에 가거나 마을 사람 중 누군가의 집에서 함께 살자고 제안합니다. 모모에게는 돌봐줄 어른이 필요하다고 생각했으니까요. 하지만 모모는 혼자 살기를 원합니다. 그러자 그들은 모모의 뜻을 존중해서 그렇게 하도록 해줍니다.

하지만 그렇다고 해서 '너 혼자 살 수 있다고 했으니 너 혼자 잘해봐라' 하고 내버려두지 않고, 온 마을이 모모를 위해 힘을 모읍니다. 마을 사람들은 모모가 살고 있는 낡은 집을 깨끗이 치우고 정성껏 수리했습니다. 미장이는 조그만 난로를 지어주었고 목수 할아버지는 책상과 의자를 만들어주었습니다. 부인들은 낡았지만 멋진 장식이 달린 침대와 매트리스, 담요를 가져다줍니다. 그리고 마지막으로 미장이가 예술적 재능을 발휘합니다. 벽에다 예쁜 꽃 그림을 그려준 거예요.

미장이가 벽에다 그림을 그려주는 장면을 떠올려보세요. 마을 사람들은 모모가 단지 의식주를 해결할 수 있도록 해주는 것에 그치지 않고, 거기에 예술을 더해줍니다. 정말 최대한의 환대를 해주는 것이지요. 모모가 그들에게 쓸모 있는 사람이어서가 아닙니다. 그냥 그렇게 해준 겁니다. 어느 날 마을에 찾아온 낯선 아이를 이렇게 친절히 맞아줄 수 있는 사람들은 흔치 않습니다. 그것도 한두 사람이 아니라 온 마을이 힘을 합쳐 그렇게 해주었습니다. 모모가 다른 사람의 이야기를 잘 들어줄 수 있었던 건, 모모의 마음을 열고 귀를 열어준 마을 사람들의 따뜻한 마음이 먼저 있었기 때문입니다. 모모를 만나고 싶나요? 그렇다면 마을 사람들이 모모에게 해준 것처럼 내 친구를 대해주면 됩니다. 친구는 모모처럼 내 이야기를 온 정성을 다해 들어줄 것입니다. 그러면 우리는 둘 다 전보다 더 행복해질 수 있겠지요.

### 회색신사는 누구일까?

마을에 회색신사가 찾아와 마을 사람들의 시간을 훔쳐가기 시작합니다. 회색신사에게 시간을 빼앗긴 사람들은 점점 바빠지고, 점점 불행해졌습니다. 낯선 아이에게도 정성을 다해 친절을 베풀던 사람들이 이제는 가족들에게조차 사랑을 베풀지 않습니다. 회색신사가 마을 사람들로부터 어떻게 시간을 훔쳐내는지 볼까요?

시간을 아끼기 위해 손님에게 정성을 기울이지도 말고, 어머니를 보살피지도 말고, 애완동물도 키우지 말고, 사랑도 하지 말고, 자기 자신을 돌아볼 시간도 갖지 말라고 충고하는 겁니다. 이렇게 해서 모은 시간을 시간저축 은행에 맡기면 이자에 이자가 붙어서 부자가 될 수 있다고 유혹하네요. 얼토당토않은 얘기라고요? 하지만 지금 우리 곁에도 회색신사가 있어서 우리의 시간을 계속 빼앗아가고 있습니다. 그래서 우리는 계속 바쁘고 시간이 부족합니다. 회색신사라니? 그게 누구냐고요?

회색신사는 광고의 모습으로 나타납니다. 그렇게 유행에 뒤떨어진 옷을 입고 체면이 살아? 비웃으면서 최신 유행에 맞는 옷을 사 입으라고 유혹합니다. 한물간 스마트폰 말고 최신 폰을 갖추어야 스마트하게 살아갈 수 있다고 유혹합니다. 멋진 아파트, 커다란 차가 행복을 약속한다며 구슬립니다. 그런데 이 모든 일에는 돈이 들지요. 돈을 많이 벌자면 바빠질 수밖에 없습니다. 요즘 유행하는 자기주도학습도 회색신사입니다. 돈을 많이 벌기 위해서는 좋은 성적을 얻어야 하기 때문에 청소년들도 바빠집니다. 남보다 앞서가려면 학원은 필수이고 개인 과외, 인터넷 강의도 빼놓을 수 없습니다. 내신도 잘 받아야 하는데 수능도 걱정입니다. 학생부종합전형이 있으니 공부만 해서는 곤란합니다. 봉사활동도 하고, 자치활동도 하고, 논술 공부도 해야 합니다. 그렇게 바쁘니 시간을 효율적으로 이용해야 한다고 자기주도학습은 충고합니다. 수업과 수업 사이 쉬는 시간, 점심시간에도 공부를 하라고 합니다. 쉬는 시간 10분 중 5분, 점심시간 한 시간 중 30분만 아껴도 하루에 55분을 아낄 수 있다는 거지요. 그 시간에 영어 단어를 모두 몇 개 외울 수 있는지 계산해보면 마음이 바빠집니다. 친구와 편안하게 이야기를 나눌 시간조차 아깝게 느껴집니다. 이거 어디서 본 듯한 계산법 아닙니까? 맞아요. 푸지 씨를 방문한 회색신사의 계산법이지요.

"늙으신 어머니와 사시는 걸로 알고 있는데요. 당신은 어머니에게 매일 온전히 한 시간을 바치고 계십니다. 어머니 곁에 앉아 이야기를 하는 거지요. 어머니가 귀가 어두워서 거의 듣지 못하는데도 말입니다. 그러니까 5518만 8000초의 시간을 내버리신 겁니다. 게다가 쓸데없이 앵무새를 한 마리 갖고 계십니다. 당신은 앵무새를 보살피느라 매일 15분을 허비합니다. 환산하면 1379만 7000초가 되는군요."

### 어떻게 이런 일이 가능할까요?

회색신사는 누구나 가지고 있는 약한 부분을 파고듭니다. 자기 일을 아주 좋아하는 사람도 어느 순간 회의에 빠질 수 있습니다. 가족을 깊이 사랑하는 사람에게도 그 사랑이 약해지는 순간이 있습니다. 회색신사는 그 순간을 노리고 있습니다. 예를 들면, 이발사 일을 누구보다 즐거워하는 푸지 씨의 경우도 이런 한탄을 할 때가 있다는 것입니다. 보잘것없는 이발사로 사는 인생은 실패일 뿐이라든지, 평생 가위와 잡담과 비누거품에 매여 살아서 자유로운 인생을 살 수 없다든지 하는 식의 한탄이지요.

누구에게나 그런 순간이 있습니다. 그런데 회색신사는 순간의 불만을 엄청난 것으로 부풀려 우리를 불안하게 만들어놓습니다. 불안 앞에 무너지는 것은 시간문제입니다. 우리 사회도 우리가 불안해하도록 만듭니다. 늙기 전에 10억은 모아야 한다던데, 고등학교에 입학하기 전에 적어도 고등학교 수학 과정을 한 번은 끝내야 한다던데, 초등학교에 입학하기 전에 영어를 시작해야 한다던데…… 이런 얘기들 앞에서 흔들리지 않기란 어려운 일입니다.

왜 이렇게 불안을 퍼트릴까요? 우리의 불안으로 이익을 보는 사람들이 있기 때문입니다. 기업은 우리의 불안 덕분에 돈을 법니다. 사람들은 기꺼이 더 많은 시간 동안 일하려고 합니다. 돈을 벌어야 하니까요. 그리고 그렇게 번 돈을 불안을 해소하는 데 씁니다. 기업은 건강이 불안한 사람에게는 약을 팔고, 성적이 불안한 사람에게는 공부를 팔고, 외모가 불안한 사람에게는 옷과 성형수술을 팝니다. 인간관계가 불안한 사람에게는 스마트폰을 팝니다. 불안하기 때문에 돈을 벌고, 불안하기 때문에 돈을 쓰고, 그래서 돈이 없으니까 불안해지고, 더 많이 일하고, 이런 악순환이 이어집니다.

『모모』에서는 호라 박사와 카시오페이아의 도움을 받은 모모가 회색신사를 물리치고 마을 사람들의 시간을 되찾아옵니다. 회색신사의 유혹에도 흔들리지 않았던 모모가 있었기 때문에 가능한 일입니다. 우리 중 누가 회색신사를 물리치고 시간을 되찾아올 수 있을까요? 저는 그런 사람이 우리 중에 있을 거라고 믿습니다. 우리는 이 바쁜 세상에서 시험에도 나오지 않고, 돈이 되지도 않고, 심지어 싸움에도 보탬이 되지 않는 이런 책들을 읽으면서 시간을 즐겁게 낭비하고 있으니까요. 생각만 해도 짜릿하지 않나요? 즐겁게 시간을 낭비하는 능력이 있기에 우리가 회색신사와 맞서 싸우는 전사가 될 수 있다는 사실이!

# 11월, 정영주의 이야기

이 세상에 정말 기여하는 것은 천재일까,
평범한 사람일까?
어느 쪽이 더 행복할까?
나에게 조금이라도 재능이 있다면,
그건 뭘까?

아홉번째 수북

# 『달과 6펜스』*

가방을 고쳐 메고 카페 숨:으로 들어갔다. 이미 다들 와서 자리를 잡고 앉아 있었다. 시간을 확인하니 6시 55분이다. 내가 늦은 것도 아닌데 꼴찌란 말이지. 다들 점점 더 시간을 잘 지킨단 말이야.

자리에 앉으며 내가 "아, 추워. 왜 벌써 추운 거야"라고 투덜거리자, 김의영이 나를 보고 웃었다. "왜 웃어?" "아냐, 그냥. 머리 말리고 왔으면 덜 추웠을 텐데. 운동하고 곧장 왔나봐." "나도 너처럼 머리 잘라야 할까봐. 머리 말리는 데 시간이 너무 오래 걸려. 근데 너 오늘 왜 체육관 안 왔어?" "응, 담임이랑 얘기 좀 하느라고." "무

---

* 서머싯 몸 지음, 안홍규 옮김, 문예출판사

슨?" "직업학교 원서 쓰는 것 때문에." "너 직업학교 가려고? 나야 가고 싶어도 출결이 나빠서 못 가지만, 너는 맘만 먹으면 어디든 갈 수 있겠다." "아니. 난 직업학교 생각 없는데, 담임이 나보고 미용에 관심 많아 보이니 미용이나 메이크업 같은 쪽으로 가보라고 하는 거야." "그래서?" "그래서 난 직업학교 관심 없다, 그렇게 대답했지. 그랬더니 직업에 대한 편견을 버리고 적성에 맞는 직업을 갖는 게 훨씬 더 행복하게 사는 길이라고 한참 설교를 하더라고." "미용? 메이크업? 그게 네 적성이래?" "아마 담임이 보기에는 그런가봐. 그래서 나는 책 읽고 글 쓰는 게 좋다고, 그런 쪽에서 진로를 찾고 싶다고 했지. 그랬더니……" 김의영의 목소리가 차츰 잦아들면서 표정이 어두워졌다. 내가 김의영을 재촉했다. "그랬더니?"

"내가 그런 말 하는 게 좀 같잖아 보였나봐. 성적도 그저 그렇고 머리도 별로 안 좋아 보이는 애가 너무 턱없는 꿈을 꾼다고 생각한 것 같아. 독후감 대회에서 상 한 번 탔다고 누구나 작가가 될 수 있는 건 아니라고, 현실을 생각하라고, 그런 얘기를 계속했어. 우리 담임 점잖은 사람이니까 대놓고 그런 얘기를 한 건 아니고 돌려서, 자꾸 돌려서 얘기하더라고. 그러느라고 시간이 많이 걸렸지. 이게 체육관에 못 간 이유야."

내게 사정을 말하는 김의영의 표정이 너무 슬퍼 보여서 나는 더 이상 따져 묻지 못했다. 정작 학교 공부 때려치우고 직업학교 가야 하는 사람은 난데, 우리 담임은 나한테 직업학교 얘기를 꺼내지도 않는다. 학교에서야 나 같은 애를 직업학교 보내버리면 내년 한 해 편안하게 지낼 거라고 생각하겠지만, 직업학교에서도 나 같은 애는 원하지 않는다. 정말 직업학교가 필요한 사람에게는 문을 열어주지 않고, 엉뚱한 애한테 현실을 깨달으라며 직업학교로 등을 떠민다. 젠장, 뭐가 이래?

"박민석, 너도 직업학교 원서 쓰니? 너도 출결 좋지?" "나는 생각 중이야." "왜?" "이것저것 생각하면 직업학교 가는 게 나한테는 딱 맞긴 한데, 나는 축구하느라고 학교생활 제대로 해본 게 올해가 처음이거든. 이제 자리에 앉아 있는 것도 조금 익숙해지고, 친구들도 생겼는데, 직업학교 가면 그걸로 끝일 것 같아서." 젠장, 이래저래 젠장이로구나.

"『달과 6펜스』 읽으면서 와, 이런 사람도 있구나 생각했어. 어떤 일에 푹 빠져서 그 일 아니면 죽어버릴 것 같은 사람, 그래서 길을 찾자마자 뒤도 안 돌아보고 곧장 그 길로 가는 사람 말이야. 그래서 천재라고 하는 거겠지? 이건 닥터 쿠트라가 스트릭랜드의 죽음을 목격했을 때의 장면이야." 직업학교와는 가장 거리가 먼 윤정환이 먼저 이야기를 시작했다. 생각이 복잡해진 우리를 배려해서 한 행동일 것이다.

그는 숨이 막혔다. 이해할 수도, 분석할 수도 없는 감정이 그를 가득 채웠다. 창세의 순간을 목격할 때 느낄 법한 기쁨과 외경을 느꼈다고 할까. 무섭고도 관능적이고 열정적인 것, 그러면서 또한 공포스러운 어떤 것, 그를 두렵게 만드는 어떤 것이 거기에 있었다. 그것은 감추어진 자연의 심연을 파헤치고 들어가, 아름답고도 무서운 비밀을 보고 만 사람의 작품이었다. 그것은 사람에게는 허락되지 않은 신성한 것을 알아버린 이의 작품이었다. 거기에는 원시적인 무엇, 무서운 어떤 것이 있었다. 인간 세계의 것이 아니었다. 악마의 마법이 어렴풋이 연상되었다. 그것은 아름답고도 음란했다.

"맙소사, 이건 천재다."

이 말이 입에서 절로 튀어나왔다. 그는 자기가 무슨 말을 했는지도 몰랐다.

한 번도 만나본 적은 없지만, 이런 사람들이 있겠지. 누구도 할 수 없는 일을 해내는 사람, 세상이 천재라고 부르는 그런 사람. "스트릭랜드는 행복했을까?" 내가 모두에게 물어보았다.

"세상에 공짜는 없잖아. 그런 재능을 가지고 태어났다면 보통 사람의 행복을 바랄 수는 없을 것 같아. 스트릭랜드는 원래 보통 사람들이 바라는 행복을 누리고 있었잖아. 그런대로 괜찮은 직업, 그런대로 괜찮은 아내, 그런대로 괜찮은 평판…… 그런데 그걸로는 만족할 수가 없어서 뛰쳐나간 거잖아." 윤정환이 대답했다.

김의영이 나섰다. "내 생각도 그래. 세상의 기준으로는 판단할 수 없는 자기만의 기준을 가지고 그걸 밀어붙이는 사람인 거지, 천재란."

스트릭랜드는 낄낄 웃었다. 기가 죽은 기색은 조금도 없었다. 남들의 평에는 전혀 신경을 쓰지 않는 모양이었다.

그와 관련하여 가장 헛갈렸던 문제는 바로 이 점이었다. 남들이 어떻게 생각하든 상관하지 않는다고 말하는 사람들이 있지만 그것은 대체로 자신을 속이는 말이다. 그 말은 아무도 자신의 기벽을 모르리라 생각하고 자기 하고 싶은 대로 한다는 것을 뜻할 뿐이다. 또한 기껏해야 자기가 이웃의 지지를 받고 있기 때문에 다수의 의견과는 반대로 행동하고 싶다는 뜻을 나타낼 뿐이다. (……) 나는 남들의 의견 따위는 아랑곳하지 않는다고 말하는 사람을 믿지 않는다. 그것은 무지에서 오는 허세이다.

"그런데 세상 사람들이 다 이런 생각으로 살아간다면 질서가 완전히 무너지지 않을까? 스트릭랜드 같은 사람이 내 곁에 있다면 그렇게 기분 좋진 않을 것 같아." 책을 읽고 나서 김의영이 의심스럽다는 듯이 덧붙이자, "그렇게 제멋대로 사는 게 쉬운 길도 아니잖아. 그러니 이 세상이 오늘도 안녕한 거겠지"라고 윤정환이 말했다. 그래, 안다. 제멋대로 사는 것, 쉬운 일 아니다. 주변의 싸늘한 시선도 견뎌야 하고 온갖 잔소리도 견뎌야 하고 용돈이 끊어지는 것도 참아야 한다. 겪어봐서 안다, 내가. 차이가 있다면 스트릭랜드는 천재적인 예술가로서 개갠 거지만, 나는 아무것도 아닌 채로 개겼다는 정도?

"행복이고 뭐고 따질 수 없는 그런 상황인 거지. 이 길이 아니면 곧 죽을 것 같다고 하잖아, 이 책에서." 박민석이 이렇게 말하며 책을 읽기 시작했다.

"나는 그림을 그려야 한다지 않소. 그리지 않고서는 못 배기겠단 말이오. 물에 빠진 사람에게 헤엄을 잘 치고 못 치고가 문제겠소? 우선 헤어나오는 게 중요하지. 그렇지 않으면 빠져 죽어요."

"어쨌든 좋겠다. 이 사람은 자기 재능에 대한 확신이 있었어. 자기가 뭘 잘할지, 뭘 하고 싶은지 잘 알고 있잖아. 나는 재능도 없지만, 확신도 없는 것 같아. 오늘 담임이랑 면담하면서 그게 제일 괴롭더라고." 김의영이 말했다. "너 글 쓰는 거 하고 싶다며?" "그거? 막연히 그렇다는 거지, 내가 정말 글을 쓸 수 있는지도 모르겠고. 그냥 담임 말대로 독후감 대회에서 상 타본 게 내 경력 중 자랑할 만한 유일한 거니까, 그런 생각을 해본 것 같기도 하고." 대답하는 김의영이 점점 움츠러들었다.

"'내가 뭘 잘할 수 있을까?' 이 질문 앞에서 당당한 사람이 누가 있겠어? 다들 난감하지. 나는 열여덟 살짜리가 이 질문에 확실한 대답을 하는 것 자체가 정상이 아니라고 봐. 우리가 해본 게 있어야 뭘 잘하는지 알지. 난 평생 공부밖에 해본 게 없는데."

"맞는 말이다, 윤정환. 근데 뭘 꼭 잘해야 하나? 뭔가 한 가지라도 특출나게 잘하는 사람도 있지만, 보통 사람들은 그냥 이거저거 두루두루 그만그만하게 하면서 사는 것 아닐까? 그게 정상이지. 난 그래서 스트릭랜드보다 더크 스트로브가 마음에 들더라." 내가 말했다.

"더크 스트로브?"

"있잖아, 스트릭랜드가 아팠을 때 자기 집에 데려가 돌봐준 사람. 그러느라고 자기 마누라도, 자기 집도 스트릭랜드에게 다 빼앗겨버린, 그 바보같이 착한 사람 말이야."

더크 스트로브는, 말하자면, 뚱뚱보 토비 벨치 경의 몸뚱이에 로미오의 열정을 지닌 격이었다. 착하고 너그러운 성품을 가진 사람이었지만 늘 실수투성이였다. 아름다움에 대한 감각은 진짜 훌륭했지만 평범한 그림밖엔 그려내지 못했다. 감성은 유별나게 섬세하면서도 행동은 투박했다. 남의 일에는 뛰어난 수완을 발휘하면서도 정작 자기 일에는 그렇지 못했다. 그처럼 허다한 모순을 안겨주고서 이 사내로 하여금 당혹스럽고 냉엄한 세상에 맞서게 한 걸 보면, 조물주의 장난도 잔인하기만 하다.

"우리는 대부분 스트릭랜드보다는 더크 스트로브에 가깝지 않을까? 그런데도 세상은 스트릭랜드만 보지." 내가 투덜거리며 이렇게 말했다. 김의영이 내 말을 받았다. "그건 스트릭랜드 같은 사람이 결국 대단한 일을 해내니까 그런 거겠지."

이 세상에 정말 기여하는 것은 천재일까, 평범한 사람일까? 어느 쪽이 더 행복할까? 답을 찾지 못한 이야기는 계속 이어졌고, 모임은 여느 날보다 늦게 끝났다. 나에게 조금이라도 재능이 있다면, 그건 뭘까? 김의영은 글을 쓰고 싶어하고, 윤정환은 공부를 잘한다. 박민석은 축구를 잘했었다. 불운만 닥치지 않았다면 지금도 계속 축구를 하고 있었을 것이다. 그런데 나는? 그게 권투일까? 잘 모르겠다. 그래도 내가 스트로브보다는 행복해졌으면 좋겠다.

다음에 함께 읽을 책은 『첫사랑』입니다.
가장 마음에 와닿은 구절을 뽑아 표시해 오세요.
모임은 여러분이 뽑아 온 구절을 다 함께 읽는 것으로 시작합니다.
다음 모임은 12월 셋째 주 수요일 일곱시입니다.
카페 숨: 으로 오세요.

– 주인장

# 11월 마지막 날,
# 정영주만이 할 수 있는 일

이런 날도 있다. 모임 날도 아닌데 수북 멤버가 모두 카페 숨:에 모여 앉아 있었다. 심지어 윤정환까지. 기말고사가 다가오고 있는데, 윤정환이 이런 곳에서 시간을 탕진하다니, 내가 헛것을 보고 있는 건 아니겠지?

"누구냐, 넌? 윤정환을 꼭 닮은 넌 도대체 누구냐?" 내가 입을 열자, 윤정환이 피식 웃었다. "심심하구나. 나한테 시비 거는 것 보니까." "그러게. 심심하다. 뭔가 신나는 일 없을까?" "심심하다? 내가 전에도 말한 적 있지만 인문계 고등학생이……" "시험을 앞두고 심심한 건 정상이 아니라고? 아니야, 정상이야. 네가 하도 오래 비정상 세계에 있어서 순종 정상인 우리를 알아보지 못하는 거야."

내가 계속 윤정환을 못살게 굴자, 김의영이 나섰다. "정영주, 걔는 공부하라고 내버려두고 이리 와서 이것 좀 잡아봐." 공부를 하려면 집에서 하든가, 왜 여기까지 와서 티를 내고 그런담, 하고 투덜거리면서 나는 김의영 옆으로 자리를 옮겼다. 김의영 앞에는 색색깔의 실 꾸러미와 복사한 종이가 놓여 있었다. "이거 뭐야?" "실팔찌." "실팔찌? 너 이런 것도 만들 줄 알아?" "여기 설명서 보고 만들고 있잖아. 근데 이거 누가 잡아줘야 만들기 좋거든. 그래서 여기 온 거야." "누가 있을 줄 알고?" "아까 한 개는 박민석이 잡아줬어." "뭐? 저 덩치가?" 박민석이 저 큰 손으로 실 꾸러미를 잡고 앉아 쩔쩔매는 모습을 상상하니 삐질삐질 새어나오는 웃음을 참을 수가 없었다. 박민석이 완전 관심을 보이며 실팔찌 만드는 걸 배우고 싶어했다는 얘기까지 들은 뒤에는 거의 몸을 뒤틀면서 웃었다.

"너 나한테 심한 편견을 가지고 있는 것 같다. 덩치가 큰 남자라고 해서 이런 거랑 친하지 말란 법 있냐?" 박민석이 나한테 페퍼민트차를 갖다주며 한마디했다.

나도 안다. 실팔찌는 소원을 비는 팔찌다. 직접 실팔찌를 만들겠다고 나섰을 때는 그만큼 간절한 소원이 있는 법, 이 실마리를 놓치면 내가 정영주가 아니다.

"뭐야?"

"뭐가?"

"말해봐. 무슨 소원 빌려고 그러는데?"

"이거? 그냥 만드는 거야. 크리스마스도 다가오니까, 선물로 돌리려고. 그래서 여러 개 만들잖아."

"크리스마스 선물? 내 것도 있어?"

"당연하지. 여러 개 완성해놓으면 그중에 가장 마음에 드는 걸로 골라. 네가 제일 먼저 고르게 해줄게."

여기까지 얘기를 하다가 퍼뜩 내 머리를 스치는 좋은 생각이 있었다. 아, 난 이 방면으로 천재야, 천재.

"우리 크리스마스 파티하자!"

뭔 소리래? 크리스마스 파티? 그런 걸 왜 해? 멤버들의 반응은 기대 이하였다. 스트릭랜드만 불운한 천재가 아니야, 나도 불운한 천재야. 왜 나의 깊은 뜻을 저들은 몰라주는 거야?

"크리스마스이브에 집에 있기도 구차한데, 모임 엮기도 어렵잖아. 사귀는 애들은 자기네들끼리 만나고. 그러니까 외로운 솔로끼리 여기서 뭉치자는 거지. 어차피 주인장님도 외로운 솔로 아냐? 그렇죠?"

주인장은 픽 웃으면서 "마음대로 해. 근데 저녁 시간에는 손님들이 있을 수도 있으니까 2층 방에서 모여"라며 내 아이디어를 밀어주었다. "여기서 모이면 나는 별수 없이 껴야겠네." 박민석이 먼저 백기를 들었다. "누가 그래, 내가 솔로라고?" 윤정환이 한번 버럭해봤지만, 내 말 한마디에 바로 수그러들었다. "그럼, 너 솔로 아니야? 내가 보기에 넌 모태 솔로다."

"김의영, 너는?"

"나는……"

머뭇거리는 김의영에게도 한마디 날렸다. "나 이거 안 잡아준다." 결국 김의영도 크리스마스 파티에 동의했다. 생각해보니 내 재능은 여기에 있는지도 모르겠다. 파티를 만드는 재능. 놀이판을 만드는 재능 말이다. 그딴 것도 재능이냐고 시비 걸지 마라. 이런 걸 박민석이 할 수 있겠냐, 윤정환이 할 수 있겠냐, 아니면 김의영이? 주인장이? 어림없지. 바로 나, 파티의 여왕, 정영주만 할 수 있는 일이라고. 하하핫.

주인장의 편지

# 스트릭랜드가 버린 6펜스는 무엇일까?

제목이 참 특이하지요? 『달과 6펜스』라니, 이게 무슨 뜻일까요? 달과 6펜스는 인간이 추구하는 두 개의 목표를 의미합니다. 이상과 현실, 꿈과 밥, 이게 바로 달과 6펜스입니다. 하늘에 떠 있는 달은 우리가 추구하는 이상을 상징하고, 6펜스는 우리가 원하는 현실적인 목표(돈, 가정, 평안, 안정 등)를 상징합니다. 우리는 달과 6펜스를 모두 얻기를 원하지만, 세상은 달과 6펜스를 둘 다 허락하지 않는 것이 보통입니다.

스트릭랜드는 6펜스의 세계를 버리고 달의 세계로 떠납니다. 처음에 스트릭랜드가 일과 가족을 버리고 파리로 떠났을 때, 사람들은 그에게 여자가 생겼을 거라고, 그래서 사랑의 도피를 선택한 것이라고 생각합니다. 여자와 함께 있는 그를 파리에서 보았다는 목격담도 등장합니다. 하지만 작품의 화자가 스트릭랜드 부인의 부탁으로 스트릭랜드를 찾아 파리로 왔을 때, 스트릭랜드는 사람들의 예상과 달리 허름한 숙소에서 지독하게 궁핍한 생활을 하고 있었습니다. 어떻게 된 연유인지 물어보니 그는 그림을 그리겠다고 답합니다. 그게 자신이 갈 길이라며 확신에 차서 대답합니다. 그림을 그리지 않으면 당장 죽을 것 같다는데 어찌할 도리가 없지 않나요? 스트릭랜드는 매일 빵 한 조각과 우유 한 병만을 먹고 여섯 달을 보낸 적이 있을 정도로 고생을 하면서도 그것을 담담하게 받아들입니다. 가난을 고생이라 여기지도 않습니다.

하지만 여기서 끝이 아닙니다. 스트릭랜드가 버린 6펜스의 세계에는 그의 가족(아내와 자식들)도 포함되어 있습니다. 자신이 궁핍하게 사는 것은 자신의 선택이라지만, 남겨진 그의 가족들은 어쩌란 말인가요? 돈 한푼 주지 않고 아내를 버린 것에 대해 비난하자, 스트릭랜드는 태연하게 대답합니다. 17년간이나 먹여 살렸으니 이제 혼자 힘으로 살아갈 수도 있지 않겠느냐고. 아내를 버리면 안 되는 법이라도 있느냐고 말입니다. 당신의 아내는 혼자 힘으로 살 수 없다고 항변하는 작품 속 화자에게 스트릭랜드는 단호하게 답합니다. "살아보라고 해요."

우리는 그가 아내를 무책임하게 버렸다는 사실에 주목하지만, 스트릭랜드는 아내를 돌본 지난 17년에 주목합니다. 그 정도면 충분하지 않은가, 그만큼 참았으면 나로서도 최선을 다한 것 아닌가, 스트릭랜드는 그렇게 생각했을지도 모르겠습니다.

스트릭랜드가 버린 6펜스의 세계에는 그 자신의 편안한 삶도 있지만, 동시에 우리 사회가 일반적으로 동의하는 도덕, 관습, 예절, 규범 들이 함께 있습니다. 물질적인 것을 포기하고 정신의 세계를 추구한다는 점에서 우리는 그의 고결함을 인정합니다. 그렇게 달을 좇을 수도 있다고 생각하지요. 그런데 스트릭랜드가 규범을 내던져버렸을 때 우리는 그를 비난합니다. 인간으로서 그럴 수는 없다, 이런 이유로 말입니다.

## 스트릭랜드 부인은 왜 남편에게 화가 났을까?

스트릭랜드 부인은 남편이 집을 나간 게 여자 때문이라고 생각합니다. 슬퍼하고 당황하지만, 부인은 말합니다. 남편을 용서하겠다고. 돌아오면 모든 것을 용서하고 받아들일 것임을 분명히 합니다. 남자란 원래 심지가 약하고 여자는 워낙 뻔뻔하니 그럴 수도 있다는 것입니다. 그런데 남편은 여자 때문에 집을 나간 것이 아닙니다. 그림을 그리겠다고 떠난 거지요. 그걸 알게 되자 부인은 화를 냅니다. 남편을 용서할 수 없다고 말합니다.

이상하지 않나요? 여자 때문에 집을 나간 것은 용서하지만 그림 때문에 가족을 버린 것은 용서할 수 없다니? 대개는 그 반대 아닐까요? 더욱이 스트릭랜드 부인은 평소에 예술을 사랑하고, 예술가들을 집으로 불러 모임 갖는 것을 즐겼습니다. 예술을 즐길 줄 아는 사람이라는 평판을 중요하게 생각했습니다. 예술에 대해서는 하나도 모르는 사람이라는 이유로 남편을 무시하기도 했거든요. 그랬던 사람이니, 남편이 예술가의 길을 가겠다고 했을 때 그렇게 화를 낼 이유가 없지 않을까요?

스트릭랜드 부인에게 예술이란 6펜스의 세계에 윤기를 더해줄 정도의 것이지 모든 것을 내버리고 추구할 만한 가치를 가진 것은 아닙니다. 자신과 무관한 누군가가 달을 추구하는 것은 상관없지만, 그것이 남편이라면 얘기가 달라집니다. 스트릭랜드 부인은 똑똑한 여자입니다. 다른 사람은 스트릭랜드의 선택이 어떤 의미를 갖는지 정확히 알아차리지 못할 때, 그녀는 단박에 그 선택의 의미를 알아차립니다. 남편이 완전히 다른 세계로 건너갔다는 것을 말입니다. 바람을 피우는 남편은 아직 6펜스의 세계에 있는 것이지만, 그림을 그리는 남편은 달의 세계로 건너간 것입니다.

앞에서도 말했지만, 달의 세계에 사는 사람에게는 6펜스의 세계가 정해놓은 규칙이 의미가 없습니다. 그래서 6펜스의 세계에 사는 우리는 스트릭랜드를 이해하기가 어렵습니다. 스트릭랜드는 처음부터 끝까지 괴팍합니다. 우리는 그를 좋아하기가 어렵습니다. 그의 방식이 불편하기만 합니다. 의영이가 말한 대로, 달의 세계를 추구하는 사람이 있어야 한다는 것은 알지만, 그리고 그런 삶의 가치도 인정하지만, 그런 사람이 내 곁에 있다는 것은 참기 어려운 일입니다.

> 수상도 그 직을 떠나면 고작 잘난 척하는 말재주꾼이었던 게 아닌가 여겨질 때가 많고, 장군도 부하를 잃으면 저잣거리의 보잘것없는 얘기 주인공으로 떨어지고 만다. 거기에 비하면 찰스 스트릭랜드의 위대성은 진짜였다. 그의 예술이 마음에 들지 않을 수는 있다. 하지만 아무튼 그의 예술이 우리의 관심을 끈다는 사실은 아무도 부인하지 못할 것이

다. 그는 사람의 정신을 어지럽히고 매혹시킨다.

### 더크 스트로브가 스트릭랜드를 끝까지 보살펴준 이유

영주가 더크 스트로브에게 더 애정이 간다는 얘기를 했을 때, 깜짝 놀랐습니다. 더크 스트로브가 스트릭랜드의 파리 생활에서 아주 중요한 역할을 하고 있는데도 저는 더크 스트로브의 존재를 제대로 알아차리지 못하고 있었기 때문입니다. 영주의 이야기를 듣고 더크 스트로브를 세심하게 살펴보면서 책을 한번 더 읽었습니다. 과연! 영주의 혜안에 감탄했습니다.

더크 스트로브는 스트릭랜드의 천재성을 일찌감치 알아본 화가입니다. 자신은 그렇고 그런 그림을 그리면서 어느 정도 먹고사는 화가지만, 다시 말해 예술적 재능은 별로 타고나지 못한 화가지만, 천재의 그림을 알아보는 눈은 누구보다 뛰어난 사람이었습니다. 그래서 스트릭랜드가 병이 났을 때, 아내의 반대에도 불구하고 자기 집으로 그를 데려와서 정성껏 돌봐줍니다. 스트릭랜드는 천재이고, 자신은 천재는 아니지만 천재를 볼 줄 아는 눈이 있다고 말하면서, 세상 사람들은 천재들에게 너그럽고 참을성 있게 대해주어야 한다고 아내를 설득하지요.

더크 스트로브는 그가 베푼 친절 때문에 엄청난 고통을 겪습니다. 아내가 스트릭랜드와 사랑에 빠져버린 것입니다. 게다가 그에게 버림받기까지 하지요. 버림받은 아내는 고통 속에서 죽어갑니다. 그런데도 더크 스트로브는 아내를 '자기 자신보다 더' 사랑하고, 동시에 스트릭랜드도 미워하지 않습니다. 참 바보 같은 사람입니다.

이 바보 같은 사람도 6펜스의 세계의 눈으로 보면 좋은 평가를 받기 어렵습니다. 너무 어리석으니까요. 다른 사람을 보살피다가 자기 신세를 망치는 것은 좋은 일이 아니니까요. 하지만 그는 그렇게 합니다. 스트릭랜드는 천재이니 보살펴줘야 마땅하고, 아내는 자신이 사랑하는 사람이니 끝까지 사랑하는 것이 마땅하다고요. 그런 의미에서 더크 스트로브 역시 달의 세계에 사는 사람이라고 할 수 있습니다. 그는 자신이 그림에 뛰어난 재능을 가지고 있지 못한 것을 한탄했지만, 대신 다른 재능을 가지고 있었던 것입니다. 그는 헌신적인 사랑의 천재입니다.

천재의 그림은 우리 삶에 영감을 줍니다. 그런 그림을 그릴 수 있는 존재가 흔치 않기에 우리는 천재의 존재 가치를 인정합니다. 하지만 예술만 우리 삶을 풍요롭게 해주는 것은 아니지요. 아낌없이 베풀 줄 아는 사람도 우리에게 행복을 줍니다. 그런 사랑을 할 줄 아는 사람은 아주 드물지요. 그런데도 우리는 사랑할 줄 아는 사람의 가치를 잘 알아보지 못합니다. 사랑은 미술관에 전시되어 사람들의 찬사를 받지도 못하고, 교과서에 실려 기억되지도 않습니다. 그건 눈에 잘 보이지 않습니다. 스트릭랜드의 천재성을 알아본 더크 스트로브도 훌륭하지만, 더크 스트로브의 천재성을 알아본 영주도 훌륭하다고 저는 생각합니다.

## 나의 장소는 어디일까?

더크 스트로브는 고향으로 돌아갑니다. 소설에는 더크 스트로브가 고향에서 어떻게 살았는지 나와 있지 않지만, 저는 그가 잘살았을 거라고 생각합니다. 파리는 그의 장소가 아니었던 거지요. 이제 제자리를 찾은 더크 스트로브는 그곳에서 더 많이 사랑할 것입니다. 스트릭랜드는 타히티로 갑니다. 원래 『달과 6펜스』는 서머싯 몸이 화가 고갱의 삶에서 영감을 얻어 쓴 소설입니다. 고갱은 타히티에서 생의 말년을 보내며 많은 명작을 그렸습니다. 그곳이 고갱의 자리이자, 스트릭랜드의 자리인 것이지요.

그렇다면 나의 자리는 어디일까요? 태어나고 자라고 살고 있는 곳이 원래 그의 자리라면 그는 행운을 타고난 사람입니다. 자기 자리를 찾아 헤맬 필요가 없으니까요. 그런데 어떤 사람들에겐 자기의 고향이 낯설게 느껴집니다. 자기가 살고 있는 곳이 계속 살 곳이 아니라 잠시 머무는 곳으로만 여겨지기도 합니다. 그런 사람은 방황을 합니다.

여러분은 어떻습니까? 지금 그 자리가 자기 자리로 느껴지나요? 다행입니다. 자기 자리가 아닌 것처럼 느껴지나요? 그래도 다행입니다. 그곳이 자기 자리가 아닌 것을 느낄 수 있다면, 자기 자리를 만났을 때 제대로 알아챌 수 있을 테니까요. 오히려 큰 불행은 자기 자리를 느끼는 촉수 자체가 기능을 상실한 경우일 것입니다. 스스로를 돌아보는 일 없이, 계속 습관처럼 사는 사람은 느끼는 기능을 상실합니다. 촉수를 잃어버린 거죠. 그런 사람은 자기 자리가 아닌 곳에서, 순간순간 느끼는 불편을 그냥 덮어둔 채 살아가게 됩니다.

## 그들은 왜 만나면 압생트를 마시는가?

『달과 6펜스』를 꼼꼼히 읽었다면, 사람들이 술집에서 압생트를 마시는 장면을 여러 번 발견했을 것입니다. 그들은 왜 만나면 압생트를 마셨을까요? 압생트는 18세기 스위스에 살던 프랑스인 의사 피에르 오르디네르가 약으로 개발한 술입니다. 가격이 저렴하고 아주 독한 술이었다고 하는데요, 오늘날 우리나라 사람들이 소주를 즐겨 마시듯이 19세기 유럽 사람들은 압생트를 즐겨 마셨다고 합니다. 압생트는 녹색 요정이라는 별명을 가지고 있었고, 파리 사람들이 압생트를 즐겨 마시던 오후 5~6시는 녹색 시간이라고 불렸다고 합니다. (정말 이른 저녁부터 술을 마셨죠?)

압생트에는 투존이라는 유해한 성분이 들어 있어서 정신장애, 시각장애를 유발하기도 했다고 합니다. 화가 고흐의 자살이 압생트 때문이라고 주장하는 사람도 있습니다. 고흐가 자살하기 직전에 그린 그림에 유난히 노란색이 많은 것은 압생트의 영향 때문이라며, 결국 압생트가 화가를 죽음에 이르게 했다고 보는 거지요. 압생트를 진탕 마시고 작업하는 것이 당시 예술가들에게는 흔한 일이었던 모양입니다. 독한 술을 마시고 몽롱한 상태에서 작업하면 더 잘되었던 걸까요?

저렴한 가격 덕분에 가난한 예술가들의 사랑을 한몸에 받았던 압생트는 화가들의 그림에도 종종 등장합니다. 소설의 전체적인 전개에 크게 영향을 미치지 않아 책을 읽으면서 잘 포착하지 못하지만, 소설 속에 등장하는 이런 세세한 부분을 발견하고 그 의미를 찾아보는 것도 책을 재미있게 읽는 하나의 방법입니다. 그렇다면 현실의 고갱이, 소설 속의 스트릭랜드가 정착한 타히티는 어떤 곳일까요? 직접 알아보는 것도 재미있겠죠?

# 12월, 윤정환의 이야기

나는 내 손에 있는 실팔찌를
물끄러미 바라보았다.
어떻게 된 일이지?
아무 생각이 나지 않았다.
아무것도 보이지 않아
백지 답안지를 냈던
그날처럼.

열번째 수북

# 『첫사랑』*

이상하게 『첫사랑』을 읽는 내내 설레었다. 기말고사가 끝난 홀가분함 때문일까? 짧은 이야기라서 그럴까? 전에 없이 몰입해서 읽을 수 있었다. 생각해보니 전보다 이야기에 몰입하기가 쉬워진 것 같다. 이야기에 몰입하는 것도 반복을 통해 더 숙달되는 그런 기술인가? 하여튼 내내 주인공과 같이 설레고, 주인공과 같이 절망했다. 다른 멤버들은 『첫사랑』을 어떻게 읽었을까, 궁금했다. 다른 사람의 생각이 이렇게 궁금한 것도 처음인 것 같다. 나, 점점 인간이 되어가나?

---

* 이반 투르게네프 지음, 최진희 옮김, 펭귄클래식코리아

"아침 드라마만 막장인 게 아니네. 이거야말로 막장 아니에요? 아버지랑 아들이 같은 여자를 좋아하다니!" 역시 정영주가 투덜거리면서 등장했다. 저것도 재주라면 재주다. 나만 그런 생각을 한 것은 아닌 모양인지, 다들 고개를 돌리고 웃는다. 심지어 주인장도! 그래, 재주 맞다. 저 주인장을 웃기는 신공이라니! 정영주 허튼짓 만렙이다.

"나는 지나이다가 완전 부러웠어. 이렇게 인기 있는 여자는 얼마나 행복할까?" 김의영이 제일 먼저 얘기를 시작했다. 전에 없는 일이다. 『첫사랑』의 마법인가?

그녀는 오래전에 낡아버린 어두운 빛깔의 드레스에 앞치마를 두르고 있었다. 누가 이 드레스와 앞치마의 주름 한자락이라도 만지게 해준다면 기꺼이 그렇게 할 듯했다. 그녀의 신발 코가 드레스 밖으로 보였다. 나는 경건한 마음으로 이 신발에 절이라도 할 수 있을 것 같았다…… '이렇게 나는 그녀 앞에 앉아 있다. 나는 그녀와 알게 되었다…… 행복하다, 세상에, 이런!' 나는 환희에 차, 하마터면 자리에서 일어날 뻔했다. 그렇지만 맛난 음식을 먹는 아이처럼 발만 조금 흔들었을 뿐이다. 물 만난 고기처럼 나는 꼼짝도 하지 않고 백 년이라도 이 방을 나가지 않을 수 있을 것 같았다.

"물 만난 고기처럼 기분이 좋은 건 어떤 느낌일지 혼자서 오래오래 생각했어. 그건 아주 편안하고, 내가 있어야 할 자리에 있는 것 같은 안도감일 거야. 그러니까 운명의 사람을 만나면 그런 기분이 드는 거겠지?" 김의영이 살짝 들뜬 채로 얘기를 했다. "네가 로맨스를 좋아하는 건 알겠는데, 너 알지? 이거 해피엔드 아닌 거?" 정영주는 꿈 깨라는 말을 저렇게 하는군.

"그래도 그 순간은 행복하잖아. 완벽하게 사랑에 빠졌으니까. 그거면 됐어. 꼭 이루어져야만 사랑이 아니거든." 헛, 김의영, 이 분야에서는 의외로 센걸? 내가 보기에는 김의영 윈.

내가 나서서 김의영 편을 들어주기로 마음먹었다. 나도 사랑에 빠진 주인공을 표현한 부분들이 마음에 들었으니까. 뒷일이야 어찌되었건 사랑은 사랑 아닌가. 우리가 결말을 알고 있다고 해서 그 사람의 사랑을 폄하해서는 안 될 것이다.

의자에 걸터앉아서 마술에 걸린 듯 오랫동안 그대로 있었다. 내가 느꼈던 것은 너무나 새롭고 달콤한 것이었다…… 아주 잠깐 주변을 둘러보고는 꼼짝도 하지 않고 앉아서 천천히 숨을 내쉬었다. 간간이 기억을 떠올리며 소리 없이 웃기도 했다. 나는 사랑에 빠졌고 그 상대가 바로 그녀이며, 이것이 곧 사랑이라는 생각이 들었다. 내 마음이 알싸해졌다. 지나이다의 얼굴은 어둠속에서 내 앞에서 조용히 떠다녔다. 떠다니고 또 떠다녔다.

"이게 사랑, 그것도 첫사랑의 증세인가봐. 완전히 들떠서 잠도 못

자고 헛것까지 보잖아." 내가 이렇게 말했더니, 박민석이 슬쩍 웃었다. "정영주가 너보고 모태 솔로라고 하더니 정말이구나." "뭐, 숨길 일도 아니고, 나는 사랑 같은 것은 대학에 들어간 다음에 해야 한다고 생각하고 있었거든. 그래서 별로 관심을 가져보질 않았어."

"그게 대학에 들어간 다음, 이렇게 결정하면 관심에서 멀어지고 그런 문제냐?" 정영주가 나섰다. 글쎄, 잘 모르겠다. 적어도 지금까지는 가능했다. 사랑에만 관심이 없었던 것이 아니라 다른 사람에 대한 관심 자체가 별로 없었던 것 같기도 하다. 『첫사랑』이 내게 그렇게 덜컥 다가온 것도 너무나 새로운 감정이어서일까? 이렇게 단번에 눈이 멀어버리는 사랑 얘기는 처음 읽어보았으니까.

정영주는 엉뚱하게도 사랑 말고 다른 것을 『첫사랑』에서 발견한 것 같았다. 정영주가 평소답지 않게 살짝 망설이다가 말을 꺼냈다. "나는 블라지미르가 지나이다의 연인이 자기 아버지라는 걸 알게 되는 장면이 인상 깊었어. 누군지 알아내서 죽여버리려고 주머니에 칼까지 넣고 나갔는데, 아버지라는 걸 알고 완전 멘붕에 빠지잖아? 이 심정 알 것 같거든. 나는 우리 엄마 앞에만 서면 한없이 작아지거든."

나는 땅에 맞닿을 정도로 몸을 굽히고 등을 오므렸다. 질투심에 불타 살인도 불사하려던 오셀로가 갑자기 학생으로 변했던 것이다…… 나는 예기치 않은 아버지의 출현에 너무나 당황해서 처음에는 그가 어디로 왔고 어디로 사라졌는지 알아차리지 못했다. 사위가 다시 조용해지자 그제야 몸을 펴고 생각했다. '아버지는 왜 이 밤에 정원에 나왔을까?' 두려움에 나는 칼을 땅에 떨어뜨렸지만 찾을 생각도 하지 않았다. 아주 부끄러웠다.

아버지 앞에서 다시 학생으로 돌아가버리는 그 마음, 나도 알 것 같다. 내게 아버지는 늘 그랬다. 나는 아버지를 떠올리면 항상 뒷모습이 먼저 생각난다. 항상 내 앞에서 걸어가는 아버지의 뒷모습. 아버지는 명문대학과 고시 합격, 그리고 아버지를 위해 준비된 것 같은 성취의 길을 걸어갔다. 내가 낸 백지 답안지는 아버지의 생애에서 첫 좌절이었을 것이다. 아버지로서는 단 한 번도 생각해보지 않았을, 자신의 인생에 도사리고 있으리라고는 상상도 해보지 못한 좌절. 그가 살아온 세상에서는 출구를 찾을 수도 없는 함정. 어찌할 바를 모르는 아버지를 보면서 나는 작은 기쁨을 맛보았던 것도 같다. 내가 해냈다, 저 흔들림 없는 남자를 처음으로 흔들어놓은 것이 바로 나다. 그러나 기쁨은 오래가지 못했다. 내가 아버지를 흔들 수 있는 길이 나를 파괴하는 길인데, 어찌 기쁨이 지속될 수 있겠는가. 정영주가 읽어주는 대목을 함께 읽으며, 나는 첫사랑에 관련된 이야기만 생각하느라 놓치고 있었던 아버지와 아들의 이야기를 새롭게 발견했다. 우리가 서로 다른 존재라는 것은 이렇게 서로 다른 것을 본다는 의미일 것이다.

박민석은 또다른 이야기를 했다. 그 역시 다른 존재니까. "나는 잘 모르겠어. 나는 아버지가 없잖아. 음, 있지만, 둘이나 있지만, 친아버지는 만나본 지가 너무 오래되었고, 지금 아버지는 좋은 사람이지만, 그렇다고 진짜 아버지로 대하기에는 좀 애매하거든." 꺼내놓기 어려운 얘기를 박민석은 별로 어렵지 않게 꺼냈다. 그에게는 어려운 얘기가 아니라 자연스러운 얘기인가?

"아버지가 없다는 건, 넘어서야 할 존재가 없다는 뜻이기도 하지만, 그 이전에 기댈 존재가 없다는 뜻이기도 하거든. 이렇게 아버지에게 사로잡혀 꼼짝도 못하는 정신세계를 공감하는 게 좀 어려워. 엄마도, 나한테는 그냥 안쓰러운 사람이거든. 빨리 자리잡아서 짐이라도 덜어드리고 싶은데, 내가 너무 어리구나, 내겐 그런 생각만 있지. 그냥, 이럴 수도 있겠구나, 하고 짐작은 하지. 나한테는 그렇다는 얘기야."

그러면서 박민석은 책장을 넘겼다. "나는 맨 마지막 장면이 좋았어. 읽어볼게."

> 거기서, 이 가난한 노파의 추한 모습에 나는 지나이다를 떠올리며 두려워졌던 기억이 난다. 그래서 나는 그녀를 위해, 아버지를 위해 그리고 나 자신을 위해 기도하고 싶어졌다.

"벼락처럼 찾아온 첫사랑이 처참하게 끝나고, 그 시절을 그냥 추억으로 회상할 수 있는 나이가 되었을 때, 이 사람은 모두를 측은하게 여길 수 있게 된 거야. 잘 알지도 못하는 노파의 죽음과 지나이다의 죽음을 같이 놓고 생각할 수 있게 되고, 그토록 대단해 보였던 아버지를, 자신의 첫사랑을 망가뜨린 아버지를, 자기 자신을 측은하게 여기는 만큼 측은하게 여길 수 있게 된 거지. 헛살지는 않았다고 생각해, 이 사람."

박민석의 이야기를 듣고 다들 각자의 생각에 빠져 있을 때, 정영주가 침묵을 깨고 말했다. "기억하지? 우리 크리스마스이브에 모여서 파티하기로 한 거. 여섯시에 여기로 모여."

다음 모임을 기약하며 헤어지려는 순간, 김의영이 폭탄선언을 했다.

"정말 미안한데, 나 그날 못 나와."

"뭐? 왜?"

"사실은 나 남친이 생겼거든. 그날 남친이랑 데이트하기로 했어. 너네랑 한 약속이 있어서 좀 마음에 걸렸는데, 원래 솔로끼리 뭉치자고 한 거잖아. 난 솔로가 아니니까 빠져도 되지?"

그날 오지 못하기에 선물을 미리 주겠다며, 우리 모두에게 실팔찌를 하나씩 나누어주었다. 주인장 것도 따로 준비해왔다. 정영주는 어떻게 된 사연인지 진상을 밝히라며 김의영을 쫓아나갔다. 나는 내 손에 있는 실팔찌를 물끄러미 바라보았다. 어떻게 된 일이지? 아무 생각이 나지 않았다. 아무것도 보이지 않아 백지 답안지를 냈던 그날처럼, 나를 둘러싼 세계가 백지로 변한 것 같았다. 화이트아웃.

다음에 함께 읽을 책은 『멋진 신세계』입니다.

가장 마음에 와닿은 구절을 뽑아 표시해 오세요.

모임은 여러분이 뽑아 온 구절을 다 함께 읽는 것으로 시작합니다.

다음 모임은 1월 셋째 주 수요일 일곱시입니다.

카페 숨:으로 오세요. 새해에 만나요.

– 주인장

# 크리스마스이브에 생긴 일

김의영의 불참 선언에도 불구하고 크리스마스이브 모임은 결행되었다. "김의영 말대로 우리는 여전히 솔로니까 솔로끼리 뭉쳐야 한다는 사실에는 변함이 없어"라는 정영주의 단호한 선언 앞에 별다른 반박을 한 사람이 없었기 때문이다.

카페에 손님이 많으면 2층에서 파티를 하려고 했는데, 뜻밖에 손님이 없었다. 혹시 파티 성사를 위해 정영주가 카페로 들어오는 골목에 바리케이드라도 친 것 아닐까, 의심이 들 만큼 손님이 없었다. 오죽하면 주인장이 "박민석, 혹시 나 모르게 카페 문에 '금일 휴업'이라고 써 붙였냐?"라고 물어보기까지 했을까. 천생 돌쇠 박민석은 그 말에 카페 문을 열고 혹시 휴업 공지라도 붙었나 확인까지 했다.

정영주가 나름 괜찮은 분석을 내놓았다. "다른 날이라면 모를까, 오늘 같은 날 이런 데 오고 싶겠어요?" 주인장이 정영주에게 물었다. "이런 데?" "아니, 제 말은 여기가 좀 허름하다……는 말이 아니고요, 좀더 낭만적인 분위기를 찾아갔을 거란 얘기죠. 사실, 여기는 크리스마스 장식도 안 했잖아요. 막걸릿집도 크리스마스 장식을 하는 세상인데 말이에요."

우리끼리 한 테이블 가득 먹을 것을 펼쳐놓고 먹으면서 허술한 농담을 주고받는데, 카페 문이 빠끔 열렸다. 우리의 시선이 동시에 문으로 향했다. 설마…… 손님? 그런데 문을 열고 들어온 사람은 김의영이었다. "아직 파티 안 끝났죠?"

"세상에! 너 오늘 못 온다며?" 정영주가 반색을 하면서 일어나 김의영을 맞이했다. "그렇지? 생각해보니 우리랑 노는 게 더 재미있을 것 같아서 데이트 일찍 끝내고 우리한테 온 거지? 남친도 같이 오지 그랬어." 그러다 김의영의 얼굴을 보고 소리쳤다. "뭐야? 너 무슨 일이야?"

정영주의 놀란 목소리에 나는 김의영의 얼굴을 쳐다보았다. 이런! 김의영은 울었던 모양이다. 마스카라가 번져서 판다가 형님, 하고 갈 얼굴을 하고 있었다. 그런데 조금도 웃기지 않았다. 김의영은 곧 바스라질 것 같아 보였다.

아무렇게나 의자를 당겨 털썩 앉더니 "나 꼴이 엉망인데, 이 꼴로 집에 들어갈 수는 없어서…… 여기로 왔어. 남친이랑 데이트한다고 빼기면서 나왔는데, 우리 언니들이 그럴 줄 알았다며 비웃을까봐. 우리 언니들, 엄청 예쁘거든. 남자들한테 인기도 많고. 그래서 나를 되게 무시해. 이런 꼴로 집에 들어갈 수는 없어" 하면서 한숨을 쉬었다.

묻지도 않았는데 토막토막 털어놓은 이야기를 종합해본즉, 김의영의 남친이란 작자는, 아니 남친이었던 작자는 오늘 데이트 장소에 나타나지도 않고 카톡만 날렸다는 것이다.

"미안. 우리 이제 그만 만나는 게 좋겠어. 그동안 즐거웠어. 안녕."

남친에게 예쁘게 보이려고 저렇게 짧은 치마를 입고 추위에 떨면서 타임스퀘어 앞을 서성거렸을 김의영의 모습이 눈앞에 선명하게 그려졌다. 나도 모르게 욕설이 터져나왔다.

"씨발! 도대체 눈이 어디에 달렸기에 그딴 인간 같지도 않은 놈을 남친이라고 사귀냐, 사귀길!"

"내가 못생긴 데다 센스도 없잖아. 나한테 질렸을 거야. 나 괜찮아. 왜 네가 화를 내고 그래? 화내지 마." 그 와중에도 자기는 괜찮단다. 허, 거울이나 한번 보고 그런 소리를 하시지. "너 못생겼다는 얘기도 이제 그만해. 너 예쁘다니까. 내가 몇 번이나 말했잖아. 왜 안 믿어?"

"윤정환, 이제 그만해. 전에 나한테 편지 장난한 건 네가 좋은 뜻으로 한 일이라고 생각해서 참았지만, 이런 상황에서까지 장난치는 건 아니지." 김의영이 내 말에 발끈하며 대꾸했다. 속이 터진다는 말은 이럴 때 쓰라고 있는가보다. "장난 아니야. 그때 편지도 장난 아니었고, 지금도 장난 아니야. 너 예쁜 거 맞아. 나 너 좋아해. 그러니까 이상한 놈 만나지 말고 나랑 사귀자."

내 말에 카페 안이 일시에 얼어붙었다. 누군가 "그대로 멈춰라!" 한 것처럼. 나도 얼어붙었다. 아, 내가 무슨 소리를 한 거야? 김의영이 "너는 정말 공부 머리밖에 없지? 그걸 고백이라고 하는 거야? 타이밍 좋네" 하면서 자리에서 벌떡 일어나 밖으로 나가버렸다. 그래, 나 공부 머리밖에 없다. 그래도 어쩌냐, 네가 좋은데. 그게 사실인데. 그나저나 큰일났다. 김의영 진짜 화난 것 같은데, 어쩌지?

정영주가 내 등짝을 후려쳤다. "이 공부 바보야! 빨리 쫓아가!"

나는 서둘러 김의영을 쫓아 나갔다. 평생 기억에 남을 크리스마스가 시작되었다.

주인장의 편지

# 정말 많다, 사랑 이야기

진짜 첫사랑이 우리를 강타했습니다. 사랑에 관한 소설이야 흥미진진하지만, 우리 곁에서 현재 진행형으로 이루어지고 있는 현실의 사랑과는 겨룰 수 없을 테니까요. 이번 달 제 편지는 김의영과 윤정환이 만들어낸 후끈한 스토리 덕분에 인기가 없을 것 같습니다. 그러니 『첫사랑』에 대한 이야기는 간단하게 하고자 합니다.

사랑에 대한 이야기는 너무 많아서, 어떤 이야기를 골라야 할지 고심했습니다. 여러분이 알고 있는 사랑 이야기만으로도 아주 긴 목록을 만들 수 있지 않나요? 제인 오스틴의 『오만과 편견』은 18세기에 쓰인 소설임에도 지금까지 끊임없이 영화로, 드라마로 만들어지고 있는 인기 있는 사랑 이야기입니다. 남편이 있는 여자가 다른 남자와 사랑에 빠졌다가 철로에 몸을 던져 자살하는 『안나 카레니나』(톨스토이)도 있고요, 코가 너무 커서 우스꽝스럽게 보이는 외모 때문에 자기 사랑은 접어둔 채 다른 사람을 대신해서 자기가 사랑하는 여자에게 연애편지를 써주는 『시라노』(에드몽 로스탕)도 있습니다. 한 고아 소녀가 자기를 대학에 갈 수 있게 후원해준 사람에게 계속 편지를 쓰다가 사랑이 이루어지는 『키다리 아저씨』(진 웹스터)처럼 해피엔드로 끝나는 사랑 이야기도 있고, 결국은 둘 다 죽음에 이르는 『로미오와 줄리엣』(셰익스피어) 같은 사랑 이야기도 있습니다. 그러니 제가 얼마나 고심했을지 짐작이 가지요?

드라마도, 영화도, 연극도, 그림도, 음악도…… 세상에는 사랑 이야기가 넘쳐흐릅니다. 사랑만큼 우리를 매혹시키는 주제도 없는 모양입니다. 얼마 전에 본 〈행복한 사전〉이라는 영화가 있는데요, 15년 동안 사전 만들기에 매달리는 사람들 이야기입니다. 그중에 '사랑'이라는 단어를 풀이하기 위해 고심하는 장면이 있는데, 정확하게 기억은 나지 않지만, 영화에서 주인공은 사랑을 '일단 빠지면 그 사람 생각만 나서 일도 손에 잡히지 않고, 잠도 잘 수 없는 상태'라고 풀이하더라고요. 그리고 이루어지면 정말 기쁜 상태라고 말하는데, 저는 그 영화에서 놓친 게 있다고 생각합니다. 사랑이 이루어지지 않으면, 사랑이 깨지면, 어떤 상황이 벌어지는지는 말하지 않아요. 이루어지는 사랑도 많지만, 이루어지지 않는 사랑도 정말 많은데 말이에요.

### 첫사랑을 이만큼 실감나게 그려낼 수 있다니!

그 많은 경쟁작을 물리치고 『첫사랑』을 고른 이유가 궁금하지 않나요? 저는 지금까지 이보다 더 절절하고 실감나게 첫사랑에 빠진 사람의 마음을 그린 작품을 보지 못했습니다. 투르게네프의 손에서 창조되는 블라지미르의 첫사랑은 애절하고, 가슴 설레고, 고통스럽습니다. 지나이다에게 한눈에 반해버린 블라지미르는 잠을 이루지 못합니다. 마음속에서 불꽃이 타오르는 것 같습니다.

무엇을 해도 지나이다 생각뿐이고, 지나이다의 말 한마디, 손짓 하나에 울고 웃습니다. 블라지미르는 완전히 지나이다에게 사로잡혔습니다. 그도 그럴 것이, 블라지미르는 이제 열여섯 살이고, 난생처음 사랑에 빠졌으니까요.

첫사랑과 결혼해서 백년해로하는 사람도 있기는 합니다만, 대체로 첫사랑은 행복한 결말과 친하지 않습니다. 첫사랑은 '처음' 하는 사랑입니다. 면역도 없고, 경험도 없습니다. 면역이 없는 순결한 영혼은 자신이 난생처음 경험하는 폭풍 같은 감정에서 헤어나오지 못하고 허우적거리게 됩니다. 원래 사랑이란 강렬한 감정인데, 처음이다보니 더 강렬한 거죠. 게다가 경험이 없기 때문에 마음에 품은 사랑을 현실의 관계로 발전시키는 데 서툴기만 합니다. 감정은 과도하게 분출되고 행동은 서툴기만 하니 좋은 결말에 이르기가 어려운 거죠. 게다가 첫사랑은 대체로 사랑하는 사람과의 관계를 발전시킬 준비를 완전히 갖추기 전에 찾아옵니다. 그 사랑을 결혼과 같은 현실적인 것으로 만들어낼 능력을 갖추지 못했기에, 어린 날에 찾아

온 사랑은 더 어려움에 놓입니다. 바로 블라지미르가 그랬지요. 블라지미르는 대학 진학을 앞둔 청년입니다. 어린아이는 아니지만 그렇다고 어른도 아니죠. 더블칼라가 붙은 재킷(아이의 옷차림) 입는 것을 싫어하고 프록코트(어른의 옷차림)를 입고 싶어하지만 아직도 집에서는 더블칼라 재킷을 입고 있어야 하는 열여섯 살입니다.

## 지나이다는 좋은 여자가 아닌 것 같은데?

처음 『첫사랑』을 읽었을 때 제가 납득하기 어려웠던 것은, 블라지미르가 좋아하는 지나이다가 별로 좋은 여자로 보이지 않는다는 점이었습니다. 지나이다는 자기를 숭배하는 여러 남자들 사이에서 경박하게 행동합니다. 블라지미르를 대하는 태도는 무례합니다. 처음 만나자마자 블라지미르를 볼데마르라는 애칭으로 부르면서 자기는 애칭 말고 그대로 지나이다라고 부르라고 하지요. 그리고 실을 감기 좋도록 잡고 있으라고 시킵니다. 블라지미르가 자기보다 어리다는 생각에 그를 얕잡아 보는 거죠. 이런 점들을 보면 지나이다는 좋은 여자라고 할 수가 없습니다. 그러니 블라지미르가 지나이다를 좋아하는 것이 마음에 들지 않았어요. 순진한 소년이 선수인 여자를 만나서 신세 망쳤구나, 이런 생각이 들지 뭡니까?

이런 생각을 품은 것은 제가 사랑에 대해 잘 몰랐기 때문이죠. 사랑이란 도덕과 나란히 가는 감정이 아닙니다. 우리가 좋은 사람만 사랑할 수 있다면 사랑은 얼마나 안전하겠습니까? 그러나 사랑은 상대의 됨됨이가 아니라 매력에 이끌려 작동하는 것입니다. 오랫동안 상대방의 착한 마음씨나 좋은 행동을 보고 매력적이라고 느껴 사랑에 빠지기도 하지만, 그렇지 않은 경우도 많습니다. 특히 젊은 날의 첫사랑은 보다 충동적입니다. 그냥 어느 날 그 사람의 존재가 내 속에 가득차 숨도 쉬기 어려운 상태가 될 때는 그 사람이 좋은 사람이냐 아니냐가 크게 문제 되지 않습니다.

무도회에서 신데렐라에게 한눈에 반한 왕자가 신데렐라의 인간성에 반했겠어요? 처음 본 순간 푹 빠져들었는데, 알고 보니 인간성도 좋은 여자였던 거죠. 생각해보면 그 왕자, 운도 좋네요. 한눈에 반한 상대가 괜찮은 여자인데다가 그 여자랑 결혼까지 하게 되니 말이에요. 여러분도 알죠? 세상에는 그렇게 운 좋은 사람이 많지 않다는 걸요. 하지만 정말 다행이지 않나요? 사랑과 도덕이 별개로 작동한다니. 저도 좋은 사람이라고 하기에는 하자가 많은데, 이렇게 하자 있는 인간에게도 사랑은 찾아들 수 있다는 뜻이잖아요.

사랑이 도덕이 아니라 매력의 문제라고 하니, 걱정이 더 커지지요? 노력하면 좋은 사람 흉내는 낼 수 있을 것 같은데, 매력은 노력으로 해결되는 문제가 아닌 것 같기도 하니까요. 하지만 사랑이 찾아드는 것과 현실의 사랑으로 발전하는 것은 별개의 문제라고 한다면 안심이 되나요? 상대방의 매력에 빠지는 것으로 사랑이 시작되지만, 그 사랑을 지속시키고 발전시키기 위해서는 매력 그 이상의 것이 필요합니다. 이 단계에서 다시 중요해지는 것은 좋은 사람이 되는 것 아닐까요?

## 아들에게 아버지는 어떤 존재인가?

블라지미르는 아버지를 대단한 사람이라고 생각합니다. 아버지는 능력 있고 멋진 외모를 가졌습니다. 말도 잘 타고 세련된 매너도 가지고 있지요. 열 살 많은 연상의 여자랑 결혼한 아버지는 아직도 젊습니다. 20대 초반의 젊은 여자가 사랑에 빠지는 것은 어느 쪽일까요? 아버지? 아들? 지나이다는 블라지미르의 아버지와 사랑에 빠집니다. 당연한 일입니다. 지나이다 입장에서 보면 블라지미르는 아직 아무것도 모르는 애송이 어린애일 뿐이니까요. 앞으로 이 소년이 얼마나 멋진 신사로 성장할지는 아무도 모르는 일이지만, 우리가 사랑에 빠질 때 상대방의 미래를 두고 사랑에 빠지지는 않으니까요.

블라지미르의 아버지는 아들에게 "할 수 있는 건 너 스스로 취해라. 딴사람 손에 자신을 맡기지 마라. 자신은 자신에게 속해야만 해. 여기에 인생의 모든 것이 있는 거야"라고 충고하지만, 정작 자신이 아들의 사랑을 빼앗은 것이라고는 생각지도 못했을 것입니다. 아버지는 단 한 번도 아들을 사랑의 라이벌이라고 생각해본 적이 없겠죠. 아버지에게 아들은 그냥 아들일 뿐이니까요. 그래서 자신의 '어린' 아들로만 생각해온 아들이 훌쩍 커서 어른이 되어버린 순간, 아버지들은 당황하는 거겠죠. 한때 자신의 아들이었으나 이제 어른이 된 남자를 어떻게 대해야 할지 알 수가 없어서 말이에요.

어쨌든 블라지미르가 훌쩍 커서 아버지를 깜짝 놀라게 할 날은 한참 뒤고, 지나이다 때문에 죽을 것 같은 첫사랑의 광란에 빠져 있는 지금은 그냥 애송이입니다. 블라지미르는 아버지와 대결도 해보지 못하고 패배합니다. 지나이다는 아버지에게 푹 빠져 있습니다. 그 도도하던 지나이다가, 우리의 여왕님이, 아버지 앞에서는 얼마나 저자세인지 충격적일 정도입니다.

> 갑자기 내 눈앞에 믿을 수 없는 일이 벌어졌다. 아버지가 코트의 앞깃에서 먼지를 털어내던 채찍을 갑자기 치켜들었다. 그리고 팔꿈치까지 소매가 올라간 지나이다의 팔을 날카롭게 내리치는 소리가 들렸다. 내 입에서 소리가 터져나오려는 것을 가까스로 참았다. 지나이다는 몸을 떨고는 말없이 나의 아버지를 바라보았다. 그리고 천천히 팔을 입술로 가져가 그 붉어진 상처에 입을 맞추었다.

블라지미르가 우연히 목격한 장면입니다. 지나이다가 매를 맞고도 반항은 커녕 매맞은 자리에 입을 맞추는 모습을 영원히 잊을 수 없을 거라고 블라지미르는 생각합니다. 여자를 때리다니! 블라지미르의 아버지는 좋은 사람이 아니군! 이렇게 생각하고 있나요? 말했잖아요. 사랑에 빠지는 것은 그가 좋은 사람이라서가 아니라고요. 블라지미르를 단번에 사로잡은 지나이다도 사랑 앞에서는 어쩔 수 없었던 거예요.

『첫사랑』의 시작 부분에서 알 수 있지만, 블라지미르는 마흔이 되도록 아무도 사랑하지 않고 결혼도 하지 않습니다. 아직도 지나이다에게서 벗어나지 못한 거죠. 싸워보지도 못하고 패배한 사랑이 섬세한 블라지미르의 마음에 그대로 새겨져, 다시는 아무도 사랑할 수 없는 상태가 되어버렸는지도 모르겠습니다. 생의 단 한 순간이었지만, 이토록 지독하게 사람을 움켜쥐고 놓지 않는 첫사랑도 있다는 것을, 투르게네프는 호소력 있게 우리 앞에 펼쳐보입니다. 수많은 사랑 이야기를 놔두고 『첫사랑』을 고른 두번째 이유가 바로 이것입니다.

## 사랑하고 결혼하고, 그게 다일까?

투르게네프의 『첫사랑』은 이루어지지 않은 사랑 이야기로 우리의 마음을 안타깝게 하지만, 많은 사랑 이야기들이 해피엔드라는 것을 우리는 알고 있습니다. 백설 공주도 왕자님을 만나 결혼했고, 신데렐라도, 잠자는 숲속의 공주도 모두 마찬가지입니다. 우리가 전에 읽은 『제인 에어』도 그렇고요. 이 이야기들을 읽고 사랑이 이루어졌으니 해피엔드다, 라고 생각하는 이유는 무엇일까요? 그들이 결혼했기 때문입니다. 우리 머릿속에 사랑의 완성은 결혼, 그러니 그들의 행복은 당연지사, 이런 공식이 꽉 박혀 있다는 얘기죠.

하지만 현실을 봅시다. 수많은 사람이 이혼을 합니다. 이혼하지 않더라도 죽지 못해 참고 산다면서 불행한 결혼생활을 이어가기도 합니다. 조선 시대처럼 부모님이 정해준 상대를 만나 억지로 결혼한 것도 아닌데 말입니다. 불같은 사랑에 빠져 상대방 아니면 죽고 못살 것 같아서 결혼에 이른 사람도 이혼을 하거나 불행한 결혼생활을 합니다. 이게 대체 무슨 일이랍니까?

우리가 아는 사랑 이야기들이 해피엔드인 것은 행복한 그 순간에 딱 끝나버렸기 때문 아닐까요? 정말 백설 공주는 왕자와 행복하게 잘살았을까요? 숲에서의 자유로운 생활을 그리워하지는 않았을까요? 신데렐라의 결혼생활은 순조로웠을까요? 혹시 별볼일 없는 집안의 구박데기 딸이라며 왕실에서 계속 무시당하면서 하루하루를 눈물로 보내지는 않았을까요? 100년 동안이나 잠을 자다 깨어난 숲속의 공주도 결혼생활이 쉽지는 않았을 겁니다. 세대 차이를 극복하기 어려울 테니까요.

현실의 결혼도 마찬가지입니다. 사랑해서 결혼했지만, 결혼은 그것만으로 충분하지 않습니다. 사랑은 관계를 시작하게 할 수는 있지만 관계를 지속시키기에는 힘이 부족합니다. 사랑은 상대방에 대한 지속적인 관심이며 행동입니다. 어제까지 사랑했다고 해서 오늘 사랑하지 않아도 되는 것은 아닙니다. 그러니 진짜 해피엔드를 위해서는 계속 노력해야 합니다.

그런데 때때로 노력만으로 안 되는 일이 있다는 것을 우리는 잘 알고 있습니다. 사랑이 특히 그렇지요. 하지만 이루어지지 않았다고 해서, 이제는 깨져버린 사랑이라고 해서 그 이전에 했던 사랑의 가치가 줄어드는 것은 아닙니다. 그건 그것대로 가치 있는 일입니다. 최선을 다해 상대방을 사랑했다면, 그것만으로 충분하다는 거죠. 블라지미르의 첫사랑이 보답받지 못하는 것이었다고 해도, 사랑을 얻기 위해 그가 한 행동이 별로 멋지지 않다고 해도 상관없습니다. 그는 진심으로 사랑했고, 그 순간에는 그 정도가 그가 할 수 있는 최선이었을 테니까요. 그는 겨우 열여섯 살이었습니다. 지금의 여러분보다도 어렸네요.

# 1월, 박민석의 이야기

왜 읽는 거지?
별로 책 읽기를 좋아하지도 않았으면서.
내 경우는 아예 책을 읽지도 못했으면서.
하지만 책을 읽으면서
내 안에 어떤 변화가 생겨난 것도 같다.

# 이런 날벼락이라니!

너무 갑작스러운 일이 닥치면 미처 손도 써보지 못한 채 당할 수 있다는 것을 오늘 알았다. 의자와 테이블은 제멋대로 넘어지고, 책장의 책들은 바닥에 내동댕이쳐졌다. 정말 완벽한 난장판이었다. 이제 어쩐다? 나는 수북 멤버들을 둘러보았다.

"일단 정리 좀 하자. 치워야, 모임도 하지." 이럴 때 보면 정영주는 정말 씩씩하다. 위기에 강한 타입이라고 해야 하나? 난세의 영웅이라고 해야 하나? 아까도 제일 믿음직했지. 우리는 정영주가 시키는 대로 카페를 정리했다. 부서진 의자는 한쪽으로 모아놓았다. 내일 낮에 천천히 손볼 참이다. 고물로 가득한 카페 일을 도우면서 내게도 재주가 하나 생겼는데, 그건 삐걱거리는 가구를 손볼 수 있게 되었다는 것이다. 소문이 나서 이 골목에서는 아쉬울 때 나를 찾는 사람들이 좀 있다. 그런데 이 의자는 너무 심하게 부서졌네. 아까 정영주가 부순 의자다. 정영주, 나중에 나랑 얘기 좀 해야겠다.

손이 여럿이니 한 시간도 안 되어 얼추 정리가 되었다. 우리는 자리를 잡고 앉았다.

"죄송해요." 윤정환이 먼저 입을 열었다.

"네가 왜 죄송해?" 주인장이 물었다.

"우리 엄마가 끌고 온 거잖아요, 아까 그 사람들. 죄송해요."

그랬다. 모임이 시작되기 바로 전에 세 사람이 카페에 나타났다. 그러고는 다짜고짜 주인장에게 따지고 들었다.

"알아듣게 얘기했는데, 모임을 계속하면 어떻게 해요?"

"얘기가 통하는 사람인 줄 알았더니, 내가 사람 잘못 봤네."

"학교도 미쳤지. 이런 자격도 없는 사람에게 학생들을 맡기다니."

독설은 끝이 없었다. 주인장은 몇 차례 얘기를 해보려고 시도했지만, 소용이 없었다. 그 정신없는 말 폭탄 속에서 나는 사태를 천천히 알아차렸다.

첫째, 쫓아온 사람 중 하나는 윤정환의 엄마다. 둘째, 윤정환 엄마는 화가 났다. 모범생 아들이 우리 같은 따라지들이랑 모임을 하고 있다는 것 자체가 있을 수 없는 일이라고 생각했지만, 그동안 꾹 참고 있었다. 셋째, 모임에 참가하는 애들뿐만 아니라 주인장마저 하자가 있는 사람이라는 것을 알게 되었다. 윤정환 엄마로선 더이상은 참을 수 없었다. 내 눈치로는 이 정도가 최선이었다.

우리 같은 따라지랑 모임을 같이하는 게 기분 나빴지만 참고 있었다는 말에는 그럴 수도 있겠다고 생각했다. 그런 말을 듣는 것이 기분 좋지는 않지만, 그럴 수도 있겠다고 생각했다. 원래 윤정환이랑 내가 같은 반열에 놓일 사람은 아니지 않은가. 사실은 사실이니까. 그런데 기분이 정말 엿 같았다. 내가 알 수 없는 것은 주인장의 하자 부분이었다. 주인장의 하자란 도대체 뭐지? 엄마들이 왜 저렇게 흥분한 거지?

그런데 그중 한 아줌마가 나를 힐끗 보더니 주인장에게 이런 말을 했다. "쟤는 데리고 산다며? 젊은 여자가 다 큰 남자애를 데리고 사는 것도 볼썽사납잖아." 그러자 윤정환의 엄마가 맞장구를 쳤다. "맞아, 멀쩡한 애 데려다가 이번에는 무슨 사고를 내려고?"

더는 참을 수 없다고 생각하는 순간, 영주가 나섰다. "아줌마들, 누군데 여기 와서 행패예요? 경찰에 신고할 거예요. 당장 나가요!" 신영고 짱 정영주 아직 죽지 않았다고 맨날 큰소리치더니, 그 말이 빈말은 아니었던 모양이다. 그 시끄럽던 아줌마들이 일순 조용해졌다. 그제야 나는 정신을 차리고 주인장 앞을 막아섰다.

정영주가 앞으로 나왔다. "윤정환 어머니세요? 그럼 주인장한테 고맙다고 해야지, 어디서 행패예요? 윤정환이 이 모임 얼마나 좋아하는지 알기나 하세요?"

여자들은 정영주를 보고 혀를 끌끌 차며 자기들끼리 수군거렸다. "거봐, 모임에 순 폭력 학생들뿐이라고 내가 말했잖아. 재 전교에서 알아주는 애야." 정영주가 순간 팩 돌았다. 의자를 집어던지더니, 그 결에 부서진 의자 다리 하나를 손에 쥐고 소리쳤다. "폭력 학생? 그래요. 나 폭력 학생 맞아요. 요즘 폭력 학생 얼마나 무서운지 한번 볼래요?" 그러더니 책장에 꽂힌 책을 미친 듯이 집어던지는 것이 아닌가. 수런거리던 소리가 탁 끊기고 카페 안은 고요해졌다. 정영주의 살벌한 눈빛에 다들 동작 그만 상태가 되어버린 것이었다.

뒤늦게 정신을 차리고 내가 말했다. "말씀 다 하셨으면 이제 나가 주시죠. 아니면, 정말 경찰을 불러야 하나요?" 순식간에 사람들이 가버렸다. 나는 긴장이 풀려서 자리에 털 주저앉고 말았다. 카페 안이 엉망이지만 않았다면 방금 일어난 일이 거짓말처럼 여겨졌을 것이다.

김의영과 윤정환한테 연락한 사람도 정영주였다. 둘은 같이 있었는지 함께 카페로 들어왔다. 윤정환의 시선이 부서진 의자에서 멈췄다. "그거? 넘겨짚지 마, 정영주가 그런 거니까." 내가 설명했다. "이거 몽땅 정영주가 그런 거야. 아까 그 아줌마들은 소리만 질렀지 아무것도 안 부쉈어." 아니다, 부순 게 있긴 있다. 사실은 우리 마음이 부서졌다.

"그게 소리만 지른 거야? 그 아줌마들은 우리한테 칼을 꽂은 거야. 너는 그런 소리 듣고도 참고만 있냐?" 정영주가 공연히 나한테 소리를 질렀다.

윤정환은 주인장에게도 우리에게도 연신 미안하다는 말만 했다. 사실 윤정환이 잘못한 건 없는데, 지금 제일 곤란한 것은 윤정환일 텐데, 그래도 윤정환은 미안하다고 했다. 주인장이 계속 사과하는 윤정환을 막았다. "윤정환, 이제 그만해. 네 잘못도 아닌데, 네가 사과할 것 없어. 일단 정리 좀 하자."

우리는 묵묵히 어질러진 카페를 정리했다. 정영주가 순식간에 벌여놓은 일은 생각보다 견적이 컸다. 정말 한성질 하는군. 하지만 그때 정영주가 나서지 않았다면 내가 나섰을 거고, 그럼 사태는 더 심각해졌을 것이다. 영주는 혼자 미친년처럼 굴면서 그 아줌마들을 일시에 쫓아냈다. 나는 정영주만큼 똑똑하지 못하니 뭔가 사단을 냈을 것이다.

얼추 정리를 마치자 주인장이 우리를 불러모았다. "애들아, 어떻게 할래? 원래 너희는 열 권의 책을 읽기로 되어 있었어. 지난달로 열 권을 채웠고. 그러니까 이제 더이상 책 모임은 안 해도 되거든."

"엥, 벌써 끝났다고요? 그런데 왜 우리한테 말 안 했어요? 난 아직도 두 달 남은 줄 알았지."

"너희가 잘하니까 내 욕심에 이번 달까지만 하자, 그랬던 거야. 학교에도 그렇게 말해놓았고. 그런데 일이 이렇게 되어버렸네. 미안해, 얘들아."

"왜 저희한테 미안한데요?"

"내가 욕심 안 부렸으면 너희가 그런 말 안 들어도 됐을 거잖아. 아까 많이 속상했지?"

속상했나? 속상했다. 기분 나빴나? 기분 나빴다. 그 기분대로라면 사고 한번 제대로 칠 뻔했다. 하지만 나는 맨 마지막에 들은 말이 제일 마음에 걸렸다. 내가 여기서 먹고 자는 것이 다른 사람 눈에 좋지 않게 비칠 수도 있다는 것을, 한 번도 생각하지 못했었다. 내가 주인장을 궁지에 빠뜨린 것이다. 주인장은 모모를 환대해준 마을 사람들처럼, 그냥 나를 친절히 맞아준 것뿐인데.

윤정환이 말했다. "지금 내 주제에 이런 말 하기는 그렇지만, 하기로 한 모임은 하죠. 이런 일 때문에 모임 관두는 것도 자존심 상하잖아요. 책도 다 읽었는데."

"근데 왜 이번 달까지예요? 2월에는 안 모여요?" 김의영이 물었다.

"내가 여행을 가려고." 주인장이 그나마 멀쩡한 테이블 중 하나에 걸터앉아 이야기를 시작했다. "같이 살던 사람이 있었어. 그런데 그 사람이 죽었어. 자살을 했지. 어느 날 일 마치고 늦게 집에 들어와보니 일이 그렇게 되어 있더라."

주인장은 자세히 이야기할 마음이 없어 보였다. 나라도 그 이야기를 구구절절 풀어놓고 싶지는 않을 것 같았다. 너무 바빠서, 사느라 정신없어서 그 사람이 보낸 구조 신호를 읽지 못했던 것 같다고 주인장은 말했다. 하던 일을 그만두고 이사도 했지만, 카페도 새로 시작했지만, 이전 생활로 돌아가는 것은 불가능했다. 특히 외출하는 것이 너무 힘들었다. 돌아와서 무언가 무시무시한 장면을 목격할 것 같은 불안감이 너무 컸기 때문이다. 사람을 새로 만나는 것도 어려웠다. 상대방이 보내는 절박한 구조 신호도 읽지 못하는 둔감함 때문에 또 상대방에게 상처를 입힐까봐.

"제일 힘든 게 뭐였냐 하면 말이야…… 그 사람이 자살한 이유를 아직도 잘 모르겠다는 거야. 내가 그 사람을 너무 외롭게 했나, 내가 모르는 그 사람의 절망은 뭐였을까, 왜 나는 사랑했으면서, 같이 살고 있었으면서 그 사람에 대해 아무것도 몰랐을까, 이런 생각들이 나를 괴롭혀."

주인장이 항상 카페에 틀어박혀 책만 읽는 것을 보고 이상하다는 생각은 했다. 하지만 그 이상 생각해본 적은 없었다. 내가 같이 살아서 제일 좋은 게 물건 사러 나가지 않아도 되는 것이라고 할 때도 그냥 귀찮은 문제가 해결되어서 좋다는 뜻으로 알아들었다. 죽어라 책만 읽는 걸 보고도, 그냥 세상에는 이런 사람도 있구나 생각했다. 그런데 그게 좀 큰 문제였던 모양이다.

"그러니까 아까 엄마들이 몰려와서 한 얘기가 아주 틀린 말은 아니라는 거지. 너희를 지도할 자격이 없는 사람인 것은 맞아."

"그래서 모임 안 한다고요?" 김의영이 울컥한 목소리로 물었다.

"아니, 해야지. 내가 너희 지도할 자격이 없는 사람이라도 책 모임은 할 수 있지. 왜냐하면……"

주인장의 다음 말을 기다리며 우리는 동시에 침을 꿀꺽 삼켰다. 무슨 말을 하려는 걸까?

"왜냐하면 나는 너희를 지도한 적이 한 번도 없거든. 그냥 너희끼리 알아서 잘했잖아?"

주인장은 우리를 보며 용기를 냈다고, 계속 책만 들여다보고 사는 게 정상이 아니라는 것쯤은 자신도 잘 알고 있다고 말했다. "진짜 삶이 책보다 훨씬 우월한 거잖아."

대단히 멋진 말이지만, 내가 주인장의 말을 잘 이해했는지는 자신이 없다. 어쨌든 우리는 셋째 주 수요일에 모여서 책 모임을 하기로 했다. 더이상 안 읽어도 된다는데, 이미 우리의 형기는 끝났다는데, 그런데도 책을 읽자고 하는 우리도 제정신은 아니라는 얘기를 하면서. 우선 저 부서진 의자부터 고쳐야겠다. 정영주, 너 정말!

열한번째 수북

# 『멋진 신세계』[*]

"이 책 정말 재미있었어요."

정영주가 이런 말을 하면서 카페에 도착한 것을 마지막으로 수북 멤버가 다 모였다. 맨날 책에 대해 투덜거리기만 하던 정영주가 이런 말을 한 것은 주인장에 대한 배려일 것이라고 짐작했다. 거칠게 표현하지만, 다른 사람 생각을 제일 많이 해주는 것은 언제나 정영주다.

"나 이 부분 정말 인상 깊었어"라며 정영주가 읽기 시작했다.

---

* 올더스 헉슬리 지음, 이덕형 옮김, 문예출판사

그는 놀라운 사실을 이야기하기 시작했다. 우리의 포드 님의 시대에 이르기 전 상당히 오랫동안, 심지어 그후의 여러 세대 동안, 아이들 사이의 성희는 비정상적인 것으로 여겨졌다. (여기에서 폭소가 터져나왔다.) 아니, 비정상적인 것일 뿐 아니라 실로 부도덕한 것으로 여겨졌던 것이다. (이 말에 "설마!" 하는 외침이 터져나왔다.) 따라서 금지되었었다고 소장이 설명했다. (……)

"청년들까지도." 소장은 이야기했다. "여러분과 같은 청년들조차도 그랬던……"

"정말 그럴 수가!"

"사귀는 애들끼리 손만 잡고 다녀도 학교에서는 펄쩍 뛰잖아. 그런데 소설이기는 하지만, 생각하기에 따라서는 이게 아주 이상하게 받아들여질 수도 있는 거더라고."

"늘 생각하는 거지만, 너는 항상 너한테 딱 맞는 얘기를 책에서 잘도 찾아내더라." 윤정환이 말하자, 정영주가 "칭찬으로 들을게"라며 새침하게 대답했다. "맞아. 국어 시간에 『춘향전』 배울 때 성춘향이랑 이몽룡 나이가 열여섯 살이라는 데서 완전 멘붕이었잖아." 김의영이 정영주의 편을 들어주었다. "하긴, 그런 구절이 있네. '너의 나이 이팔과 나의 나이 사사가 동갑이로구나.'" 윤정환이 『춘향전』의 한 구절을 외웠다. "뭐야? 너 책을 그냥 외우는 거냐? 인간인 줄 알았는데 인간 아니네." 정영주가 충격을 받았다는 듯이 말하자, 윤정환이 "앗, 나도 충격이네. 그럼 너는 책을 안 외운단 말이야? 오호 통재라! 교과서를 안 외우는 인간도 있다니!" 하며 맞받아쳤다.

"저번에 읽었던 『첫사랑』의 블라지미르도 열여섯 살이었잖아." 김의영이 퍼뜩 생각났다는 듯이 말했다. "맞네. 다들 열여섯 살이었네. 한심하다, 나는 벌써 열아홉인데……" 정영주가 한숨을 쉬며 제법 심각하게 대꾸해서 우리는 모두 웃었다. 그런데 거기다 대고 주인장이 "난 스물아홉이다. 어디서 나이 자랑이야?" 했기에 우리는 더 요란하게 웃어댔다. 주인장, 분위기 맞출 줄도 아네?

『멋진 신세계』에 대해서는 나도 하고 싶은 얘기가 많았다. 그중에 이것을 골랐다.

"자, 이것이 바로 진보라는 것이야. 노인도 일하며 노인도 이성과 교합하며 노인에게도 시간이 없게 되었지. 쾌락으로부터 벗어날 여가가 없으며 잠시도 앉아서 생각할 시간이 없어졌지. 또한 불행히도 그들을 혼란에 빠뜨리는 무의미한 시간의 터널이 입을 벌린다면 항상 소마가 대기하고 있는 거야. 유쾌한 소마가 있지. 주말에는 반 그램, 휴일에는 일 그램, 호사스런 동방으로 여행하기 위해서는 이 그램, 달나라의 영원한 암흑 속에서 잠자고 싶으면 삼 그램. 그곳에서 돌아오면 시간의 터널을 빠져 저쪽 편에 와 있게 되는 거야. 매일매일의 노동과 기분전환이라는 견실한 대지에 안

착되는 것이지. 촉감영화로부터 다른 촉감영화로, 이 여자로부터 탄력 있는 여자로, 전자 골프 코스로부터 다른……"

아예 불행을 허락하지 않는 세상이라니! 놀랍지 않은가. 촉감영화, 성애, 전자 골프, 그리고 소마.

"우리에게도 소마가 있으면 어떨까?" 김의영이 모두에게 물었다. 윤정환은 이미 우리에게 소마가 있다고 주장했다. 어디? 어디에서 파는데? 우리가 앞다투어 물어보자, "텔레비전, 인터넷 게임, 홈쇼핑, 이런 거 다 소마 아니야? 현실의 불행을 잊게 하고 행복한 마음으로 바꾸어주는 거 말이야. 약기운 떨어지면 말짱 꽝이지만, 그러면 또 소마를 복용하는 거야. 게임, 게임, 게임. 계속 게임만 하는 애들 보면서 그런 생각 많이 했어." 윤정환의 대답에 잠깐 허탈해졌지만, 생각해보니 옳은 말이었다. 현실을 잊고 당장의 즐거움에 빠지라고, 고민하지 말고 즐겁게 살라고 세상은 우리를 부추긴다. 우리는 즐거운 마음으로 거기에 복종하고. 이 문제에 대해 같이 생각해볼 것이 있다며 김의영이 책을 읽기 시작했다.

"하지만 저는 불편한 것을 좋아합니다."

"우리는 그렇지 않아." 총통이 말했다.

"우리는 여건을 안락하게 만들기를 좋아하네."

"하지만 저는 안락을 원치 않습니다. 저는 신을 원합니다. 시와 진정한 위험과 자유와 선을 원합니다. 저는 죄를 원합니다."

"그러니까 자네는 불행해질 권리를 요구하고 있군그래."

"그렇게 말씀하셔도 좋습니다." 야만인은 반항적으로 말했다. "불행해질 권리를 요구합니다."

"그렇다면 말할 것도 없이 나이를 먹어 추해지는 권리, 매독과 암에 걸릴 권리, 먹을 것이 떨어지는 권리, 이가 들끓을 권리, 내일 무슨 일이 일어날지 몰라서 끊임없이 불안에 떨 권리, 장티푸스에 걸릴 권리, 온갖 표현할 수 없는 고민에 시달릴 권리도 요구하겠지?"

긴 침묵이 흘렀다.

"저는 그 모든 것을 요구합니다." 야만인이 마침내 입을 열었다.

불행해질 권리라니! 우리는 이 문제를 두고 많은 이야기를 나누었다. 행복도 좋지만, 불행도 우리 삶의 한 부분인데, 이걸 부정하고는 제대로 살아갈 수 없다는 것이 우리의 결론이었다. 좋은 쪽을 보는 것도 필요하지만, 그렇다고 나쁜 쪽을 부정하는 것은 올바르지 않다. 덮어둔다고 해서 문제가 해결되는 것은 아니니까. 진짜 삶의 기쁨은 불행을 똑바로 바라보는 것에서 시작되지 않을까? 내가 만약 내 좌절을 들여다보기 싫어서 게임에 빠져들었다면, 나는 계속해서 좌절과 문제를 남겨두고 있었을 것이다. 해결 실마리도 찾지 못했을 것이다. 소마 없이는 살지 못하는 사람이 되었을 것이다. 내 좌절이 이처럼 다행스럽게 느껴지기는 처음이었다.

이번에는 윤정환이 책을 읽었다.

"셰익스피어도 읽고 있습니까?"

그들이 도서관을 지나 생화학실험실로 가고 있는 도중 야만인이 물었다.

"전혀 읽지 않습니다." 여학생감이 얼굴을 붉히며 말했다.

"우리 도서관에는" 개프니 박사가 말했다. "오직 참고서류밖에 없습니다. 학생들은 기분전환이 필요하면 촉감영화관에 가면 됩니다. 학생들에게 고립적인 오락은 권장하지 않습니다."

"『멋진 신세계』에 따르면, 우리는 책을 읽으면 안 되는 거야. 이런 고립적인 오락은 좋지 않은 거지. 행복에 도움이 되지 않는다잖아." 윤정환이 웃으며 덧붙였다. 그런데도 모여서 책을 읽는 우리. 왜 읽는 거지? 별로 책 읽기를 좋아하지도 않았으면서. 내 경우는 아예 책을 읽지도 못했으면서. 우리는 왜 책을 읽는지에 대해서 『일반적이지 않은 독자』와 『연애 소설 읽는 노인』까지 다시 가져와 이야기를 계속했다. 다들 그럴듯한 답을 찾아냈지만, 나는 왜 책을 읽어야 하는지 아직도 잘 모르겠다. 하지만 책을 읽으면서 내 안에 어떤 변화가 생겨난 것도 같다. 그 변화가 무엇인지 잘 몰라서 답답하기는 하지만.

모임은 늦게 끝났다. 이번이 수요일의 북클럽에서 주인장과 함께 하는 마지막 시간이기에 우리는 이 시간을 되도록 오래오래 누리고 싶었던 것 같다. 모임이 끝날 때쯤 주인장이 라면을 끓여주었다. 주인장도, 우리도 모두 맛있게 심야 라면을 먹었다. 내일 아침 얼굴이 퉁퉁 부을 거라는 김의영의 걱정은 못 들은 척했다. 나는 밤에 라면 먹는다고 얼굴이 붓거나 하는 일을 한 번도 겪은 적이 없었다. 물론 이 말을 김의영에게 하지 않을 정도의 눈치는 내게도 있다.

주인장의 편지

# 소설가들이 어떻게 미래를 예언할 수 있을까?

수많은 작가가 미래를 상상한 글을 썼습니다. 쥘 베른은 『80일간의 세계 일주』나 『해저 2만 리』 같이 과학기술이 발달한 미래의 모습을 상상한 모험 가득한 소설을 썼죠. 조지 오웰은 빅브라더와 텔레스크린이 지배하는 미래 사회의 모습을 그린 으스스한 소설 『1984』를 통해 아주 우울한 미래를 우리 앞에 펼쳐보였습니다. 이들이 소설에서 그린 미래는 많은 부분 현실이 되어 우리 앞에 있습니다. 과학기술은 80일보다도 훨씬 단축된 시간 내에 지구를 한 바퀴 도는 것을 가능하게 만들었고, 도처에서 우리의 일거수일투족을 감시하는 CCTV를 보면 텔레스크린이 그저 공상 속의 일이 아니라는 것을 알 수 있습니다.

소설 속에서 작가가 그려낸 미래 사회의 일이 정말 현실에서 실현되는 것은 작가가 예언가적 능력을 지녔기 때문일까요? 그보다는, 훌륭한 작가는 당대의 현실을 누구보다 면밀하게 살피고 그것의 본질을 파악하는 능력을 가지고 있기 때문이라고 생각합니다. 미래는 과거와 현재의 연장선상에 놓여 있습니다. 그냥 어느 날 갑자기 닥쳐오는 미래는 없습니다. 어제와 오늘이 모여 내일의 내가 되는 것과 같은 이치입니다. 그러니 현재를 제대로 통찰한다면 미래를 예측하는 힘이 생기게 되는 것이지요. 지금 이대로 간다면 앞으로는 이렇게 되겠군, 하면서 말입니다.

또한 작가의 작품 자체가 미래를 만들어내기도 합니다. 쥘 베른의 작품에는 잠수함, 비행기계, 입체영상장치, 뉴스 방송, 화상회의, 태양돛배 등이 등장합니다. 과학자들 가운데에는 쥘 베른의 책을 읽으며 소설 속의 이야기를 현실에 실현시키겠다는 꿈을 꾼 사람도 있을 겁니다. 책에서 읽고 깊은 감명을 받았다면 그걸 실현시키고자 하는 꿈을 꾸는 것도 이상한 일은 아니겠지요. 이렇게 현실과 작품이 서로 영향을 미치면서 미래를 예언하는 일이 가능해진 것이라고 저는 생각합니다.

올더스 헉슬리도 마찬가지였을 겁니다. 무의미한 오락에 탐닉하면서 현실의 문제를 잊으려는 당대의 사람들을 보면서, 이대로만 간다면 아무도 불행을 느끼지 않도록 고도로 조종되고 통제되는 사회가 출현하는 것도 이상할 바 없다고 생각했겠지요. 『멋진 신세계』가 발표된 시기는 1932년입니다. 제1차 세계대전이라는 비극을 겪은 뒤 세계는 유례없는 대공황을 경험하면서 어려운 날을 보내고 있었습니다. 뒤이어 제2차 세계대전이 발발하게 되지요. 이런 시기라면 인류는 모두 깊은 고뇌에 빠져 있어야 맞을 텐데, 세상은 그렇지 않았죠. 헉슬리는 이에 대해 경고하고 싶었을 겁니다. 불행을 잊고, 그냥 순간의 행복만 맛보며 살기를 원하니? 그런 소망이 이루어진 세상이 정말 좋은 세상일 것 같아? 이렇게 묻고 싶었겠죠.

## 정말 소마가 있을까?

『멋진 신세계』의 예측은 너무나 잘 맞아떨어져서 오싹할 지경입니다. 그중에 가장 인상 깊은 것은 소마입니다. 작품 속 사회에서 사람은 수정이 이루어지는 순간부터 유전자 조작 기술을 통해 각자 자기 일에 만족하고 행복을 느낄 수 있게끔 설계되어 태어나지만, 그래도 행복하지 않다고 느끼는 순간이 있을 수 있습니다. 이런 때에 대비해서 쾌락을 느낄 수 있는 각종 오락거리들이 제공되는데, 가장 효과 있는 것은 소마입니다.

필요에 따라 적당한 양을 먹으면 행복에 빠질 수 있습니다. 이런 약이 과연 있을까? 똑같은 약은 아니지만 비슷한 약은 있습니다. 우울증에 처방하는 항우울제가 비슷한 효과를 낸다고 합니다. 우울함을 덜 느끼도록 조절해주는 약일 뿐, 우울증 자체가 치료되는 것은 아니라고 하네요.

그런데 언제부터 우울증이 병이 되었을까요? 우리는 살면서 우울해질 때도 있고 불행하다고 느낄 때도 있습니다. 당연하죠. 어떻게 매일매일 태양이 빛나는 날만 이어지겠어요? 비 오는 날도 있고 흐린 날도 있기 마련입니다. 하지만 20세기 들어 우울감이나 불행감은 질병 취급을 받게 됩니다. 약으로 조절해야 하는 증상이 되어버린 거죠. 물론 그 정도가 심한 경우에는 문제가 될 수 있을 것입니다. 문제는 우울증 진단이 너무 쉽게 내려지고 항우울제 처방이 당연한 듯 뒤따른다는 것입니다. 많은 사람을 환자로 만들면서 돈을 버는 것은 항우울제를 생산하는 제약회사와 그 '환자'를 치료하는 의사들이겠죠. 『멋진 신세계』가 쓰인 시기, 그리고 마음의 기능적 장애를 다루는 일이 정신과 의사들의 분업으로 특화된 시기가 모두 1930년대라는 것이 우연의 일치는 아닐 것입니다. 헉슬리가 마음의 상태를 약으로 조절하려는 당시의 시도들을 우려한 것이라고 생각됩니다.

『멋진 신세계』의 소마는 이중의 의미로 읽을 수 있습니다. 마음의 상태를 조절해서 우울감과 불행감을 없애고 행복한 상태로 만들어주는 약을 의미하기도 하지만, 동시에 약이 아니더라도 행복한 상태로 만들어주는 다른 여러 가지를 의미하기도 합니다. 말하자면 촉감영화나 소마는 동의어라는 거죠. 지금 우리 사회에 만연해 있는 전자 게임들은 대표적인 소마입니다. 나아가 지금 여러분의 손안에 있는 스마트폰도 소마입니다. 어딜 가든 사람들은 스마트폰에 몰입해 있습니다. 지금 내 곁에 있는 누군가와 직접적인 교류를 하기보다는 스마트폰과 교류하기를 선택합니다. 게임을 하는 동안, 스마트폰에 몰입하는 동안, 복잡한 현실의 문제는 잊힙니다.

문제는 그로부터 얻을 수 있는 행복감이 일시적이라는 것입니다. 항우울제가 우울증을 근본적으로 치료해서 진짜 행복한 상태에 이르게 해줄 수 없는 것과 마찬가지로 게임도, 스마트폰도 그 효과가 일시적입니다. 그것에서 손을 떼고 현실로 돌아가는 순간, 현실은 더욱 참을 수 없는 것이 되어버립니다. 그래서 다시 게임이나 스마트폰에 손을 뻗치게 됩니다. 우리가 이런 '인공 행복'을 선택하는 동안 게임 산업이나 이동통신 산업은 큰 돈을 벌고 있습니다.

## 왜 책을 읽는 것을 금지할까?

『멋진 신세계』 속 세계는 독서를 금지합니다. 그것은 세계 국가의 시간을 낭비하는 일이며, 조건반사 작용을 약화시키는 일이라고 생각하기 때문입니다. 오락을 원한다면 촉감영화를 보라고 권유합니다. 셰익스피어를 좋아하는 존이 셰익스피어에 대해 묻자, 그런 고립적인 오락은 권장되지 않는다는 답이 돌아옵니다.

독서의 핵심은 책을 통해 자신만의 세계를 구축하게 된다는 것에 있습니다. 하지만 멋진 신세계는 개인의 개성이 불필요하고 비효율적이라고 믿는 세계입니다. 오죽하면 동일한 수정란을 분열시켜 96개의 생명체로 탄생시키겠습니까? 똑같은 인간이 똑같은 기계를 똑같은 조건에서 조작할 때 일의 효율이 훨씬 높아진다고 믿는 거예요. 그런 세상에서 독서는 정말 거추장스러운 일입니다. 책을 읽어 각자의 정신세계가 만들어진다면 사람들을 일사불란하게 움직이도록 할 수가 없습니다. 게다가 현실을 통찰하는 능력이나 비판의식이라도 생겨버린다면? 그런 일이 생기지 않도록 책 읽기를 금지하는 것입니다. 마찬가지 이유로, 글을 쓰는 행위도 권장되지 않습니다. 뭐든 자기만의 세계를 가지는 것은 효율적이지 않다는 거죠. 가정을 갖는 일도, 지속적으로 누군가와 연애를 하는 일도 수치스러운 일이라고 생각하도록 교육합니다. 그렇게 함으로써 효율적인 세계를 만들어가는 거지요.

책을 읽지 못하게 하는 사회를 그린 소설은 『멋진 신세계』 말고도 여러 편이 있습니다. 그중에 레이 브래드버리의 『화씨 451』은 책을 불태워 없애버리는 사회를 그리고 있습니다. 소방관(영어로 fireman이죠?)은 불을 끄는 사람이 아니라 책을 불태우는 직업을 가진 사람입니다. 조지 오웰의 『1984』에서도 독서와 글쓰기가 금지된 사회가 그려집니다. 점점 순간의 쾌락을 좇으며 책 읽기와 글쓰기를 멀리하는 사람들을 보며 많은 작가들이 근심에 빠졌던 게 확실합니다.

### 수선하는 것보다 버리는 편이 좋다고?

『멋진 신세계』 속 사회는 수면중 조건반사 교육을 통해서 사람들에게 그 사회의 가치관을 끊임없이 주입합니다. 예를 들어, 베타 계급에게는 베타 계급이 가장 행복하다는 가치관을 주입하고 엡실론 계급에게는 엡실론 계급이 가장 행복하다는 가치관을 주입합니다. 그래서 이곳의 사람들은 다른 계급을 부러워하거나 넘보지 않고 자기의 삶에 완전히 만족하며 살아갑니다. 그러니 사회는 놀라울 정도로 안정적입니다. 비판하는 사람도 없고 도전하는 사람도 없기 때문입니다.

학교에서 학생들을 성적순으로 줄 세우고, 성적이 좋은 사람이 좋은 상급학교에 진학하고 높은 소득을 보장하는 직장을 갖는 것이 당연하다는 생각을 학생들에게 내면화하는 것도 마찬가지 아닐까 생각해보았습니다. 뭔가 부당한 일을 당해도 이건 내가 학교 다닐 때 공부를 못한 탓이니까 별수없어, 이런 생각을 하게끔 만드는 것은 아닐까요? 특히 그 줄 세우기에서 중요한 것이 비판 정신과는 별로 관계가 없는 수학이나 영어 같은 과목이라는 점을 생각해보면 제 의심은 커져갈 수밖에 없습니다.

『멋진 신세계』 속 사회가 수면중 조건반사 교육을 통해 사회 구성원들에게 주입하는 가치관 중 하나는 소비를 부추기는 것입니다.

> "낡은 옷은 나쁜 것이야." 지칠 줄 모르는 속삼임이 계속되었다. "우리는 늘 낡은 옷은 던져버린다. 수선하는 것보다 버리는 편이 좋다. 수선하는 것보다 버리는 편이 좋다. 수선하는 것보다……"

어디서 많이 들어본 말 같지 않나요? 지난번에 카페의 냉장고가 고장나서 수리를 신청했더니 애프터서비스 기사가 와서 제게 그러더라고요. "수리하려면 부품 값이 많이 드는데, 이참에 새것으로 교환하시는 게 어때요? 어차피 이거 구형이라 고쳐도 오래 못 쓸 텐데요." 스마트폰에 이상이 생겼을 때도 고치지 말고 새로 사라는 권유를 받죠? 아이폰은 아예 배터리 분리가 안 되도록 설계되어 있어서 배터리의 성능이 약해지면 기계 자체를 새로 구입하도록 유도하고 있습니다.

고장이 나지 않았어도 우리는 새것을 사고 싶어합니다. 작년에 샀던 가방이 아직 멀쩡하지만(요즘은 정말 제품이 튼튼합니다!) 너무 유행에 뒤떨어졌다는 생각이 듭니다. 사용하던 화장품이 아직 많이 남아 있지만 피부를 더욱 아름답게 가꾸어주는 새 화장품이 나왔다고 하니 마음이 흔들립니다. 왜 이런 일이 생겨나죠? 광고 때문입니다. 멋진 신세계에만 수면중 조건반사 교육이 있는 것이 아닙니다. 우리 사회에서는 광고가 그 역할을 대신합니다.

### 불행해질 권리가 필요할까?

멋진 신세계가 요구하는 대로만 살면 그는 늙지도 병들지도 않을 수 있습니다. 마그네슘과 칼슘의 비율을 서른 살 때의 수준 이하로 떨어지지 않도록 조절하고, 젊은 피를 수혈하고, 신진대사를 항상 자극해줌으로써 나이를 먹어도 늙지 않을 수 있도록 한다는 거예요.

보톡스 주사를 맞고, 주름살을 없애는 성형수술을 하고, 건강식품을 복용하면서 젊음을 유지하려고 안간힘을 쓰는 우리 사회의 모습을 보는 것 같지 않나요? 자, 조금만 노력하면 우리도 늙지 않을 수 있지 않을까요? 희망이 보입니까?

그런데 야만인 존은 불행해질 권리를 요구하며 죽습니다. 불행해질 권리? 이상하지 않나요? 행복만 추구하기에도 모자란 인생에서 왜 불행해질 권리를 요구하는 걸까요? 존은 세상이 그에게 허락하는 행복이 진짜 행복이 아니라는 것을 알았기 때문입니다. 인공 행복을 얻는 대가로 자기 세계를 갖는 것도, 진짜 사랑을 하는 것도, 도전하여 성취하는 기쁨도, 신을 믿고

기도하는 기쁨도 다 포기해야 한다는 것을 알고 있었기 때문입니다. 소마에 취하고, 촉감영화에 빠져들고, 수면중 조건반사 교육에 세뇌되어 인공행복에 만족하는 삶이 결코 좋은 삶이 될 수 없다고 믿었던 것입니다.

율리 체의 『어떤 소송』이라는 소설에는 건강을 의무로 규정짓는 사회가 등장합니다. 모든 질병, 병균, 바이러스 등은 철저히 통제됩니다. 이런 사회에서 건강을 해치는 행위는 불법입니다. 체포되어 재판에 회부되지요. 동생의 죽음에 상심하여 건강을 잃은 주인공이 겪는 재판이 『어떤 소송』의 중심 줄거리입니다. 건강한 것, 좋죠. 하지만 그것을 국가가 관리하면서 그가 무엇을 먹고 운동을 얼마나 하고 건강관리를 어떻게 하는지 일일이 체크하는 것은 사생활을 침해하는 것입니다. 이런 사회에는 사생활이 없습니다. 건강도 중요하지만 사생활도 중요하죠. 자유도 중요합니다. 개인의 영역에 해당하는 것을 무리하게 국가가 관리하려고 하는 것은 그 의도가 아무리 좋다고 해도 결국 나쁜 결과를 가져올 수밖에 없습니다.

알렉스 쉬어러의 『초콜릿 레볼루션』 속 국가는 국민의 건강을 위해 초콜릿을 금지합니다. 국민 건강에 좋다는데 뭐가 잘못이냐고 생각할 수도 있겠지만, 『초콜릿 레볼루션』의 주인공들은 다르게 생각합니다. 즐거움, 기쁨, 아량, 축하, 행복…… 이 모든 것들은 건강에 좋은 것이라고 주장하죠. 이것들이 우리가 살아가면서 피할 수 없는 삶의 고통과 불행을 어루만져주고 살아갈 힘을 주는 것들인데, 초콜릿을 금지하는 국민건강당이 집권하면서 모든 것을 망쳐버렸다는 것입니다. 지나친 규제는 아무리 그 의도가 좋다하여도 사람을 불행하게 만들 수밖에 없습니다.

자유를 누린다는 것은 스스로 선택하고 결정을 내린다는 것입니다. 사람들이 다양한 가치를 추구하고 행복을 느끼는 지점은 저마다 다릅니다. 그런데 이걸 누군가가 일괄해서 결정해주는 것 자체가 인간의 존엄을 훼손하는 일인 것입니다. 존이 요구한 불행해질 권리란 스스로 선택하고 결정을 내릴 권리를 말하는 것입니다. 그 자유를 누리기 위해서는 지금 누리는 인공 행복을 포기해야 한다는 것을 잘 알고 있기 때문에 불행해질 권리라고 표현한 것이죠. 순도 100퍼센트의 인공 행복보다는, 불행이 드문드문 섞여 있을지라도 내 방식대로의 불완전한 행복을 추구해야 한다고 우리에게 말하고 있는 겁니다.

이제 잠시의 이별을 앞두고 인사를 해야겠습니다. 자기보다 훨씬 더 나이를 먹은 저를 두고 민석이가 '50퍼센트 어른'이라고 말한 적이 있는데, 이 말을 깊이 새기려고 합니다. 돌이킬 수 없는 어제에 묶여 한 걸음도 나가지 못했던 저 스스로를 격려하면서 이제 앞으로 나가보려고요. 돌아올 때는 좀더 자라 있겠습니다. 그래도 제 속의 어린아이를 다 버리지는 않고 10퍼센트 정도는 데리고 살려고 합니다. 고맙습니다. 여러분이 저를 키웠습니다. 그동안 수고 많았어요. 여러분에게 최고의 19세가 펼쳐지기를 마음 모아 기원합니다. 소마가 주는 인공 행복 말고 얼룩덜룩 불행이 묻어 있어도 진짜 내 것인 행복을 찾아봅시다.

# 2월 다시, 박민석의 이야기

우리는 스스로를 너무나 별볼일 없는
존재로 생각하고 있었던 것이다.
그 생각이 우리를 망치고 있었는지도
모르겠다.
우리는 서로에게 진심을 담아 말해주었다.
너는 네가 생각하는 것보다
훨씬 괜찮은 놈이라고.

# 우리가 뭘 했지?

2층에서 기척이 느껴졌다. 짐을 다 쌌나보다. 나는 한달음에 2층에 올라가 커다란 배낭을 들고 내려왔다.

"출발하시려고요?"

"응, 이제 가려고. 나 없는 동안 카페 좀 부탁할게. 내가 부탁해놓았다는 그 친구도 카페는 처음이니까 네 도움이 많이 필요할 거야. 미안해. 고3한테 이렇게 짐을 맡기고 가네."

"고3이라고 다 같나요? 저는 별로 상관없으니 걱정하지 말고 다녀오세요. 잘할지는 모르겠지만, 어쨌든 노력해볼게요."

"민석아." 버스 정류장까지 들어다주려고 배낭을 들고 나서는데 주인장이 나를 불렀다. "네?" 하고 돌아서자 주인장이 나를 껴안았다. 주인장의 작은 키에 맞춰주느라 엉거주춤 자세를 낮춰야만 했다.

버스는 맞춤하게 나타났고, 이별의 시간은 짧게 끝났다. 나는 뒤꽁무니가 보이지 않을 때까지 내내 버스를 바라보았다. 카페로 돌아가는 길, 차가운 바람이 불었다. 아직 날씨가 추운데, 좀더 따뜻해질 때까지 기다리지 않고 바로 짐을 꾸린 주인장이 걱정되었다. 생각해보면 그 짐을 꾸리는 데 걸린 시간이 몇 년이라고도 할 수 있으니, 마음먹었을 때 길을 재촉한 주인장의 심정을 짐작 못하는 바도 아니었다.

어제저녁에는 수북 멤버들이 모두 모여 송별회를 하느라 카페 숨:이 북적거렸다. 오늘 아침까지는 주인장이 있었다. 그러나 지금은 나 혼자다. 공연히 감상에 빠져서 한참을 앉아 있다가 책꽂이에서 책을 한 권 뽑아들었다. 몇 페이지 읽다가, 갑자기 생각났다. 항상 책을 읽고 있던 주인장의 모습이 떠올랐다. 아마존의 오두막에서 책을 읽고 있을 노인의 모습도 떠올랐다. 아, 외로움이었구나!

전에 수없이 많은 사람들이 책을 읽었고, 지금도 그렇다는 것은 그만큼 외로운 사람들이 많다는 의미일 것이다. 외로운 이들이 그리 많다는 것은, 외로움이 특별한 것이 아니라 밤이 되면 졸리고 끼니때가 되면 배가 고픈 것처럼, 그렇게 누구에게나 흔하게 닥치는 자연스러운 일이라는 의미일 것이다.

여기까지 생각하고 있는데, 카페 문이 열리고 정영주가 들어왔다. 내가 웃었다. 정영주도 나를 보고 웃었다. 내 앞에 있는 열쇠 꾸러미를 보면서 물었다. "이거 뭐야?" 내가 대답했다. "주인장이 나한테

던져주고 갔어. 당분간, 사실 이 당분간이 얼마가 될지는 모르겠지만, 하여튼 당분간은 내가 이 열쇠의 관리자야."

"하여간 주인장 생각 없는 건 알아줘야 해. 열쇠가 일곱 개나 되는데 무슨 열쇠인지 하나도 안 적어놨잖아. 열쇠만 보고 단박에 이건 어디 열쇠, 하고 딱 알아챌 만큼 총기가 넘치는 사람도 아니었는데…… 아마 매번 열쇠를 이것저것 넣었다 뺐다 했을 거야. 하긴, 급하게 문을 열고 닫을 만한 일이 생기지도 않았겠지. 주인장, 거의 외출도 안 하는 사람이었으니까." 정영주가 열쇠 꾸러미를 가만히 들여다보다가 열쇠 구멍에 하나하나 맞춰보면서 열쇠에 이름표를 붙이자고 했다. 정영주가 있을 때 해야 수월하겠다 싶어서 열쇠 꾸러미를 들고 일어섰다. 네 개는 정확한 용도를 알아냈으나 나머지 세 개는 무엇에 쓰는 것인지 알 수가 없었다. 카페 안에는 열고 닫아야 할 문 자체가 그렇게 많지 않았다.

"나머지는 때가 되면 알게 되겠지." 정영주가 어른처럼 말했다. "언제 때가 오냐고? 예를 들면, 어딘가를 열어야 할 일이 생겼어, 근데 문은 잠겨 있어. 그럼 이 열쇠 꾸러미에 답이 있겠지. 정말 마음이 놓이지 않냐? 잠긴 문이 있어도 안심되잖아. 이중에 열쇠가 있을 테니까."

그렇다. 정영주의 말은 카페가 아니라 나를 두고 하는 말 같았다. "축구를 그만두면서 내 인생의 모든 출구가 잠겨버렸다고 생각했어. 나도 내 인생의 문을 여는 열쇠를 찾아낼 수 있을까? 한 해 전에만 해도 그런 열쇠는 없다고 확신했었어. 심술궂은 누군가가 내 문의 열쇠를 어디 개천에라도 던져버렸을 거라고 생각했거든. 어쩌면 내 인생에는 출구 자체가 없다고, 높고 높은 담벼락 안쪽에 갇혀서 끝도 없이 뱅뱅 돌고만 있을 거라고 믿었거든. 그런데 지금은……"

"지금은?"

"지금은 안 그래. 내가 카페 숨:의 열쇠 꾸러미를 가지고 있는 것처럼, 내 인생의 열쇠 꾸러미도 가지고 있다는 걸 알 것 같아. 그냥 알 것 같아. 내가 열쇠를 찾을 수 있다는 것을. 열쇠는 이미 내 손안에 있고, 이제 그 열쇠를 녹슨 자물통에 꽂기만 하면 문을 열 수 있다는 것을. 아니, 어쩌면 이미 나는 문을 여는 데 성공한 것도 같아. 그 문이 내가 생각한 문과 영 다른 쪽으로 연결되어 있는 것 같기는 하지만, 살짝 열린 문틈으로 내가 앞으로 갈 길이 얼핏 보이기도 해."

정영주가 자기도 그렇다고 얘기하는데 김의영과 윤정환이 들어왔다. 두 사람은 이제 대놓고 붙어다녔다. 정영주와 내가 놀려도 끄떡없었다.

"커피 줄까?" 세 사람에게 물었다. 다들 커피는 필요 없다고 답했다. 하긴 나도 커피를 별로 좋아하지 않는다. 난 물이 좋다. 시원한 물. 항상 그거면 충분했던 것 같다.

"우리야 그렇다 치고, 넌 당분간 카페 주인인데, 커피 안 좋아한다고 말하면 안 되는 거 아냐?"라며 김의영이 묻기에 "다음주면 주인장 친구가 올 거니까, 난 계속 머슴 하면 돼. 어차피 카페 숨:의 메인 메뉴는 커피가 아니니까"라고 내가 대답했다. "맞아, 이 카페의 메인 메뉴는 책이지"라고 윤정환이 맞장구를 쳤다.

주인장이 없어도 책을 읽고 한 달에 한 번씩 모이자고 제안한 것은 자칭 파티의 여왕 정영주였다. "메인 메뉴가 책이니까, 우리 계속 책을 읽어야 하지 않을까?" "우리끼리?" "그래, 우리끼리. 뭐 어때? 주인장이 저번에 그랬잖아. 자기가 딱히 지도한 것도 없다고 말이야. 우리끼리 알아서 잘한 거라며? 그러니까 우리끼리 하자." 우리는 그 제안에 복종했다. 주인장이 돌아오면 우리끼리 책 모임을 한 얘기를 해주자고, 굉장히 감동 먹을 거라고 정영주가 말했다. 감동 먹은 주인장이라…… 상상이 가지 않았다.

아까도 말했듯이 우리는 모두 외롭다. 어떤 이는 외로움을 외면할 것이고, 어떤 이는 외로움을 다른 방식으로 이겨낼 것이다. 주인장은 우리에게 외로움에 대처하는 지혜로운 방법 하나를 가르쳐준 것이다. 책은 항상 우리 곁에 있고, 우리를 항상 새로운 세계로 인도해줄 테니까. 그게 우리에게 먹혔던 것은 주인장도 사무친 외로움을 책으로 달래며 다시 일어선 사람이기 때문일 것이다.

주인장은 우리가 자기를 키웠다고 말했다. 우리는 우리가 주인장을 어떻게 키웠는지 얘기했었다. 무얼 두고 주인장이 그런 소리를 한 걸까? 내가 끼니때마다 밥 먹으라고 잔소리한 것? 정영주가 주인장에게 추리닝 말고 다른 옷 입으라며 주인장 옷장을 엉망진창으로 들쑤셔놓은 것? "그런 유치한 수준의 얘기는 아닐 거야." 내가 반박하자, 윤정환이 "그게 왜 유치해? 사람이 살면서 의식주보다 중요한 게 어디 있다고? 내가 볼 때 박민석이 주인장을 폐인에서 생활인으로 변신시킨 건 맞아"라고 우겼다.

김의영이 책을 읽고 권투를 하며 웃음을 되찾은 것? 윤정환이 공부벌레에서 사람으로 변신한 것? 나랑 정영주가 책을 읽을 수 있게 된 것? 뭘까? 우리는 답을 찾지 못한 채 헤어졌다.

열두번째 수북

# 『파이 이야기』*

『파이 이야기』를 들고 다시 모인 것은 그로부터 일주일 뒤였다. 개학이 코앞으로 다가오고, 우리는 곧 고3이 되는데도 이렇게 책을 읽고 책 모임을 할 수 있다는 사실이 감격스럽다고 윤정환이 말했다.

"고3이 뭐라고? 그거 너한테만 해당되는 얘기라니까." 정영주가 바로 통박을 주었지만, 윤정환은 끄떡없었다. "여기 오면서 『모모』를 생각했어. 시간이 많은 어른이 되겠다고 결심했거든. 그 책 읽고 말이야. 공부하느라고 책을 읽을 수 없다는 건 정말 모순되는 말이잖아. 전 같으면 그게 모순이라는 생각을 못했을 텐데, 그걸 알아챌

* 얀 마텔 지음, 공경희 옮김, 작가정신

수 있어서 참 다행이야." 낯간지러운 소리를 잘하는 것은 윤정환과 김의영의 공통점이다. 그게 통해서 둘이 사귀나?

김의영이 먼저 읽기 시작했다. 우리는 곧바로 책에 집중했다.

> 한데 이 '아들'이란 신은 배가 고프고, 갈증 때문에 고생하고, 지치고, 슬프고, 초조해하고, 희롱당하고, 똑똑지 못한 제자들과 그를 존경하지 않는 반대파를 참고 봐줘야 한다. 무슨 신이 그런가? 너무나 인간 수준의 신이다. (……) 이 신의 아들은 생의 대부분을 이야기를 하면서 보냈다. 계속 말하면서. 이 아들은 말하고, 인간의 걸음으로 걸어 다녔다—그것도 더운 곳에서. 샌들을 신고 돌길을 걸었다. 교통수단을 이용해도 고작 나귀였다. 그는 세 시간 만에 신음하고 숨을 헐떡이고, 서글퍼하며 죽어간 신이다. 무슨 신이 그런가?

"이거 너무 재미있지 않니? 힌두교도 입장에서 보면 예수가 이렇게 보일 수도 있는 거야."

"힌두교가 워낙 스케일이 크더군. 아기 크리슈나 신의 입속에 우주 전체가 있다며."

"비슈누는 한 걸음으로 지구를 지나고, 두 걸음으로는 하늘을 지났다고 하고."

"그런 종교의 시각으로 보면 예수는 인간적이어도 너무 인간적인 거지."

우리는 이야기를 하다가 놀란 듯 서로를 쳐다보았다. 정영주가 말했다. "다들 꽤 열심히 읽었나봐." 내가 "재미있더라. 이거 내 취향인가봐"라고 대답하자, "어허, 많이 크셨어. 취향도 생기셨네"라며 놀렸다. 저도 나랑 별로 다른 처지 아니면서 나를 기특해하다니. 피식 웃음이 나왔다. 다른 사람의 시선으로 보면 세상이 이렇게 보일 수도 있구나, 다른 사람은 이렇게 생각할 수도 있구나, 하면서 놀라고, 정말 그렇구나, 나라도 그렇겠네, 생각하며 고개를 끄덕이게 되는 것이 소설 읽기의 재미라고 생각했는데, 이 소설에는 유난히 그런 부분이 많았다. 내가 유난히 공감한 부분을 모두에게 들려주고 싶었다.

나 혼자가 아니라고 확신했다. 침춤 호가 가라앉았는데 아무도 관심을 갖지 않을 리가 없었다. (……) 우린 곧 구조될 거야. 수평선에 배가 나타날 터였다. 총을 찾아서 하이에나를 쏘아 죽이고, 얼룩말을 고통에서 해방시켜줄 거야. 오렌지주스도 구조될 수 있을걸. 내가 배에 타면 가족들이 맞아줄 거야. 다들 다른 구명보트에 탔다가 구조되었겠지. 그러니 구조선이 올 때까지 몇 시간만 더 버티면 되는 거야.

절망적인 상황에 직면했을 때, 그 상황에서 그래도 가장 괜찮은 결말을 생각하며 스스로를 위로하려는 마음을 내가 왜 모르겠는가. 다시는 선수로 뛸 수 없을 거라는 선고를 받고 병원 침대에 누워서 나는 수도 없이 생각했다. 이건 꿈이다. 곧 깨어날 거고, 에이 꿈이었잖아, 이러면서 안심하게 될 거야. 또다른 생각도 했었다. 의사가 내일 다시 찾아와서 미안하다고, 어제 한 말은 실수였다고, 다른 환자와 착각한 거고, 당신은 며칠 푹 쉬고 치료받으면 툴툴 털고 일어날 수 있을 거라고, 이렇게 말하는 장면을…… 그러나 모든 기대는 어긋났고, 나는 처음에 진단받은 그대로 선수로 뛸 수 없는 몸인 채로 퇴원했다.

정영주에게 영화 이야기를 먼저 들었기 때문에 나는 파이가 앞으로 7개월 이상 바다에서 표류해야 한다는 사실을 알고 있었다. 알고 있었기에 안타까웠다. 곧 구조되리라는 파이의 희망이 꺼져버리는 순간이 올 게 미리 안타까웠다. 이 소설을 통틀어 가장 슬픈 장면이라고 내가 말했을 때 다들 얘가 왜 이런 허튼소리를 하나, 하는 표정으로 나를 바라보았지만, 내 설명을 듣고 모두들 수긍했다. 파이처럼 큰 위기는 아니었겠지만, 우리는 모두 커다란 좌절을 통과해 여기까지 왔으니까. 희망을 갖고 싶고, 최선의 결말을 기대하고 싶은 그 마음을 잘 알고 있는 것이다. 그리고 그 기대가 덧없는 것이었음을 확인할 때의 슬픔도 잘 알고 있다. 이번에는 정영주가 읽기 시작했다.

이것은 말로 옮기기가 어렵다. 근본을 흔드는 공포, 생명의 끝에 다가서서 느끼는 진짜 공포는 욕창처럼 기억에 둥지를 튼다. 그것은 모든 것을 썩게 한다. 그것에 대한 말까지도 썩게 만든다. 그래서 우리는 그것을 표현하기 위해 힘껏 싸워야 한다. 거기에 말의 빛이 비추도록 열심히 싸워야 한다. 그러지 않으면, 우리가 피하려 하고 심지어는 잊으려 하는 고요한 어둠으로 다가오면 우리는 더 심한 공포의 공격에 노출된다. 우리를 패배시킨 적과 진정으로 싸우지 않았으므로.

우리가 우리를 패배시킨 적과 진정으로 싸우지 않는다면 우리는 더 심한 공포의 공격에 노출될 것이라는 대목에서 잠시 울컥했다. 다들 비슷한 마음인 것 같았다. 우리는 우리를 패배시킨 적들과 진정으로 싸웠을까? 그런데 그 적들은 누구지? 나는 나를 무리하게 시합으로 내몰았던 감독과 선배들, 나를 무시했던 선생들, 나에게 대놓고 "쓸모없는 놈"이라고 했던 유승호, 이런 사람들이 나를 패배시킨 적이라고 생각했다. 그런데 돌이켜보니 정말 나를 쓰러뜨린 것은 내가 아무짝에도 쓸모없는 놈이라는 생각 그 자체였다. 그런 생각이 들자 나는 싸워보지도 못하고 무릎을 꿇었다. 그리고 그런 마음이 생겨날 때마다 두려워서 외면했다. 정말 그렇다고, 나는 쓸모없는 놈이라고 인정할 때마다 나는 조금씩 죽어가고 있었다. 그러나 파이는 직면했다. 자신을 짓누르는 공포의 실체를 바라보았다. 그리고 살아남았다.

우리는 우리를 패배시킨 적이 누구인지에 대해 이야기를 나누었다. 사연은 달라도, 결국 우린 서로 비슷했다. 우리는 스스로를 너무나 별볼일 없는 존재로 생각하고 있었던 것이다. 이기지 못하면 지는 것이라 생각했던 정영주도, 공부를 못하면 끝장이라고 믿었던 윤정환도, 뚱뚱하고 못생겼기 때문에 아무도 자기를 사랑해주지 않을 거라고 겁을 먹었던 김의영도 마찬가지였다. 그 생각이 우리를 망치고 있었는지도 모르겠다. 우리는 서로에게 진심을 담아 말해주었다. 너는 네가 생각하는 것보다 훨씬 괜찮은 놈이라고. 이어서 책을 읽은 것은 윤정환이었다.

나는 아이처럼 울었다. 고난을 딛고 살아나서가 아니었다. 물론 고난을 극복하긴 했지만. 형제자매를 만나서도 아니었다. 사람을 본 것이 감동적이긴 했지만, 내가 흐느낀 것은 리처드 파커가 아무 인사도 없이 날 버리고 떠났기 때문이었다.

"리처드 파커가 자기를 버리고 떠났다고 표현하는 것을 보고 정말 놀랐어. 배에서 일곱 달이나 함께 표류했으니까 정이 들 수도 있겠지만, 그래도 언제나 자기 생명을 위협하던 존재인데, 자길 버렸다고 생각하잖아." 윤정환이 그 부분을 읽은 이유를 설명했다.

"그래도 리처드 파커 덕분에 목숨을 건진 거잖아. 리처드 파커가 없었으면 외로움 때문에 진작 죽었을지도 몰라." 정영주가 말했다.

"리처드 파커한테 잡아먹힐까봐 계속 긴장한 것이 살아갈 이유가 되었다고 생각해. 어디서 들은 얘기인데, 남아프리카공화국에서 열대어를 미국으로 수출하는데, 가는 동안 10퍼센트 정도밖에 살아남지 못하고 다 죽더래. 그래서 그 열대어를 천적이랑 같이 넣어서 운반했더니 생존율이 훨씬 높아졌다는 거야. 그거랑 비슷한 원리 아닐까?" 김의영의 해석이었다. 여기에 정영주가 덧붙였다. "근데 나는 파이가 천적인 리처드 파커를 길들이는 방법이 마음에 들었어. 먹이를 주잖아. 처음 의도는 리처드 파커가 배고프면 자기를 잡아먹을까봐 그런 거였지만, 나중에는 먹이를 주면서 길들이는 방법을 깨닫게 되지. 리처드 파커하고 싸우려 들었으면 벌써 죽은 목숨이었겠지. 그런데 파이는 리처드 파커를 먹였어. 그게 살아남은 비결이라고 생각해."

"리처드 파커를 살린 것은 파이의 지식 덕분이라고 볼 수도 있어. 파이는 호랑이에 대해 잘 알았어. 동물원에서 자라면서 동물에 대해 잘 알게 되었잖아. 그게 파이를 살렸지. 정말 아는 것이 힘이야." 이건 윤정환의 이야기이고. 이 말에 이어 우리는 '살아남는 법'에 대해 이야기를 나누었다. 어렸을 때 읽었던 만화 속 이야기부터 신문에서 본 이야기, 어디서 들은 이야기까지 총동원해서. 결론은? 나의 어제가 오늘의 나를 살린다는 것. 어제까지의 경험들이 모두 모여 오늘 나를 위기에서 건져준다는 것이다. 파이의 모든 경험이 파이를 살렸듯이.

"아무도 없는 것보다는 자기를 위협하는 존재라도 있는 게 낫다는 거지? 이왕이면 파이에게 친구가 있었더라면 더 좋았을 텐데." 김의영이 이렇게 말하자, "그렇지. 우리처럼!" 하고 정영주가 받았다. "우리처럼이라고? 우리는 너에게 리처드 파커야? 아니면 친구야?" 윤정환이 장난스럽게 묻자, 정영주가 대답했다. "넌 리처드 파커, 박민석이랑 김의영은 친구?" 정영주의 대답에 우리는 모두 웃었다. 우리의 웃음소리가 카페 숨:을 가득 채웠다. 숨쉬는 것도 어색했던 우리의 첫 만남을 떠올리자 갑자기 눈물이 날 것 같았다.

그리고 답을 찾았다. 일주일 전 풀지 못했던 수수께끼. 우리가 주인장을 키웠다는 말의 비밀. 우리가 주인장에게 가르쳐준 것이 무엇인지 이젠 알 것 같았다. 그건, 친구다. 수요일의 북클럽에는 책이 있고, 친구가 있다. 우리는 서로의 외로움을 달래주며 여기까지 왔다. 서로가 서로를 조금씩 키웠다. 파이가 살아남았듯 우리도 살아남을 것이고, 이 만남도 당장 끝나지는 않으리란 예감이 들었다.

지은이의 말

# 책이 이들의 상처를 아물게 했을까?

내 오른쪽 팔뚝에는 길게 찢겼다가 아물면서 생긴 흉터가 있다. 지금 와 생각해보면 크게 마음 쓰지 않아도 될 정도의 흉터였지만 그때는 달랐다. 20대 내내 이 흉터가 마음에 걸렸었다. 원래 그렇게까지 크게 흉이 질 상처는 아니었는데, 내가 제대로 치료를 하지 않고 방치해두는 바람에 커져버린 흉터란 점에서 더 속상했다. 그 흉터를 볼 때마다 대체 난 뭐하느라고 이렇게 내 몸을 제멋대로 굴렸을까, 하는 자책을 했다.

지금은 다르다. 세월이 내게 안겨준 깨달음은 이런 거였다. 나를 스쳐지나가는 사람들은 그 흉터에 시선을 두지 않으며, 내 곁에 머물러주는 사람들은 그 흉터에 신경쓰지 않는다는 것, 그러니 그것은 그저 나만의 문제라는 것. 그리고 더 중요한 것은 내가 걱정해야 할 나의 흠 가운데 그 흉터는 진정 소소한 것이며 의미 없는 것이라는 점. 게다가 시간은 자비롭게도 내 흉터를 희미하게 만들어주기까지 했다.

이제 나는 내 흉터가 마음에 든다. 흉터와 함께 지내온 20여 년의 세월 동안 정이 들어서이기도 하지만, 더 중요한 이유는 그 흉터를 보면서 내가 청춘의 한 시절을 뜨겁게 살았다는 것을 기억할 수 있기 때문이다. 내 몸을 돌보는 것도 잊을 만큼 종종걸음 치며, 분주한 나의 시간들이 이 세상에 정의를 1밀리그램이라도 보탤 수 있으리라 확신했던 그 시절의 기억 말이다. 그 젊은 날의 결기에 비해 지금의 내 삶이 많이 비루할지라도, 그래도 내가 그 시절을 기억하는 한 나는 나의 20대를 배반하지 않는 삶을 살려고 노력하게 된다.

세상천지 어디에 상처 없는 영혼이 있겠는가. 이 책에서 내가 불러낸 이들도 상처투성이다. 민석이, 영주, 정환이, 의영이, 그리고 주인장까지…… 나는 이들을 통해 우리의 아름다움이 완전무결함에서 나오는 것이 아님을 말하고 싶었다. 상처 입었으나 그 상처와 싸우고, 상처를 보듬고, 상처와 공존하면서 내디뎠던 걸음걸음에서 그 아름다움이 나온다는 이야기를 하고 싶었다. 책이 이들의 상처를 아물게 했을까? 그건 잘 모르겠다. 장담할 수 있는 것은, 책은 견디어낼 힘을 준다는 것.

분명 오늘밤에도 지킬과 도리언 그레이, 모모와 파이의 이야기에 가슴 졸이는 이들이 있을 것이다. 나는 그런 이들이 더 많아지기를 간절히 바란다. 이야기 속에서 상처투성이의 못난 영혼들을 만나면서, 내가 겪는 이 아픔이 나만 짊어지고 가야 하는 억울한 짐이 아니라는 것을 깨달을 수 있을 테니까. 그러면서 짐이 조금씩 가벼워짐을 느낄 수 있을 것이다. 실은 짐이 가벼워진 것이 아니라 내 힘이 커진 것임을 알게 될 때 얼마나 자랑스러울까!

함께 이야기를 나눌 친구가 있다면 더욱 좋을 것이다. 너는 참 좋은 사람이야, 네가 있어 다행이야, 넌 정말 잘하고 있어. 이처럼 손발이 오그라들 것 같아서, 낯간지러워서 차마 입 밖에 잘 내놓지는 못하지만, 서로가 서로에게 건네면 좋은 말들을 나눌 수 있다면 얼마나 좋을까. 믿기지 않겠지만, 책을 읽고 나누는 대화에는 이런 말들이 잘도 튀어나온다. 책과 친구와 대화가 있는 자리, 그게 북클럽이다. 나는 바란다, 누구든 자신의 북클럽을 가질 수 있기를. 민석이와 영주, 정환이와 의영이가 북클럽에서 서로를 키워주었듯이 우리도 그렇게 할 수 있다.

수상한 북클럽에서 벌어진 이야기는 순전히 내 상상의 산물이니 카페 숨:이 어디에 있냐고 묻지는 마시라. 하지만 이제 곧 당신이 늘 오가는 그 골목길 어딘가에서 당신의 카페 숨:을 만날 수 있을 것이다. 당신이 눈여겨보지 않아서 알아채지 못했을 뿐, 카페 숨:은 오래전부터 거기에서 당신을 기다려왔다, 메인 메뉴인 책을 잔뜩 준비해두고.

이 이야기를 곧 열여덟 살이 될 진서에게 바친다. 너도 책과 친구와 대화가 있는 너의 카페 숨:을 곧 찾아내기를!

수상한 북클럽



1판 1쇄 2014년 12월 22일
1판 10쇄 2022년 4월 25일

지은이 박현희

기획 형소진 김소영 | 편집 형소진 장영선 이현미
디자인 김이정 이주영 | 일러스트 김우준 | 저작권 박지영 형소진 이영은 김하림
마케팅 정민호 이숙재 한민아 김혜연 이가을 박지영 안남영 김수현 정경주
브랜딩 함유지 함근아 김희숙 정승민
제작 강신은 김동욱 임현식 | 제작처 한영문화사(인쇄) 한영제책사(제본)

펴낸곳 (주)문학동네 | 펴낸이 김소영
출판등록 1993년 10월 22일 제2003-000045호
주소 10881 경기도 파주시 회동길 210
전자우편 editor@munhak.com | 대표전화 031) 955-8888 | 팩스 031) 955-8855
문의전화 031) 955-3579(마케팅), 031) 955-1925(편집)
문학동네카페 http://cafe.naver.com/mhdn | 트위터 @munhakdongne
북클럽문학동네 http://bookclubmunhak.com

ISBN 978-89-546-3408-3 03810



* 이 도서의 국립중앙도서관 출판예정도서목록(CIP)은 서지정보유통지원시스템 홈페이지(http://seoji.nl.go.kr)와 국가자료공동목록시스템(http://www.nl.go.kr/kolisnet)에서 이용하실 수 있습니다. (CIP제어번호 : CIP2014035698)

www.munhak.com